潜梦
追凶笔记

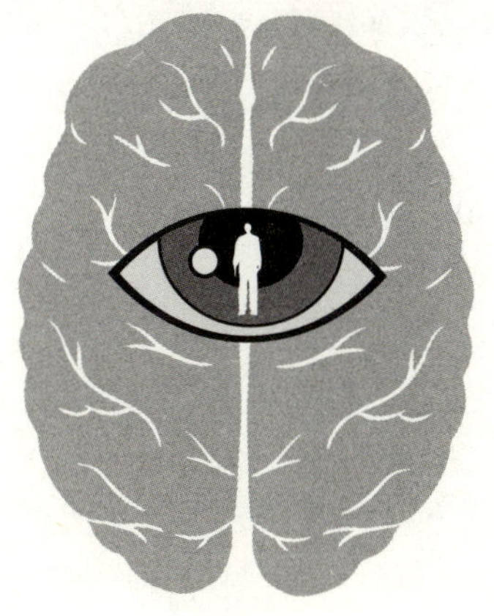

CNS PUBLISHING & MEDIA 中南出版传媒
湖南文艺出版社 HUNAN LITERATURE AND ART PUBLISHING HOUSE
博集天卷 CS-BOOKY

图书在版编目（CIP）数据

潜梦追凶笔记 / 陈猛著 . -- 长沙：湖南文艺出版社，2021.7
ISBN 978-7-5726-0197-2

Ⅰ. ①潜… Ⅱ. ①陈… Ⅲ. ①推理小说－中国－当代 Ⅳ. ① I247.5

中国版本图书馆 CIP 数据核字（2021）第 092933 号

上架建议：悬疑小说

QIAN MENG ZHUI XIONG BIJI
潜梦追凶笔记

作　　者：陈　猛
出 版 人：曾赛丰
责任编辑：匡杨乐
监　　制：邢越超
策划编辑：刘　筝　李美怡
特约编辑：尹　晶
营销支持：周　茜
版式设计：李　洁
封面设计：瓜田李下 Design
内文排版：百朗文化
出　　版：湖南文艺出版社
（长沙市雨花区东二环一段 508 号　邮编：410014）
网　　址：www.hnwy.net
印　　刷：三河市百盛印装有限公司
经　　销：新华书店
开　　本：880mm × 1270mm　1/16
字　　数：265 千字
印　　张：19
版　　次：2021 年 7 月第 1 版
印　　次：2021 年 7 月第 1 次印刷
书　　号：ISBN 978-7-5726-0197-2
定　　价：49.80 元

若有质量问题，请致电质量监督电话：010-59096394
团购电话：010-59320018

写在前面

大家好，我叫王朗，三十六岁，单身。

我是一名国家二级心理咨询师，擅长认知行为和精神分析疗法。同时，我还是一家公益心理咨询中心的负责人，在业界也算小有名气。

除此之外，我还有一个隐秘的身份——Divedreamer。

没错，Divedreamer，潜梦者。

简单来说，我可以进入他人梦境。

自有记忆起，我就总是做各种奇形怪状的梦，醒来后，我也能清晰记得梦境内容。我和父母提起过，他们认为我只是想象力太丰富。

当时我也没意识到，那些奇怪的画面并不是出现在我的梦境之中。

随着年龄增长，我才逐渐发现，我看到的其实是别人的梦境。

这让我从小充满自卑感，认定自己是一个怪胎。

我被这种特殊的能力困扰了很多年，也被这种自卑的情绪纠缠了很多年，直到我在美国做交流生的时候遇到了胡教授，我的命运才彻底发生了改变。

胡教授本名胡三宝，五十五岁，美籍华人，祖籍湖南湘潭，二十岁来到美国留学，毕业后便定居在美国。

学生们都叫他胡教授或者老胡。

不过，我更习惯叫他宝叔。

他个子不高，胖乎乎的，谢顶，支着一副眼镜，总是笑呵呵的，很像《灌篮高手》中的安西教练。

宝叔是一名心理学教授，后来致力于认知神经科学方面的研究，研究方向是大脑和梦境的关系，以及梦境的开发和开拓。

在一次交流中，我向宝叔说出了自己的经历，宝叔向我介绍了“潜梦者”这一概念。

那是我第一次听到这个词。

接下来，在宝叔的指导下，我开始了系统的学习和训练，配合使用相应的仪器和服用药物，我迅速找到了控制这种能力的关键。

与此同时，在宝叔的介绍下，我还加入了潜梦者协会（Divedreamer Research Institute，DRI），成为会员之一。

那次美国之旅彻底改变了我的人生。

离开美国之后，我将更多精力放在了心理学的学习和研究上。

这期间，我始终和宝叔保持联系，也定期学习他的课程，参与 DRI 的各种活动。

在我心中，宝叔是我的老师，更是我的恩人。

两年之后，结束了研究生的课程，我再次去美国见了宝叔。

宝叔问我有什么打算，我说准备成立一家公益性质的心理咨询中心，一方面可以将所见所学应用起来，一方面也可以帮助更多需要帮助的人。

这个想法得到了宝叔的支持。

回国后，我便开始了公益心理咨询中心的筹建。

这期间，宝叔以 DRI 及个人名义向我赞助了资金，他还利用在国内外的人脉为我提供了很大帮助，使得这家公益心理咨询中心能够正常经营运转。

同时，宝叔还向我提供了他和一个研究室合作研发多年的脑电波同步扫描仪，这台仪器的作用就是收集和匹配特定对象的脑电波，以达到顺利进入对方梦境的目的，可以将潜梦者的方式用于某些特殊案例之中。

为此，宝叔还指派了得力助手 Naomi 来到我身边协助我。

在这个过程中，我又认识了同样是潜梦者的东周市公安局刑警支队特殊案件调查科的科长吴岩。

吴岩和宝叔是从穿开裆裤时开始的情谊，从小学一直到现在。

虽然定居国外，宝叔和吴岩始终保持联系，并为特案科提供了很多心理学方面的帮助，后来，吴岩还聘请宝叔作为案件顾问，可以全程参与案件侦破工作。

吴岩侦破的多起大要案，都有宝叔的功劳。

在宝叔的推荐下，我和吴岩因一起灭门惨案熟识，我还因此成为特案科的特殊成员，协助特案科侦破了多起离奇罪案。

我和吴岩也成了默契的探案搭档，我们一边在现实中行走，一边在梦境中穿行。

潜梦者的身份让我们拥有了比普通人更广阔的视野来观察自己，观察他人，观察世界。而能在现实和梦境之间游走，也注定我们会经历很多常人不会经历、不能体会、无法承受的喜怒哀乐。

在这个过程中，我们有过开心，有过失落，有过豁然开朗，有过怅然若失，有过抽丝剥茧揭开罪恶时的兴奋，也有过环环相扣真相不明的绝望。

有一次，我和朋友老陈聊天，他说我完全可以将这些离奇的故事写出来，我笑着说我不会，他说他可以帮我。

两年前出版的《潜梦者》和现在大家即将看到的《潜梦追凶笔记》都是我和吴岩、宝叔等人经历的潜梦破解罪案的故事。

好了，不多说了，让我们一起潜入梦境深处，寻找那些被隐藏的秘密，揭开真相吧！

第一卷　藏凶记

我们怎样开始贪图的？我们贪图那些每天见到的东西。

——电影《沉默的羔羊》

目录

Contents

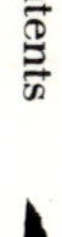

第二卷　剃刀之眼

纵使我是禽兽，难道就没有资格生存吗？

——电影《老男孩》

第三卷　魔童

假设如果不大胆一点，什么时候大胆？

——电影《寒战》

目录 Contents

第四卷　他人地狱

哪一个更惨——

是活着的怪物，还是死去的好人？

——电影《禁闭岛》

第五卷 兔子杀局

如果不能恨某个人，自己就会感觉更糟。

——电影《步履不停》

目录 Contents

第一卷 藏凶记

我们怎样开始贪图的？我们贪图那些每天见到的东西。

——电影《沉默的羔羊》

潜梦追凶笔记

第一章

突然造访的怪梦里暗藏着一起陈年纵火案

那是一个阳光明媚的下午，我匆匆赶到蜂鸟书店，见到了那位等候多时的咨询者。

他叫吕斌，今年三十六岁，职业是中学地理老师。

他说他是在电视里看到了我参与的《心理与梦境》的访谈后，决定找我咨询的。

在此之前，我们通了电话，得知他的咨询内容与梦境有关后，我有过犹豫，但他言辞恳切，希望得到我的帮助，思忖再三，我还是接下了这起咨询。

简单的寒暄过后，吕斌仍旧有些拘谨："其实，在找到你之前，我也犹豫了很久，我说服自己这一切只是梦而已。我和妻子提起过，她也说梦都是虚幻的，梦里的事情怎么能够当真呢，她还嘱咐我不要胡思乱想，我也这么安慰自己，但这个梦反复出现，我越来越在意，它甚至开始影响我的工作和生活了。"

“所以，你想要在我这里得到答案？”

“是的。”他干涩一笑，无奈地点了点头。

“你说，你在梦里看到了一场凶杀案？”

“没错，我看到一个男人杀死了一对母女。”他不假思索地回道，“准确地说，他是放火烧死了她们！”

纵火杀人。

我在笔记本上轻轻写下：杀梦？

在邢鹏的案例中（参见《潜梦者 1》），我曾介绍过这种梦境。

在梦境学里，有关杀戮的梦境被统称为杀梦，它是释放性梦境的一种表现形式。

不过，杀梦并不可怕，几乎每个人都做过这种梦，它的出现和童年创伤、生活压力以及人际关系有着密切联系。

通常情况下，杀梦是缓解梦者情绪或压力的一种方式。

“能简单描述一下梦境内容吗？”

“那个梦是从一条又窄又暗的楼道里开始的。”他回忆道，“一个人影出现在了我的视野里，对方走到一扇门前面，然后打开了它。我小心翼翼地跟了过去，发现那是一个男人，戴着口罩和帽子，我看不到他的容貌，但我感觉他应该是一个中年人。”

“你继续。”我示意性地点点头。

“他开门之后，穿过了客厅，径直走进了卧室。卧室的床上躺着两个人，一个年轻女人和一个小女孩，看起来像一对母女，她们一动不动，似乎睡着了。”他继续道，“虽然卧室里没有开灯，但窗外的月光非常明亮，我基本可以看清房间内的一切。”

“你继续。”

“当时，我以为这里是中年男人的家，女人和女孩就是他的妻女。没想到他接下来的举动完全超出了我的预料。他走到窗前，掏出一个打火机，竟然想要点燃窗帘。我吓坏了，想要叫醒她们，却发不出任何声音。”说到这里，吕斌突然停住了。

“后来呢？”我低声问道。

“就在中年男人点燃窗帘的时候，他不小心碰掉了窗台上的八音盒，盒子掉到地上的声音吵醒了小女孩，她尖叫起来，年轻女人也被惊醒了，她看到了中年男人，她一边招呼小女孩逃跑，一边和中年男人厮打起来。”他的语气越发急促起来，“这时候，小女孩想要出去求救，却突然摔倒在地，昏了过去。年轻女人抄起一个烟灰缸朝中年男人砸去，但中年男人却轻松闪过，他一把夺过烟灰缸，一击将年轻女人击倒，她倒地后就再也没有起来。此时，卧室里的火越来越大，中年男人锁上卧室的门，匆忙离开了。”

“梦境到这里就结束了？”

“嗯，结束了。”

这确实是一个很典型的杀梦场景。不过，我仍旧需要更多的信息和线索。

“这个梦境出现多久了？”

“自从我出车祸后，这个梦境几乎每天都会出现。”

“车祸？”

“一个月前，我和妻子驾车外出，由于超车不慎，撞上了灯柱，我当即昏死过去，醒来后，我仍旧感觉头部很痛，医生说是撞击导致了中度脑震荡，需要长期休养。”他解释道，“也就是在我醒来后不久，我就开始做这个梦了，一直持续到现在，我问过医生，他也无法准确解答，只是说这可能与脑震荡有关。”

“这一个月左右的时间里，梦境内容都是一样的吗？”

“基本上一样。”

“在此之前……”我话锋一转，“我指的是你小时候或者在成长过程中，有没有出现过这个梦境或者类似梦境？”

“实不相瞒，虽然我今年三十六岁，但实际上，我只有六年的记忆。”

“六年的记忆？”

“我是一个失忆症患者。”

他解释说，六年前，他曾经在见义勇为营救落水女性的过程中，因体力不支，沉入水中，后来经过抢救醒了过来，却丧失了记忆。

医生说由于长时间沉入水中，大脑缺氧引发脑细胞死亡，继而导致失忆。

这种失忆是全盘性的，他完全忘记了自己的生活背景和社会关系，对他而言，自己就像一个三十多岁的婴儿。

后来，通过家人朋友的不懈努力，他逐渐接受了他们为他拼凑出的完整“吕斌”，也慢慢习惯了这个身份。

“不好意思。”我干涩一笑。

“这没什么的，我早已经接受这个现实了。”吕斌耸耸肩，“再说了，我现在过得也不错呢。”

“我想在你失忆之前，也可能做过类似的梦境，只不过当时的你没有在意而已。”

“或许吧。”

虽然有些犹豫，但我还是在笔记本上勾掉了“杀梦”两个字。

从内容上来说，这确实很符合杀梦的场景特征，但是通常情况下，杀梦作为释放情绪或压力的方式，不会持续出现在第一层次梦境中，更不可能连续出现一个月之久。

当然了，还有另外一种可能：

这本身就不是一个梦，吕斌看到的就是真实的纵火杀人场景，当时的他在无意中目睹了这一切！

这是第二层次梦境中真实存在的画面，它在通过第一层次梦境释放信号。

不过，问题也就出在了这里！

即使是更深层次的梦境在释放信号，就像在邢鹏的案例中，他也是年幼时无意中看到了夫妻杀手正在杀害自己母亲的画面，但画面是模糊的、间断性的，像吕斌这种清晰且持续的情况并不符合常理。

即便如此，我仍旧偏向于这种可能。

毕竟，吕斌曾因大脑受损而失忆，记忆可能并未全部消失，而是被封锁了起来，突然遭遇的车祸引发了脑震荡。或许就是脑震荡影响了被封锁的记忆，让这个画面从第二层次梦境中持续地向第一层次梦境进行了释放。

吕斌接下来的话也从侧面证实了他的梦境内容非同寻常："其实，这个梦境真正困扰我的并不是它的内容和连续出现，而是我怀疑看到的一切不仅仅是一个梦……"

"不仅仅是一个梦？"我抬眼看看他。

"我怀疑这一切很可能是真实发生过的。"吕斌思忖了片刻，"我曾经目睹了这一幕的发生！"

那一刻，我们的想法竟然不谋而合！

"为什么这么说呢？"我继续问道。

"三天前，母亲过来看我，我们闲聊的时候，我说起了最近经常做一个纵火杀人的怪梦，还问她在我小时候，是否发生过什么火灾案件。"吕斌喝了一口冷掉的苦咖啡，说，"母亲想了想说，在二十多年前，她带我在外地打工时，确实遇见过一起火灾，由于时间过去太久了，她只记得火灾地在S省，具体地点和细节，她已经记不清了。"

“即便如此，也不能确定梦里的一切就是真实发生过的。毕竟，你患有失忆症，大脑又受过伤。”

“正因如此，我才想要请你帮忙确定这个梦境的真伪，你是心理咨询师，又擅长梦境的潜入和梦象的解析，如果我在梦里看到的一切就是母亲说到的那起火灾，我想要知道当年到底发生了什么，我又为什么会出现在那里，如果这仅仅就是一个梦，我也想知道它为什么会反复出现在我的梦里！”

那一刻，我恍然看到了一年前的邢鹏，当时的他也是如此恳切地希望我能潜入梦境，寻找线索。

虽然仍有犹豫，但在慎重考虑之后，我还是答应了吕斌的请求。

在此之前，我向他做了简要说明：“虽然这个梦境每晚都会出现在你梦里，但我的潜入不一定会成功观察到它，即使观察到了，找到了线索，它也只是作为一种参考依据，仅此而已。”

吕斌应声道：“我明白。”

我将潜梦安排在了三天后，并嘱咐他保持情绪稳定，不要有心理负担。

第二章 同时出现在两个层次梦境的怪梦

离开书店之后，我和 Naomi（内奥米）通了电话，通知她三天后有潜梦任务，让她提前准备。

当天晚上，我和吴岩一起吃饭的时候也聊到了吕斌的咨询和他的梦境。

“你不会怀疑，这是一起真实的杀人纵火案件吧？”吴岩夹了一口菜，问道。

“我只是这么怀疑，一切还要等潜梦之后才能有结论。”我喝了一口荔枝饮，说，“如果真的找到了什么蛛丝马迹，免不了要请你帮忙的。”

吴岩一边埋头吃饭，一边低声碎碎念。

“老吴，你自言自语什么呢？”

“祈祷。”吴岩无奈地笑笑。

“祈祷什么？”

“祈祷这一切只是吕斌的胡思乱想而已，我可不想再帮你调查了。”

“忘记告诉你了，今晚这一顿就是请你帮忙提前支付的报酬。”我一本正经地说，“如果到时候你不想帮忙，你可能就要把饭费退还给我了。”

“你小子太无耻了！”吴岩无奈地摇摇头。话音刚落，他便一脸和悦地招呼道：“服务员，点餐！”

“喂，这一桌子菜还不够吃吗？”我一惊。

“既然这是提前支付我的报酬，我当然要一次吃到爽了！”吴岩狡黠地说。

这时候，服务员走到餐桌前，吴岩指着菜单说：“澳洲牛小排、黑金鲍鱼、牛肉刺身、砂锅海参、鹅肝、黑松露和牛、帝王蟹三吃，各来一份，最后再来一瓶梅子酒！”

我一时哭笑不得，没想到竟然被吴岩“算计”。

“你点这么多，就不怕吃坏身子啊！”等服务员离开，我感叹道。

“吃不了我可以打包啊！”吴岩淡然一笑。

“你是不是早就想这么做了？”我恍然大悟道。

“我等这一天已经等了很久了！”吴岩边狼吞虎咽边点了点头。

三天后的晚上，我和 Naomi 按照约定的时间来到了吕斌居住的公寓，他的妻子和女儿也在家。

我简单交代了吕斌两句，他便服用了助眠药物，回到了卧室。

在等待药效发挥作用的这段时间，我和他妻子在客厅简单聊了聊。

她说起了一个月之前的那场车祸，也说到了吕斌口中反复出现的那个梦境。她还提到了吕斌当年见义勇为的事情：“其实，我就是当年那个被他救下的落水者。”

这倒是让我很意外。

“当时我和陌生路人发生了争吵，被对方推入河中，吕斌正好路过，立刻跳下河救我。”她回忆道，“我由于太过惊恐，拼命抓着他，没想到他在将我推到河边的时候，因为体力不支沉入水中，后来被另外两个路人救了上来，抢救之后虽然脱离了危险，大脑却因此受到损伤，还失去了记忆。”

“后来呢？”我问道。

“后来，我打听得知，由于失忆，女朋友和他分手了，他也失业了，父母从外地过来照顾他。他的精神状态也很差，甚至想要轻生，他是因为救我才变成这个样子的，我不能置之不理……”

“所以，你嫁给了他？”Naomi 抬眼看了看她。

“没错！”她点了点头，“起初，我确实是出于报答的心态来帮助他的，我和他的父母一起帮他拼凑记忆，让他接纳曾经的自己，也让他开始新的生活。在这个过程中，我们互生情愫，确定了恋爱关系，最后我就嫁给了他。”

“虽然他失去了记忆，却因此收获了你和新的生活。”Naomi 感慨道。

随后，我和吕斌都感到了倦怠，我们相对躺好。

吕斌的妻女离开后，Naomi 为我们佩戴好了仪器，我便再也抵挡不住困意，闭上了眼睛。

漫长的等待后，我被那股熟悉的触电感叫醒了。

我倏地睁开眼睛，发现自己身处一条逼仄昏暗的楼道之中。

空气中弥漫着一股潮湿的霉味。

这时候，一个中年男人从我身边经过，走到一扇防盗门前，轻松地打开了它。

我意识到这可能就是吕斌向我描述的那个场景。

我起身跟了过去，随他走进了房间。

中年男人站在玄关处稍做停留，像是在同谁说话，又像是在自言自语，他自顾自窃笑了两声，随后穿过客厅，径直朝卧室走去。

他戴着帽子和口罩，我看不清他的容貌。

不，准确地说，是我无法看清他的容貌，包括周围的一切。

不知道是什么原因，我的视线有些模糊，好像戴着一副镜片上蒙着雾气的眼镜，勉强能够分辨眼前的一切，但无法做到细致地观察。

这时候，中年男人走进卧室，我也快步跟了进去。

卧室的床上躺着两个人，依稀能分辨出那是一个年轻女人和一个小女孩。

她们睡得很熟，完全没有意识到有人进来。

这时候，中年男人走到窗前，轻轻拉动窗帘，随后摸出一个疑似打火机的东西，点燃了帘纱，几乎是同时，有东西掉到了地上，发出了清脆的破裂声。

那个小女孩就醒了，她看到了中年男人，发出尖叫，年轻女人也被惊醒。

紧接着，年轻女人起身和中年男人厮打起来，小女孩跳下床想要跑出去，冲出卧室的瞬间，却被中年男人一击击倒，年轻女人冲过去试图救起小女孩，中年男人趁机用重物将她也打倒了。

她躺在那里，没有了任何动静。

我不知道她是昏了过去，还是已经死了。

容不得我多想，中年男人就将年轻女人和小女孩拖回了卧室。

此时，卧室里已经燃起了熊熊大火，他关上卧室门，迅速离开了。

他出门的瞬间，我进入了一个昏暗的房间。

仍旧是那个中年男人。

他伏在桌前，似乎写着什么。

墙壁上挂着很多彩色的，像是奖状的东西。

我的视野仍旧被一层怪异的模糊感所覆盖。

就在我缓缓靠近，试图近距离观察他的时候，突然被一种强烈的扭曲感侵袭，五脏六腑扭在了一起。

我知道梦外的 Naomi 正在加强电流，试图送我进入第二层次梦境。

我感觉身体急速旋转着，当这种旋转停下来的时候，我忍不住跪在地上呕吐起来，强悍的压力正疯狂挤压着我的体腔。

梦压和突然变得清晰的视野告诉我，我已经进入了吕斌的第二层次梦境。虽然我被梦压包裹着，但并未像之前潜入深层次梦境那么痛苦。

抬眼的瞬间，我意识到自己竟然再次回到了那条逼仄昏暗的楼道！

这时候，那个中年男人从我面前经过，走到那扇防盗门前，取出钥匙，打开了门。

我努力平衡着身体，跟随他进入了房间。

他确实戴着帽子和口罩。

帽子是那种工帽，分不清是深蓝还是黑色，口罩就是普通的一次性口罩。

他个子不高，体形中等。

他进门后，站在门前低声说着什么，虽然我的耳朵里充满杂音，但还是隐隐分辨出那是某种方言，紧接着就是一阵窃笑。

我环视一周：这是一套旧式公寓，应该是两室一厅，但空间很小，客厅和餐厅混合在一起，并没有明确区分。

我看到餐厅桌上放着一块吃过的蛋糕，旁边还有一个生日帽和散落的生日蜡烛。

中年男人快步穿过客厅，一左一右两间卧室，虽然门都关着，但他毫不犹豫地推开了右边那间卧室的门，走了进去。

我跟在他身后，看到狭窄的小床上躺着两个人：年轻女人和小女孩。

床头背景墙上整齐地贴着很多奖状，还有一张合照，就是年轻女人和小女孩，她们应该就是一对母女。

床头柜上还放着一本《假期乐园（小学版）》。

皎洁的月光不动声色地透窗而入，正好打在对面的墙上，时钟指示着凌晨一点。

这时候，中年男人摸出打火机，缓缓伸到窗帘下面，点燃了帘纱。

或许是不小心烧到了手指，他快速抖落了打火机，却意外地打掉了窗台上的水晶球摆件。

摆件掉落的声音惊醒了小女孩，她看到了站在窗前的中年男人，立刻发出了尖叫声。

年轻女人猛地坐起身，短暂的对视之后，她冲上去试图拖住中年男人，并招呼女儿趁机逃跑。

中年男人身手敏捷，一击即中小女孩的后颈，她当即倒地。年轻女人见女儿被击倒，发出嘶吼，拼命和中年男人厮打起来。

在这个过程中，年轻女人竟然扯掉了中年男人的口罩。

那一刻，她充满了惊愕。

我也看清了，他的嘴角有一颗痣。

也就是这个间隙，中年男人抓住年轻女人的头发朝着门上撞击，年轻女人胡乱抓起一个玻璃摆件猛地捶击了中年男人的额头，他踉跄了一下，一把夺过摆件，对准年轻女人的额头就是一击，她应声倒地。

中年男人暗骂两句，便将年轻女人拖回了卧室。

此时，卧室里已是大火肆虐。

他快步离开，我想要跟上去，却发现脚下一软，陷了进去。

我抬眼之时，公寓变成了超市。

我知道梦境场景已经切换。

这时候，我再次看到了那个中年男人，虽然仍旧戴着帽子和口罩，但我一眼就认出了他是“纵火犯”！

他买了很多速食品，走到前台结账，而吕斌就一直躲在暗处，偷偷观察着对方。

中年男人离开后，吕斌也跟了出去。

我本想一起出门的，却发现身体不自觉地快速后退。

我知道，潜梦时间已到。

第三章

真相难明：是意外失火案还是纵火杀人案？

我醒来的时候，吕斌仍旧睡着。

我稍做休息，嘱咐了吕斌妻子两句，便和 Naomi 离开了。

Naomi 送我回家之后，我和吴岩通了电话。

“这么晚给我打电话，是不是潜梦找到线索了？”

“算是吧。”我坐在飘窗前，看着窗外流动的夜景，“我确实在吕斌的梦境看到了他描述的那个场景。不过……”

“不过什么？”

“不过，我看到了两次，分别在他的第一层次梦境和第二层次梦境。”

“这有意思了。”

“虽然是同一个场景，第一层次是简略且模糊的，第二层次则是清晰且完整的。”我稍稍停顿，“通过吕斌的叙述，我推测他看到的场景应该是第一层次的那个。”

“你不是说，第一层次梦境是大脑对于近期事件的回放或者变形表现，第二层次梦境则是被掩埋或遗忘的深远记忆吗？两个不同层次的梦境，梦境属性也不同，怎么可能出现同一个梦境场景？”

“这也是我想不通的地方。”

“还有其他怪异的地方吗？”

“场景内容基本一致，就像吕斌所说的，那个中年男人纵火烧了那对母女。”

“你认为这是一起纵火杀人案？”

“第二层次梦境的内容是无法做出修改的。从理论上来说，应该确有火灾案件发生，至于案件性质，是意外失火还是纵火杀人，我们还需要更多的证据支持，但我还是倾向于后者。”

“那吕斌为什么会看到这些呢？”吴岩追问道，“他是目击者？”

“其实，我在吕斌的第二层次梦境里，还看到了另外一个场景，当时那个中年男人在超市购物，而吕斌就躲在角落里观察对方。”我淡淡地说，“因此，相比目击者，我感觉吕斌更像跟踪者，他很可能是发现了什么，在跟踪观察那个男人。”

“这么说，你打算核实这起案件了？”

“如果案件是真实发生的，应该早已定性了，但不管是意外还是故意为之，我们都得确认一下。”我不好意思地笑了笑，“当然了，这一切都得拜托吴大科长了！”

次日一早，吕斌便来到了咨询中心。

我并没有隐瞒，将昨晚的潜梦过程一一告知了他。

“这么说，我确实曾经无意中目睹了一起纵火杀人案，甚至还偷偷跟踪过那个纵火犯？”吕斌非常激动。

“目前，我只是这么怀疑。”我尽量措辞严谨。

“但是我从来没有听母亲提起过。”吕斌困惑地说。

“或许，当时你并没有选择将这一切说出来，而是藏在了心底，后来你出了意外失忆，这些也就都被忘掉了。”我推测道。

“或许是吧。”吕斌叹息道。

“眼下最重要的是确定这起案件的真实性。”我安慰他道，“你放心，我已经拜托了市公安局特案科的吴科长帮忙核实了。”

除了吕斌母亲提及的，此次火灾事故发生在二十年前的S省某地，我在潜梦中也观察到了若干线索：

1. 案发时间：结合中年男人的衣着，我推测当时很可能是春秋季；当晚有明亮的月光照进房间，我看到窗外的月亮是满月，时间应该是农历十五左右；中年男人点燃窗帘时，墙上的时钟显示是凌晨一点钟，因此案发时间是春秋季某月农历十五左右的凌晨一点钟。

2. 年轻女人和小女孩的身份信息：通过卧室背景墙的照片推测为母女关系；客厅有吃剩下的蛋糕和卡通生日帽，说明小女孩刚刚过完生日，她的生日可能也是农历十五左右；床头柜上有一本《假期乐园（小学版）》，结合她的身形，我推测她的年龄在八岁至十二岁，年轻女人的年龄则在三十岁至三十五岁。

3. 中年男人的身份特征：身高在一米六五左右，体形中等，通过工帽推测，社会阶层不高，很可能从事体力工作；他嘴角有一颗痣，额头有伤疤（被玻璃重物击打）。

4. 中年男人和年轻女人的关系：当时他是用钥匙开的门，轻车熟路地进入卧室，包括后来和年轻女人厮打，被对方扯掉口罩，从年轻女人的惊愕表情等信息分析，他们很可能认识，推测互相认识，甚至是熟识。

三天后，我接到了吴岩的电话，他说已经找到了线索。

他联系了在S省公安厅刑侦总队工作的朋友，拜托对方帮忙查询，对方共计查到了一百三十五起疑似案件，通过交叉比对“案发时间”和“死者身份信息”，最终将案件范围缩小到了三起。

随后，我看到三起案件的死者照片，一眼就认出了那对母女：就是她们！

1997年3月24日（农历二月十六）凌晨，在S省北港市北郊县的城建小区发生过一起火灾引发的死亡案件，死者是郭欣慧和郭淼淼，二人系母女关系。

郭欣慧，女，1965年12月19日出生，北港市金城县人，住北港市北郊县的城建小区1号楼402室，死亡年龄三十二岁，生前是北港市北郊县第三幼儿园教师。

郭淼淼，女，1986年3月25日出生，北港市金城县人，住北港市北郊县的城建小区1号楼402室，死亡年龄十一岁，生前是北港市北郊县曙光小学四年级学生。

案件性质为意外失火致人死亡。

我将这个信息告知了吕斌，他非常激动。

随后，我们在吴岩的陪同下赶到了北港市的北郊县。

接待我们的是北郊县公安局刑警大队的大队长周景鹏。

“我对那起案件挺有印象的，发生火灾的城建小区离我家不远，那天我听到消防车的鸣笛后，立刻就赶了过去。”他回忆道，“起火的是1号楼的402室，报警的是住在楼下的邻居，当时火势已经很大了，我赶到的时候，消防车还没有来，我就指挥住户们撤离。虽然我和几个邻居也试图进入火场救人，奈何火势太大，我们没有成功，后来消防人员赶到才控制了火情，扑灭了大火。”

“现场情况呢？”吴岩问道。

“还能怎么样呢，大火之后，一片狼藉。”周景鹏叹了口气，“我和同事进入了现场，在卧室中看到了已经烧焦的郭欣慧母女，随后将她们的尸体带回公安局，做了尸检，二者均死于大火导致的窒息。法医也说，除了郭欣慧的额头有一处伤痕，母女二人身上没有任何外伤，郭欣慧额头受伤怀疑是慌乱之中撞到了重物导致的。”

“因此你们认定这是一起意外？”我提问道。

“没错。”周景鹏点点头，“当时警方进入郭欣慧家的时候，防盗门是从里面反锁的，且室内窗户也都是从内部锁好的，基本排除了外人进入的可能，现场被大火烧毁，没有什么可提取的证据了。有邻居称，当天是郭淼淼的生日，我们怀疑很可能是她们母女用火不当，引发了火灾。加之当时已是深夜，楼里的住户也不多，致使她们母女命丧火海。”

“现在那个小区还在吗？”吴岩又问。

“早就拆了，有十多年了吧。火灾发生后不久，楼里的住户们便陆续搬走了，隔年那里就拆了，建了一家商场。”周景鹏话锋一转，“这就是一起普通失火案，你们为什么要调查这起案件呢？”

我和吴岩对视了一眼，吴岩说明了来意。

“你们说这案件不是意外，而是有人故意纵火？”周景鹏听后，也是一脸惊愕。

“虽然我没有证据，但我可以确定那是一起纵火杀人案！”我坚定地说。

“你没有证据，为什么还那么肯定呢？”周景鹏反问道。

“因为，我看到了一切！”我回道。

“你是目击者？”周景鹏又问。

“我不是。”我摇了摇头。

“既然你不是目击者，那你是怎么看到的？”周景鹏步步紧逼。

“我……”我犹豫了片刻，“我是在梦里看到的。”

“梦……梦里？”周景鹏先是一愣，而后笑了。

面对他的质疑，我并未在意，吴岩补充道：“老周，我知道这虽然听起来很扯淡，但我可以保证，这一切是真实的。”

随后，吴岩向周景鹏介绍了我的身份，也说到了吕斌的梦境。

他听后问道：“按照你们所说的，当年这位吕先生和他的母亲就住在这里，年幼的他出于种种原因，跟踪了一个中年男人，在这个过程中，他无意看到了这起纵火杀人案，可能是出于恐惧，也可能是其他原因，并未向警方提供线索，他成年后因为意外失去记忆，包括这件事，但不久之前的一起车祸引发了脑震荡，再次激起了关于他对这场火灾的记忆。”

我点点头，说：“基本是这样。”

他担忧道：“这起案件已经过去了二十年，楼没有了，住户也都不知道搬哪儿去了，唯一留下的就是这份卷宗。那么，你们打算怎么找人呢？”

我指着那本被复印的卷宗，说：“我们就从当年做过笔录的邻居们查起！”

第四章

被修改的第二层次梦境和疑似纵火犯初现

通过当时北郊警方所做的十二份证人笔录，我们辗转联系到了其中十人。

对于当年的火灾，只有四人表示有记忆，其余六人则说记不清了。当然了，也可能是他们不想和警方扯上什么关系才这么说的。

不过，这四个人也没有提供任何有价值的线索，毕竟事情已经过去那么多年了。

我推测他们的梦境之中或许隐藏着蛛丝马迹，但潜梦的危险性太高，也不能保证一定会找到线索。

我和吕斌沟通之后，决定进行第二次潜梦，我想再次观察那个梦境场景。

来到北郊县的第三天，在北郊县公安局对面的宾馆里，我成功潜入了吕斌的梦境。

潜梦之前，我嘱咐 Naomi，一旦我成功潜入，直接加强电流，送我进入第二层次梦境。

虽然被强大的梦压冲击着，头昏脑涨，眼眶子被血液撞得生疼，但我的潜入还算顺利。

梦境切入点不再是那条漆黑的楼道，而是一处空荡荡的公园。

一个小女孩和她的母亲在滑梯处玩耍，年幼的吕斌就站在不远处。

这时候，又走来一个年轻女人，小女孩的母亲走过去和对方聊天，只留下小女孩独自在滑梯上玩耍。

就在此时，吕斌缓缓走了过去，爬上滑梯，推了那个站在滑梯上的小女孩，然后他发出惊呼，小女孩的母亲以及年轻女人看到了，立刻跑了回来。

小女孩当即昏死过去，她的母亲和年轻女人也吓坏了，正巧一个戴帽子的男人路过，他看到这个场景之后，抱起小女孩就奔向附近的医院。

虽然我没有看到那个男人的样子，但我认出了那顶深蓝色工帽。

我试图冲过去的时候，眼前的画面突然发生断层，转瞬间，我再次置身于那条熟悉的楼道。

中年男人从我面前经过，然后轻松打开了郭欣慧家的门。

让我感到意外的是，上次潜入的时候，楼道是昏暗的，而这一次头顶上却有一盏了无生气的白炽灯。

我没有多想，跟随中年男人走了进去，仍旧是自言自语和窃笑，他闯过客厅的时候，我看到了放在餐桌上的生日蛋糕，只不过是一个完整的、没有吃过的。

让我意外的是，他竟然打开了左边那间卧室的门，上一次明明是右边的！

接下来，我看到了和之前潜梦非常相似的场景。

没错，两次潜梦观察到的场景并非一模一样，只是非常相似。

比如，上一次潜梦，中年男人将打火机伸入帘纱中点燃，不小心碰掉了窗台上的水晶球摆件，因此吵醒了郭淼淼。但这一次，中年男人是从外面点燃了窗帘，水晶球摆件不是在窗台，而是在床头柜上，郭淼淼是咳嗽醒来的；再如，上一次潜梦，中年男人想要逃离，郭欣慧让郭淼淼先跑，她和他厮打起来，母女先后被击昏，但这一次，最先抓住中年男人的是郭淼淼，随后她被中年男人击昏，而郭欣慧在和他纠缠的过程中，被玻璃摆件击中的不是额头而是后脑。

…………

我醒来的时候，吕斌仍旧睡着。

吴岩追问道："怎么样，有发现吗？"

我喝了一杯功能饮料，若有所思地看着吕斌。

我说起了此次观察到的两个片段，一个是中年男人救人，一个还是他公寓纵火，但其身份仍旧成谜。

这一次的观察让我产生了极大的困惑，从理论上来说，第二层次梦境的内容是客观发生的，无法做出修改和植入。

那为什么两次潜入吕斌的第二层次梦境，同一个场景却出现了多处细节上的偏差呢？

如果我再次潜入观察，会不会还有新的变化？

一旦这个推测被验证，那我所掌握的线索将全部被推翻。

就在我被这个问题困扰时，一个叫顾佳的女孩联系到了北郊警方，她的母亲就是当年做证人笔录的人之一，在得知警方重新回访后，她决定向警方提供线索。

顾佳称，当时郭欣慧母女就住在她家对面。

火灾发生当晚，她的母亲带妹妹去了姥姥家，父亲在单位值班，十五岁的她偷约了男朋友来家里，男朋友准备下楼买零食的时候，她发现郭欣慧家里跑出来一个人！

当时楼道里很黑，加之对方动作迅速，她并没有看清对方容貌，但应该是一个男人。没多久，她就听到了呼叫声，这才知道是郭欣慧家发生了火灾，她和男朋友慌忙逃离。

后来，警方来找她母亲了解情况，她本想向警察说明，又怕自己偷约男朋友的事情暴露，因此便将这个秘密压在了心里。不久，警方将这起案件认定为意外，但午夜梦回，她总是会想到那个从郭欣慧家跑出来的男人。

她怀疑那并不是一起意外，而是故意纵火杀人！

为了寻找线索，我提出了潜梦的请求。

顾佳考虑之后同意，但地点必须选在她家里。

那天晚上，我们赶到后，就在 Naomi 做准备工作的时候，我无意中看到了挂在墙上的全家福。

除了顾佳和她的父母，还有一个漂亮的女孩。

那一刻，我愣住了。

吴岩见我盯着那张全家福，低声问道："你怎么了？"

我指着那个女孩子问顾佳："这是你妹妹？"

顾佳点点头，说："她叫顾眉。"

我追问道："她是不是曾经受过伤……就是在滑梯上坠落？"

顾佳一惊："你是怎么知道的？"

吴岩问我："这是怎么回事？"

我解释道："她就是我在吕斌梦里看到的在滑梯上坠落的小女孩！"

顾佳说，顾眉在九岁那年确实在公园的滑梯上坠落，幸好被及时送到附近的卫生院，随后转至县医院，虽然伤及腰椎，但由于抢救及时，她在住院一个多月后顺利康复了。

我急忙问道："那个送顾眉去卫生院的好心人是谁？"

顾佳低声道："就是当时住在一楼的孟叔叔。"

我穷追不舍："他的全名呢？"

顾佳想了想，说："孟勤林！"

孟勤林？

我和吴岩对视了一眼——在那十个做笔录的人之中就有这个孟勤林！

他的笔录内容大致如下：

当时，我正在客厅看电影，听到有人呼叫，才知道是四楼起火了，然后我叫醒了熟睡的家人，一起逃了出去。我们逃出之后，也试图救人，但火势太大了。随后警察赶到，让我们撤离了现场……

小郭母女真是可怜，没想到竟然出了这种意外……

虽然我们两家没什么交集，但我听说她几年前和丈夫离婚了，才带着女儿搬到了这里，她挺不容易的，一边上班一边还要照顾孩子……

他也是回忆了当年事件的四人之一。

我没想到，这个我一直没有看到正脸的中年男人就藏在当年的证人中！

由于这个重大线索的出现，我取消了对顾佳的潜梦安排。

随后，北郊警方通过身份证号码查询到了孟勤林家的常住人口信息，当我看到他照片的一刻，突然感到一种隐约的恍惚。

孟勤林，男，1956年7月19日出生，S省临东市平轶县人，住C省玉东市曲州县金阳小区11号楼3单元1601室。

包莉，女，1962年5月22日出生，C省玉东市曲州县人，住C省玉东市曲州县金阳小区11号楼3单元1601室。

孟小京，男，1984年1月29日出生，C省玉东市曲州县人，住C省海晏市御府天城社区47号楼2单元504室。

周景鹏在听到这个信息后，也感觉不可思议："就算你在梦里看到了纵火场景，但始终没有看到对方的正脸，如果说这个孟勤林就是纵火杀人的凶手，那证据呢？我们总不能空口无凭地抓人吧！"

他说得没错，我们必须找到证据，人证、物证或者任何有指向性的东西。

吴岩说，由于本身就是失火案，加之时间过了那么久，想要找到实质性证据已经不太可能了，不如从他的身份信息上进行摸排，掌握完整的信息后，再做打算。

在周景鹏的帮助下，我们辗转掌握了孟勤林的工作经历。

他退休之前的工作经历非常丰富，先后在平轶县、北郊县和曲州县工作和生活，为了了解翔实的信息，我们兵分两路前往平轶和曲州调查，周景鹏则负责寻找有关孟勤林在北郊县的生活轨迹。

本来，我要独自前往平轶县的，吕斌主动请求陪我一起，我欣然应允。

路上，他问我："王老师，这个孟勤林真的就是纵火杀人的凶手吗？"

我叹息道："应该是吧，不过，我们需要证据。"

他落寞地说："如果我没有失忆，或许就能帮助你们回忆更多细节和信息了。"

我安慰道："你已经做得很好了。"

我们抵达平轶县后，找到了当地派出所，接待我们的民警听闻来意后，热情地帮忙寻找，最终辗转找到了孟勤林的两位邻居和一位同事。

虽然多年不见，但提起孟勤林，他们的评价倒是非常一致：性格和善，工作踏实，最重要的是乐于助人。

孟勤林的同事说，他曾救过一起车祸中的一家三口，被县政府授予"见义勇为"称号，当时在县里还掀起一阵学习孟勤林的风潮。

孟勤林的邻居也说他还救过自家的孩子，当时孩子独自去水边玩，意外落水，正巧孟勤林下班回家，看到这一幕，直接跳入水中，救出了孩子。

联系到孟勤林在公园救过顾眉，我突然有些犹豫了。

吕斌试探性地问道：“王老师，这个孟勤林就是一个好人，他怎么可能是纵火杀人的凶手呢？”

第五章 纵火杀人案的另一种可能

我和吕斌回到北郊县后，吴岩和周景鹏的调查也有了结果：

孟勤林在离开平轶县之后，来到了北郊县，当时在北郊第一橡胶厂工作，家住城建小区，他曾经的同事和邻居对他评价很高，大家不约而同地说到他的热心和见义勇为。

当时他和楼里的住户们相处得都不错，尤其是男邻居们，吃饭、喝茶、下棋、侃大山、说段子，随性且豪爽。

由于郭欣慧是单身母亲，孟勤林和她交流不多，倒是孟勤林的妻子和郭欣慧关系不错。

如果他真是纵火杀人的元凶，那么动机呢？

他根本没有这么做的动机！

关于见义勇为，孟勤林的同事还提到橡胶厂的仓库发生过原料泄漏，当时他冲入仓库，救出了两名值班的同事，之后还受到了橡胶厂和县政府的表彰。

后来，他和妻子离开了北郊县，回到了妻子的老家曲州县。

回到曲州县后不久，他的妻子突然失踪了。他报警后，警方多方寻找也没有找到。有人称，他的妻子坐上一辆黑色轿车离开了。

他的妻子失踪后，儿子在外地打工，后来也在外地结婚生子了。

这些年，他一个人在曲州县生活，后经人介绍认识了现在的妻子包莉。不过，他的儿子似乎并不喜欢包莉，他们结婚后，儿子便很少和他们来往了。

就在半年前，孟勤林突然患上了一种怪病，内脏上长了很多奇怪的瘤子，瘤子生长得很迅速，药物也控制不住，后来蔓延到了身体表面。

医生说，按照瘤子的生长速度，他的身体很快就会垮掉。

我和吴岩决定即刻前往曲州县，我必须和孟勤林见上一面！

路上，吴岩问我："你有没有感觉，这件事挺怪的？"

我淡淡地说："你是说孟勤林的见义勇为举动吗？"

吴岩一边开车一边说："是啊，见义勇为本身是值得肯定的，但常年见义勇为似乎就有点不寻常了。"

我应声道："没错，河边救落水儿童，橡胶厂原料泄漏救同事，公园救邻居，似乎他在哪里，哪里就会发生危险。"

吴岩应声道："关键是每一次发生危险，孟勤林都会出现，做出见义勇为的举动。"

我突然沉默了。

吴岩又问："喂，你怎么不说话了？"

我侧眼问他："还记得我们之前聊过，如果孟勤林是纵火杀人案的元凶，他的作案动机呢？"

吴岩点点头："你有什么想法？"

我缓缓摇下车窗："我们反向分析一下，如果他纵火不是为了杀人呢？"

吴岩反问道："不是为了杀人，难道是为了救人吗？"

我面色凝重地说："如果他是为了救人呢？"

吴岩不可置信地说："救人？"

我继续说道："准确地说是见义勇为，火海救人！"

吴岩明白了我的意思："你是说，孟勤林一开始纵火想的并不是烧死郭欣慧母女，而只是点燃窗帘，引起火灾，再假装见义勇为，闯入火海救人，却不想在这个过程中意外惊醒了郭欣慧母女，他想要逃跑，却被郭当作了纵火犯，二人厮打起来，郭扯掉了他的口罩，可能认出了他，也可能没认出，但对孟勤林来说，身份已经暴露了，他必须杀人灭口，可是如果动手杀了郭氏母女，不仅会招来警方的怀疑和调查，还可能牵扯出更多麻烦，因此他选择将她们母女留在现场，只要没有致命外伤，大火可以帮他处理一切！"

吴岩说完这些的时候，不禁惊呼："如果真是这样，这家伙是疯子吗?!"

我摇摇头，说："这是一种心理障碍，由于发病率极低，加之很少有人进行研究，目前还没有非常专业的资料，我将它称为施救综合征或者施救癖。"

吴岩表示不可置信："我还是第一次听到这种心理疾病。"

我解释道："简单来说，就是为了满足自己救人的欲望，先将对方置于险境之中，再施以援手，最后成功救人。三年前，我接触过一个类似的咨询案例，咨询者是一个白领，他向我说起了自身经历，他说他从小学习成绩一般，身体也不太好，很少引起周围人的注意，但他的内心是想要获得关注和认可的。有一次，他无意中救了邻居的小狗，邻居感谢了他和他的父母，他感到很开心，之后，他总想着如何再救邻居的小猫小狗，再后来，他感觉救小动物已经无法满足自身欲望了，便将目标转移到周围人身上，计划着如何制造危险，再救人。他试过两次，虽然成功了，但险些被人发现，他想要停止，却无法拒绝那种兴奋感的挑逗。"

吴岩感叹道："如果这个孟勤林确实患上了你所说的施救综合征，之前那些意外落水、原料泄漏事故等等，很可能就是他一手策划的了，案件性质也就都变了！”

那一刻，我感到一股莫名的寒意！

当晚八点，我们来到了孟勤林所在的传染病医院。

主治医生说，孟勤林身上长的是一种非常罕见的恶性肿瘤，瘤子最先出现在内脏上，然后向表层皮肤蔓延，虽然先后进行了多次手术，但仍旧无法控制病情。

医生不禁感叹道：“我听说他年轻的时候多次见义勇为，救过邻居，还救过同事，没想到好人没好报，现在却得了这种怪病。”

医生说每晚八点会给孟勤林注射镇静止痛药物，药物会在十五分钟后起效，因此如果我们想要和他对话，最好尽快结束。

本来，我还想着如何进行潜梦，听闻医生给他注射镇静药物，我暗暗松了口气。

我们走进病房的时候，孟勤林正在听广播，虽然恶疾缠身，但他的精神状态似乎还不错。

吴岩说明了来意，他客气地说：“二位请坐。”

我问起了当年的那起火灾，他感慨道：“我当然记得，那是一对可怜的母女……”

我又问：“您还能回忆一下当时的场景吗？”

孟勤林想了想，说：“我只记得当时在客厅里看电视，听到有人呼救，我跑了出去，发现是四楼着火了，我先带着家人逃了出来，然后想上楼救火救人，无奈火势太大，我也是无能为力。”

我佯装认真地记录着。

他追问道：“这起火灾过了这么久，你们为什么要重新调查呢？”

吴岩解释道："因为有人提供了重要证据，证明当时的火灾并非意外，而是人为纵火！"

孟勤林一惊："人为纵火？"

我补充道："当时住在郭欣慧家对面的邻居称，当晚她和男朋友偷偷约会，意外看到了在火灾发生前，有人离开了郭家。"

孟勤林回道："这怎么可能呢，他家当时没人的！"

我淡然一笑："您怎么知道当时他家没人。"

孟勤林意识到自己失言，旋即说道："那家男主人老顾在医院上班，那天下午，我碰见他了，本来想约他晚上喝两盅的，他说晚上值班，妻子带着两个女儿回娘家了。"

吴岩接过话题："你记得很清楚呢！"

孟勤林干涩一笑："那天晚上发生了火灾，我才对那天的一切记忆深刻。"

我继续说："当时那个人用钥匙偷偷打开了郭欣慧家的门，随后悄悄潜入，那个邻居感觉事情不对劲，就出门看了看，结果发现那个人只是将门虚掩着，并未关紧，她当时有些犹豫，不知道该不该进去看看，后来还是敌不过好奇心，就侧身跟进去了，正好看到那个人在点燃窗帘，意外吵醒了郭欣慧的女儿郭淼淼，郭淼淼叫醒郭欣慧，那个人想逃跑，没想到郭欣慧和他厮打起来，他击昏了郭家母女，那个邻居随后逃回家里，看着那个人将门反锁后离开……"

孟勤林倏地警觉起来，他意识到我们来者不善！

他反问道："按你所说，如果当时那个邻居看到了这一切，为什么在警方走访时没有提供线索呢？"

吴岩解释道："因为她认出了那个纵火者，对方不仅是她父母的朋友，还救过她的妹妹，所以她不能那么做！"

那一刻，孟勤林突然不说话了。

我补充道："这件事在她心里压了十多年，每天晚上她都会梦到那场大火，还有那个人纵火的场景，她既承受着目击带来的恐惧，又承受着不能为死者昭雪的愧疚，最后患上抑郁症，就在一个月前自杀了。”

我稍做停顿：“她自杀之前，在一个本子上写满了‘纵火杀人犯’这五个字，在本子最后一页，她写了一个人的名字。”

孟勤林的呼吸陡然急促起来，但还是极力克制着情绪。

这时候，我的语气倏然冷峭起来：“那个名字正是你——孟勤林！”

第六章 藏在记忆里的杀妻案和隐藏了二十年的帮凶

那一刻，我们都不说话了，病房里的气氛瞬间诡异起来。

良久，孟勤林才干涩一笑："二位，你们在开玩笑吧，这个玩笑一点都不好笑。"

我严肃地说："开玩笑？我们不远千里来到这里，不是为了和您开玩笑的。事已至此，您也不必隐藏了！"

孟勤林反驳道："如果你们想要了解当年的火灾案，我已经向你们提供了信息；如果你们继续在这里诽谤我，我会让医生请你们离开！"

我低头看了看手机，药物即将起效。

我必须利用最后的时间将孟勤林逼到绝境："您知道吗，当我们掌握了这条线索后，一直对于您纵火杀人的动机百思不得其解……"

孟勤林激动地呵斥道："我说了出去，滚出去……"

我句句紧逼："您和郭欣慧母女无冤无仇，还是同住一楼的邻居，直至后来我们了解到您的很多英勇事迹，知道您是一个见义勇为的好人，救过落水儿童、救过被困在仓库的同事、救过老人和孩子等等，我突然对您的纵火动机有了新的猜想……"

孟勤林剧烈地咳嗽起来，他气喘吁吁地想要下床轰赶我们："滚……滚开，滚开！"

我毫不示弱："其实，你只是想要纵火，让这对母女陷入危境，再施以援手，满足自己充当英雄的欲望！"

孟勤林呼喊道："医生，医生！护士，护士！"

我继续道："没想到你意外惊醒了她们，郭欣慧甚至认出了你，你不能就此逃跑，你必须让她们闭嘴，但杀人会引起警方注意，因此你将她们锁在了卧室，让大火帮你处理一切！"

孟勤林声嘶力竭地呵斥道："你们这群疯子，滚出去！"

我回击道："你才是真正的疯子，那些见义勇为的事迹都是你一手策划的吧，你致人落水，故意泄漏橡胶厂原料，甚至让老人和孩子们陷入险境！"

孟勤林本想朝我扑过来，但他的眼神突然涣散起来，他一边低声咒骂着，一边瘫倒在了病床上。

我松了一口气，幸好镇静药物及时起效。

而此时，提前服用助眠药物的我也有了困意。

吴岩招呼 Naomi 进入病房，为我们佩戴好脑电波同步扫描仪。

我嘱咐道："一旦成功潜入，你直接加强电流刺激，送我进入第二层次梦境。"

我坐在椅子上，眼前的一切逐渐模糊起来。

我清晰地感受到了那股熟悉的触电感。

睁开眼睛的瞬间，我发现自己仍旧在医院里，楼道里空荡荡的，然后一阵惨烈的叫声传来，我循着叫声走进了一间产房。

手术床上躺着一个孕妇，叫声就是她发出来的，两个护士正在助她生产。

我靠近之后，发现那并不是一个孕妇，而是孟勤林！

他的肚子极度鼓胀，仿佛随时都可能爆开。

他向护士求助，护士说让他保持呼吸，他却惨叫道：“我感觉他们要出来了，他们要出来了，他们要从我的嘴巴里……”

他的话没说完，整个身体便被钳制住了。

一只手突然从他的嘴巴里面伸了出来，然后是另一只，两只手猛地撑开，嘴巴沿着嘴角被撑裂了！

紧接着，一个浑身赤裸、粘满黏液的小女孩从他嘴巴里探出头来。

郭淼淼！

我不禁倒抽一口凉气。

郭淼淼就这么从孟勤林的嘴里钻了出来。

我来不及吃惊，就看到另一双手伸了出来，那双手是郭欣慧的，她也这么破口而出！

本以为恐怖画面就此结束，没想到孟勤林的嘴巴里伸出了第三双手。

如果说孟勤林害死了郭欣慧母女，通过这么一个场景释放恐惧的话，那么第三双手是谁的呢？

紧接着，我看到一个浑身湿漉漉的女人从孟勤林的嘴里爬了出来，她轻蔑一笑：“你以为你杀死了我吗，我一直都活在你的身体里！”

彭婉蓉？

没错，她是孟勤林的第一任妻子彭婉蓉！

几乎是同时，一股强烈的压迫感从体腔深处直冲大脑。

我恍如遭受了重击，脑瓜子嗡嗡直响，再睁开眼睛时，我发现自己躺在冰冷的地板上。

灯光覆盖着瞳孔，耳朵里充满了嘈杂声，强悍的梦压几乎快要将我压爆了。

虽然极力放松着身体，调整着呼吸，但我仍旧无法自由行动。

我努力坐了起来，晃动的视野平稳了许多。

孟勤林和彭婉蓉在吵架，虽然我听不到吵架的内容，但看上去他们吵得非常激烈。

彭婉蓉似乎在质问孟勤林什么，而后者一直在试图安抚前者的情绪。

彭婉蓉仍旧非常激动，转身要出门，就在那一刻，孟勤林突然抄起茶几上的烟灰缸砸向了她的后脑。

彭婉蓉回身的瞬间，孟勤林又朝她的额头猛砸，彭婉蓉倒地后，孟勤林并没有停手，一直砸，直至将她的脸砸烂了。

孟勤林对着她的尸体大叫着，然后又跪在地上痛哭起来。

我也被眼前这一幕惊呆了：他竟然杀了自己的妻子！

但在警方之前了解的情况中，彭婉蓉是突然离家出走，说是乘坐神秘黑车离开，孟勤林报警多方寻找未果，最后还做了大家眼中辛苦的“单身父亲”。

其实，早在她“离家出走”之时，就已经被丈夫杀死了。

我蓦然意识到，在第一层次梦境中那个荒诞的场景内，从孟勤林嘴巴里爬出来的彭婉蓉为什么会那么说了。

虽然彭婉蓉被杀死了，但杀妻的恐惧一直埋在孟勤林的意识深处。

紧接着，房间里的灯突然灭了，我陷入一片黑暗，当视野再次明亮起来之时，我发现光源来自一盏孤零零的照明灯。

我环视一周，在不远处的仓库上看到了四个大字——利源橡胶。

这时候，孟勤林从暗处走了出来，然后小心翼翼打开了仓库大门。

我跟进去后发现，他拧开了原料罐阀门，紧接着，大量原料泄漏了出来，而一旁值班室的两个值班工人毫无察觉。

直至仓库着火，他们才发现已经身陷火海。而此时，孟勤林就站在仓库外面，他叹了口气，然后笑了。

没错，他笑了。

那笑容兴奋之余又透着心满意足。

我缓缓走到他面前，凝视着他的脸。

伴随着让人不寒而栗的笑容，他冲进了火海。

那一刻的他一定不会想到，多年以后，有人会看到他的笑脸，还有这个场景吧!

我之前的猜测在这一刻竟然被验证了：橡胶厂原料泄漏并非意外，而是孟勤林为了满足自己施救欲望的疯狂举动!

大火吞噬我视野的一刻，我感到眼球一阵灼热。

我本能地揉了揉眼睛，场景也切换了。

我再次来到了吕斌梦里的那条楼道，戴着口罩的孟勤林从我面前走过。

只不过，他的身后还跟着一个人，准确地说，是一个孩子。

他们走到郭欣慧家门前，那个孩子从口袋里摸出一把钥匙，交给了孟勤林，孟勤林用那把钥匙开了门。

孟勤林开门进去，那孩子紧随其后。

那一刻，他朝我的方向看了一眼，我的心陡然被揪了起来。

吕斌?

没错，就是吕斌!

那个跟在孟勤林身后给他钥匙的就是少年吕斌。

这完全超出了我的预料。

我两次潜入吕斌的第二层次梦境，看到这个入室纵火场景，都只是那个男人，准确地说，是孟勤林的单独行为。

没想到在孟勤林第二层次梦境的同一个场景中，却出现了吕斌的身影。

我迅速跟过去，见他们在玄关处小声说着什么。

我忽然意识到在吕斌的梦中，孟勤林也曾在玄关处自言自语和窃笑，当时我还为此感觉奇怪，现在我才明白，他是在和吕斌说话。

孟勤林推门走进了右边的卧室，就在他点燃帘纱的时候，吕斌不小心碰掉了柜子上的玻璃摆件。

这惊醒了郭欣慧，她意识到了危险，拉起睡意未脱的郭淼淼想要逃跑，却被孟勤林阻拦，趁二人厮打之时，郭淼淼跑了出去，却被吕斌一把抓住头发，拉回了卧室。

随后，孟勤林将这对母女击昏，带着吕斌迅速离开。

那一刻，我才意识到，我被吕斌骗了！

不，我是被他的梦境骗了！

我以为当年的他或许是发现了孟勤林的怪异，观察跟踪才无意看到了纵火场景。

其实，他之所以能够如此清晰地看到整个过程，是因为他就是帮凶，只不过他将那个自己从梦中剔除了。

一个中年人和一个少年，竟然是隐藏的作案伙伴！

我蓦然想到，在第二次潜入吕斌的第二层次梦境时，我看到他不动声色地将顾眉从滑梯上推了下去，导致后者受伤，随后孟勤林挺身而出。

或许，那也是他们的一次完美配合！

吕斌随着孟勤林逃离的时候，竟然露出了邪魅的笑容。

虽然只是一闪而过，却让我如坠深海。

我追出去的时候，突然感觉脚下一滑，直接跌倒在地。

当我再爬起身的时候，发现自己在一个阴暗的房间中，空气里弥漫着潮湿的白菜味道，我怀疑这里可能是一处地窖。

紧接着，一阵刺耳的拖拉声从暗处传来。

伴随着拖拉声，一个模糊的轮廓逐渐清晰起来。

是孟勤林！

他拖着一个半人高的大铁箱子走了出来。

我挪身过去，铁箱子里装着彭婉蓉的尸体。

虽然被砸得血肉模糊，但彭婉蓉仍有呼吸：“放了我……我错了……我不该看你的东西……”

孟勤林站在铁箱外，用一种居高临下的眼神看着她，然后冷漠地丢出两个字——“晚了”。

这时候，孟勤林举起那个烟灰缸，再次砸向彭婉蓉的后脑，之后她再也没了动静。

随后，他从黑暗中拖来了水泥和沙子，一铲子水泥，两铲子沙子，混合调配，然后将调好的水泥灌进了铁箱子中。

彭婉蓉安静地淹没在了冰冷的泥浆里，直至彻底被封死在铁箱中。

最后，他盖好了铁箱盖，顺着一把梯子爬了上去。

就在我准备跟上他的时候，忽然感觉脚下一空，瞬间坠入深邃的黑暗……

第七章 铁箱藏尸案和截然不同的供述

我惨叫一声："救我！"

睁开眼睛的那一刻，我看到了坐在对面的吴岩和 Naomi。

我松了口气，摘下了头上的仪器。

虽然迅速补充了功能饮料，但潜梦还是给我的身体带来了沉重的负荷。

良久，我才感觉精力缓缓注满了体腔。

"看来，你这次的潜梦体验不是太美好。"吴岩淡淡地说。

"确实不太美好。"我感叹道，"本来只是想要在他的梦境中寻找当年纵火案的线索，没想到我看到的一切完全超出了预想！"

"说说吧，你看到了什么？"

"孟勤林确实是当年纵火杀人案的真凶之一。"

"之一？"吴岩一惊，"你在吕斌的梦境中不是只看到了孟勤林一个人吗？"

“我在吕斌的梦境中确实只看到了他一个人。”我点点头道，“但在孟勤林的梦境中，我却看到了他的帮凶，而且这个人你我都认识。”

“好了好了。”吴岩催促道，“你就别卖关子了。”

“吕斌！”我面色凝重地说，“孟勤林的帮凶就是吕斌！”

“吕斌？”吴岩错愕地看着我，“他……他不是目击者吗，怎么又成帮凶了？”

“在孟勤林的第二层次梦境中，我看到了当年的纵火案现场，当时吕斌就跟在孟勤林身后，是他提供了郭欣慧家的钥匙，还在郭淼淼想要逃跑的时候，抓住了她的头发，将她拉回了卧室……”我回忆道。

“你之前说过，第二层次梦境内的一切是无法被修改的，也就是说他们的记忆都是真实的。”吴岩提出质疑，“为什么对同一个场景会有完全不同的记忆？”

“这个问题我暂时无法解答，但我怀疑可能和吕斌大脑受伤有关，相较之下，我更倾向于相信孟勤林的梦境内容。”

“除此之外，还有其他发现吗？”吴岩话锋一转。

“我还看到了孟勤林偷偷潜入橡胶厂仓库，故意导致原料泄漏引发大火，再回去施救，虽然我没有观察到其他场景，但我的推测还是得到了验证，他制造了那些危险事件，再伺机施救。”

“真是太疯狂了！”

“还有一件事。”我面色凝重地说，“我在他的梦里找到了他前妻彭婉蓉失踪的秘密。”

“彭婉蓉不会是……”吴岩抬眼看看我，他猜出了最坏的结局。

“没错，彭婉蓉并非失踪，而是被他杀害了，尸体很可能被藏在了某一处地窖的铁箱子里，还被浇灌了水泥。”

“他简直是畜生！”

我忽然联想到，在孟勤林第一层次梦境里看到的那个他“生产”郭欣慧母女和彭婉蓉的场景。

这不仅仅是他潜意识深处对于杀害郭姓母女和妻子彭婉蓉的避讳和恐惧，从梦象上分析，复活在梦里是典型的原型，经常象征着老的观念充斥着新的生命，或者是在警告梦者没有妥善解决的问题已经卷土重来。

这种复活场景对孟勤林来说正是后者。

他知道我们来者不善，那些深远的记忆和秘密被激活，也在透过第一层次梦境场景发出警示！

人可以控制现实中的情绪，却无法控制梦中深邃的恐惧。

虽然我在孟勤林的梦境里看到了很多秘密，但是并无任何现实的证据，唯一可能打开案件缺口的就是找到彭婉蓉的尸体。

吴岩让我守在医院，一旦孟勤林苏醒，务必设法拖住他。

后来吴岩对我说，在当地警方的协作下，他们最先前往了孟勤林的老家。

孟勤林的邻居说已经很多年没有见过他了，家里老宅由孟的一个堂弟代为照管，在老宅后院确实有一处地窖。

吴岩等人找到了那间上了锁的地窖，最后在一堆杂物中看到了我提到的那个铁箱子。

箱子里确实灌满了水泥，随后在吴岩的安排下进行了剥离。

孟勤林的堂弟不解地问吴岩，这水泥块子有什么值得剥离的，吴岩告诉他，这水泥里藏着他堂嫂，堂弟登时就瘫坐在了地上。

虽然过程漫长且困难，但经过专业人员和法医的全力配合，最终成功剥离出了一具成人尸骨。

死者系女性，死亡年龄在三十岁至四十岁，身高在一米六左右，系钝器伤及后脑导致颅内出血死亡，死后被置入铁箱子内并浇灌了水泥。

同时，死者的额骨、顶骨、枕骨、颞骨及颧骨均已骨折，可以推测死者死前遭重物锤击面部及后脑，其手段极其残忍恶劣。

吴岩联系了孟勤林的儿子孟小京，当得知警方找到了疑似其母亲的尸骨后，他情绪失控，失声痛哭。

随后，警方安排人员为他采集了 DNA 比对样本。

经过比对，确定铁箱女尸和孟小京有血缘关系，她就是孟小京失踪十多年的母亲。

至此，铁箱女尸的身份得以确定。

孟小京问我们是如何找到他母亲的，我思忖之后，还是将事件的经过告诉了他，他听后也感觉震惊："潜入梦境找到了线索？"

我点点头。

他若有所思地问道："所以，我父亲就是凶手了？"

我叹息道："没错，警方在剥离铁箱的时候，发现了两枚可疑指纹，凶手本以为浇灌了水泥就将尸体处理了，没想到也正因为这样，意外保留了这两枚关键的指纹。经过比对，指纹来自你父亲——孟勤林。"

孟小京听后只是苦笑了一声："其实，我早就怀疑过他了……"

我很意外："你怀疑过他？"

孟小京落寞地说："怀疑过，只不过我没有任何证据，没想到他将我母亲的尸体藏在了老家的地窖里。有一次我回老家参加葬礼的时候，还去那里取过东西……"

随后，他又说："不管怎么样，这件事总算有了答案，我再也不会为母亲行踪不明而耿耿于怀了……"

我追问道："当年他们的关系不好吗？"

孟小京摇摇头，说："他们的关系很好，他非常爱我的母亲，也非常疼爱我，他们没有任何矛盾，至少在我的印象里没有……"

我又问道："但他还不是将你的母亲杀害了？"

孟小京没有回答，只是沉默地坐在那里，良久，他起身道："对不起，我还有事，我先走了。"

话音刚落，他匆匆离开了。

看着他远去的背影，吴岩对我说："看来，他并非毫不知情。"

我点了点头，没有说话。

我们再次见到孟勤林已经是一周后了。

对于我们的造访，他极其排斥，直接让妻子包莉轰赶我们离开，毕竟上次的见面并不愉快，直至警方出示了传唤证，他才安静下来。

我、吴岩还有两名当地公安民警围坐在他对面，一位民警说："孟勤林，你失踪十多年的妻子，不，是你的前妻彭婉蓉已经找到了。"

他一惊："找到……找到了？"

民警点点头，说："就在你老家的地窖里。"

他反问道："我老家的地窖？"

民警继续道："没错，彭婉蓉被人打死后，被置于铁箱子中，并用水泥浇灌封堵。"

他连珠炮似的问："这……这到底是怎么回事？她失踪了，怎么会被人打死？是谁杀了她，又怎么会出现在我老家的地窖中？"

吴岩冷哼一声："这应该问你！"

孟勤林一脸不解："问我？警察同志，你们不会认为我是凶手吧！"

吴岩没有说话，他的表情给了对方答案。

孟勤林连连摆手："诬陷，这是诬陷啊！一定是有人杀了人，用这种方式陷害我！"

吴岩轻蔑一笑："如果有人陷害你，他早就应该让人发现这些了吧，怎么会将这个藏有尸体的铁箱子放在你家地窖中十多年不见天日？”

孟勤林犹如跳梁小丑一般反驳着：“好好好，既然你们认定我是凶手，我多说也是无益，你们拿出证据，否则这就是诽谤！”

这时候，吴岩将一份现场勘验报告和一份指纹比对报告丢到孟勤林面前，他只是冷漠地看着那两份报告，却迟迟没有拿起来。

孟勤林已然被吴岩逼至死角，却仍旧抱着逃脱的侥幸心理。

吴岩继续说：“警方在水泥中剥离尸体时，意外发现了两枚因水泥浇灌而保存下来的指纹，后经过比对，与你的指纹相似率高达98%，这恐怕不是别人能够陷害的吧！”

包莉颤颤巍巍地拿起报告，粗略看了两眼，转头问道：“老孟，你真是杀人凶手吗？”

孟勤林抬眼，死寂地看着我们。

那眼神复杂，有不甘，有杀意，又透着隐隐的悲伤。

良久，他终于松了口：“好吧，我承认，是我杀了她。”

本以为他会继续反驳，没想到竟然痛快认罪了。

包莉当场情绪失控：“你……你真是杀人凶手，你怎么能是杀人凶手！”

吴岩示意两个当地民警安抚她的情绪，她一边反抗，一边呵斥道：“孟勤林，你这个疯子，疯子……”

然后她坐到角落，低声抽泣着。

吴岩继续问道：“说说吧，你为什么要杀人？”

孟勤林语带悲戚地说：“意外，那完全是一场意外啊！”

吴岩反问道：“意外？”

孟勤林点点头，解释道：“那天我下班回家，看到一个陌生男人从家里鬼鬼祟祟地出来。我回去之后就问那男人是谁，她先是否认，后来又说是同事，来家里谈工作。之前我就发觉她行踪诡秘，男人嘛，总是担心自己被戴绿帽子，我又是比较小心眼的人，三言两句地就和她吵了起来，我们越吵越凶，我一怒之下打了她耳光，转身就想走，没想到她竟然用烟灰缸砸了我的头，还骂我不是男人，活该被戴绿帽子。我当时也红了眼，抢过烟灰缸就砸了她的头，几乎像魔怔了一样，越砸越狠，当我再回过神来的时候，她……她已经死了……”

说到这里，孟勤林抽噎起来：“我真的不是故意的，真的……我害怕被人发现，才把她的尸体运回了老家的地窖，装在铁箱子里，还用水泥浇灌了……”

抽噎瞬间变成了哭泣，仿佛每一次呼吸都是一场悲伤的灾难。

我凝视着痛哭流涕的孟勤林，忽然感到了一种人性的险恶，那是一种从骨子里渗发而出的寒意。

呵呵。

我不禁暗叹：这才是他痛快认罪背后的玄机。

我开口道：“反正彭婉蓉已经被你杀死了，死无对证，你当然可以随便说了。”

孟勤林冷漠又克制地反驳道：“这位同志，我已经承认了杀人罪行，何必再撒谎呢！”

我冷峭地回道：“你当然有必要撒谎，因为你想要隐藏更多的秘密。”

孟勤林眼神倏地锋利起来。

我站起身，不急不徐地说：“当时你们确实发生了争吵，不过是你先动的手，你用烟灰缸砸了她的后脑，然后是整个面部，但她只是昏死过去了，在你当晚将彭婉蓉运回老家的地窖后，准备用水泥浇灌的时候，她又醒了过来，她乞求你放了她，但你还是将她砸死了。”

孟勤林回击道：“我根本听不懂你在说什么，别说得好像你亲眼看到了一样！”

我毫不示弱："我就是亲眼看到了这一切！"

孟勤林不屑地说："你看到了，你在哪里看到的？"

我敲了敲脑袋："我在你的梦里看到的！"

孟勤林冷笑道："荒唐！"

我继续说："彭婉蓉在死前求你放过他，说不该看你的东西，我怀疑你们很可能是因为她看了你的东西起了争执。但我很好奇，她看了你的什么东西呢，使得你不惜杀人！"

第八章

孟勤林的假面人生和少年吕斌登场

这时候，我从包里取出两本日记，然后将其中一本丢给了孟勤林："直到我看到这本日记的内容时，才明白这就是她所谓不该看的东西，她正是看了这本日记才招致杀身之祸！"

虽然极力克制着，但我仍旧能够感到孟勤林的震惊。

包莉看了看我，又看了看他，然后踱步过来，颤抖地拿起了那本日记，结果只翻阅了两页，就尖叫着将日记丢了出去。

孟勤林只是坐在那里，死寂地凝视着我和我手中的日记。

我轻轻翻开它："你自己写的日记都不想看看吗？既然你不想看，那让我帮你回忆一下吧！"

1996年4月2日

我没想到还有这么精彩的方法，泄漏仓库原料，引起火灾后，再救人。

真是太大胆，太刺激了。

疯了，我感觉我都要疯了！

1996年4月12日

今天是观察的第七天，我终于选定了目标仓库，就是原料二号仓。这个仓库只有一个原料罐子，且位置相对偏僻，晚间出入的话，很少会有人注意，方便到时候动手。

1996年5月3日

今天是我观察的第二十一天。

这二十多天，我已经摸清了原料二号仓值班人员的作息习惯和值班情况，我选择在李明德和王富值班的那天动手，这两个人是出了名地不靠谱，值班期间除了睡觉就是看电视，在他们值班的时候动手最保险了，就算到时候他们辩解也没人相信。

1996年5月14日

本来计划明天动手的，没想到工厂临时检查，停工三天，真他妈的倒霉，还要让我忍三天，他奶奶的。

1996年5月20日

昨天晚上，我终于动手了，简直就是完美的作品。

我回到工厂的时候，李明德和王富正在值班室里看电视，我偷偷进了二号仓，拧开原料罐阀，随后仓库起火，我躲在暗处算准时间，先是招呼门卫报警，然后冲进火海里救人。最后，消防车和警车都赶到了，电视台也来人了，还临时采访了我，我说我回单位取东西，意外发现仓库起火才冲进去救人的。满足啊，实实在在的满足！

1996年6月7日

今天厂长找到我，说我救人救火有功劳，也减少了厂里的损失，升我为车间副主任，而且我还接到了通知，说是电视台要来采访我，为我做一个专题报道。

读到这里，我稍稍停顿了一下："我想，这日记里的内容你要比我清楚，我就不用一一念出来了。"

我又取出了一份笔迹鉴定报告："公安机关已经委托专业机构做了鉴定，这本日记系你本人笔迹！"

包莉侧眼看着她的丈夫，她不会想到，这个看起来老实巴交、和她同床共枕十年的丈夫是一个杀害了前妻，甚至纵火施救的疯子。

时间、地点、人物和事件，就像四枚钉子，精准地钉死了孟勤林！

良久，孟勤林才无奈地笑笑："我能知道，你从哪里拿到了这本日记吗？"

我轻轻合上日记："是你的儿子孟小京给我的。"

孟勤林先是一惊，而后又点点头，若有所思地说："没想到我找了那么久的日记竟然在他的手里……"

那一刻，他抬眼，看向病房外面。

孟小京就站在门外，仅仅隔着一扇门，却将这对父子永远地隔开了。

就在昨天，我接到了孟小京的电话，他说有一样重要的东西给我。

我们在一处公园见了面，他所说的重要的东西就是这本日记。

那本日记是他父亲孟勤林的。

内容是孟勤林推人落水、制造火情等事故之后又施救的计划和记录，其中也包括当年的橡胶厂原料泄漏案件和城建小区 402 室失火案件。

当时，我只是简单翻阅了几页，就感到了这日记背后隐藏的杀机和恶意。

我问他为什么会有这本日记，他说是在自己的课本中找到的。

我们站在清冷的风中，他回忆起了那个充满燥热和绝望的暑假。

1998 年的那个春天，他母亲彭婉蓉突然离家未归。

他记得，那天他去学校补课，出门之前，他发现母亲心事重重的，他问她怎么了，她只是笑笑说没什么，还说晚上回家给他包饺子。

当天晚上，他补课回来，看到父亲焦急的身影，才知道母亲离家未归，还失去了联系，他们找了很多地方都没有找到，只能报警。

虽然报了警，但案子始终没有任何进展。

每天下午，他都习惯性地站在门口等待，他想要听到那清脆的车铃声，他想要看到那熟悉的身影，不过他等来的只有无尽的失望。

当时的他百思不得其解，为何母亲明明说好给他包饺子，却突然离家未归，直至那年暑假过后，他在准备处理高三课本的时候，意外发现了这本隐藏其中的日记。

那是一个午后，他坐在窗前，明晃晃的阳光照在日记残破不堪的封面上。

而当他翻开那本日记之后，深邃的寒意却从字里行间扑面而来，瞬间钳制住了他的身体。

他无法将这本日记里的疯子和那个见义勇为的父亲联系到一起。

他也犹豫过，想要问问父亲日记里的内容，但他并没有开口，或许父亲就喜欢幻想，这一切都是父亲的幻想，但是，幻想这个说法无法让他自我信服，这根本就是真实发生的，他对日记中的事件也有印象，包括橡胶厂原料泄漏、郭欣慧母女葬身火海等等。

他应该将这本日记交给警方，让警方调查核实的。最终，他还是放弃了，就算父亲是疯子，终究也是他的父亲。

最重要的是，他嗅到了一种隐秘的、细碎的，随时可能吞噬他平静生活的危险。

也就是从那时候起，他和父亲疏远了。

大学毕业后，他留在了外地工作，娶妻生子，父亲则一直单身，直至十年前才再婚。

这些年，除了逢年过节回家，他很少和父亲见面，更不要说交流了。偶尔通个电话，他也只是不痛不痒地聊上几句，就匆匆挂断了。

父亲以为这是男人成长的沉默，其实只有他知道自己心里深埋的恐惧和不安。

本来，他打算将这本日记一直隐藏下去。

直至他接到办案民警的电话，说在他老家的地窖里，找到了疑似他母亲的尸骨，并最终确定父亲就是杀人凶手的时候，他才决定将这本日记拿出来。

他淡淡地对我说："如果这些是他犯下的罪恶，就应该由他自己了结。"

虽然那个对视只有短短数秒，我却从中看到了一种旷日持久的针锋相对，隐藏在孟小京眼底的惶恐不安、恐惧茫然和憎恨决绝，全部在这个波澜不惊的眼神里得到了释放。

或许是孟勤林知道真相终将大白，已然罪无可逃，也或许是他想要保留孟小京心中最后一点关于父亲的形象。

他缓缓低下了头，供述了所有罪行。

而他的供述和我之前提出的施救综合征竟不谋而合！

他说在十二三岁的时候就发现了自己的这个"怪癖"，从最初救助小动物，后来变成了主动帮助老人和孩子，他能从那种施救之中获得一种成就感。

高中毕业后，他逐渐不再满足于这种“被动”的施救，开始计划着“主动”救助。

从那时起，他开始制造各种意外，将人推倒摔伤、引发车祸、致人落水甚至是纵火等等，只要可以伤害他人，又能及时施救的事情，他都做了。

他很聪明，也很谨慎。

为了做到万无一失，每次“意外”他都做了细致策划和演练，因此才一直没有被人怀疑，还被大家当成了见义勇为的好同学、好同事和好市民。

后来，他经人介绍认识了妻子彭婉蓉，二人结婚后一年有了儿子孟小京。

稳定的婚姻和儿子的出生也没能阻止他施救的脚步，白天他是大家眼中的模范，晚上便做回只有自己知道的魔鬼。

这种日子持续了十多年，直至被妻子撞破了秘密。

他有一本日记，里面详细记录了他从少年、成年直至现在的施救历程，他本来好好收藏着，没想到被妻子意外发现。

其实，当时由于纵火意外烧死郭欣慧母女后，他便准备收手了，但日记一直没有处理。

妻子发现这些后，和他吵了起来，甚至扬言要报警，他一时恐惧，就砸昏了妻子。

当时他以为妻子死了，便将尸体带回老家地窖进行处理，没想到妻子没死，奄奄一息地向他求饶，但他已经没有回头路了。

杀妻之后，他便彻底停手了。

没想到，十多年后，我们会因为吕斌的梦境而重新调查当年的失火案件，也牵出了他的杀妻案和更多触目惊心的施救真相。

我问他：“那吕斌呢，他在当年的纵火杀人案中又扮演了什么角色？”

孟勤林供述完，我将话题对准了吕斌。

孟勤林感叹道：“既然真相已经被揭破，我也没必要替他隐藏了，他算是我的搭档，也算是我的徒弟吧！”

我适时打开了录音笔。

孟勤林继续道：“当时，我们一家搬到城建小区，住在4号楼101室，吕斌和他母亲还有一个陌生男人住在102室。搬过来不久，我就和楼里的邻居们熟识了，包括住在对面的吕斌一家，我听说他母亲离婚了，独自带着他生活，至于那个男人，不过是个同居者。”

他似乎陷入了深远的回忆：“与其说和邻居们熟识，不如说是了解了他们的家庭信息，方便我日后动手。我最先选定的目标是住在五楼的独居老人王大爷，他性格比较孤僻，不喜欢与人交流，但喜欢下棋，恰巧我棋艺也不错，他就总喊我去他家下棋，我趁机配了他家钥匙，然后在一个冬天的午后，我潜入他家，偷偷拧开煤气，接着又演了一出找他下棋，敲门无人应答，撞门救人的戏码，这一举动引得楼里邻居们啧啧称赞，王大爷还认我做了干儿子，只是他不知道，让他陷入危险的正是我这个干儿子。就在我为此事沾沾自喜之时，有一天下班的路上，我遇到了吕斌。”

那一刻，吕斌登场了。

我恍然看到了少年的他，安静地站在不远处。

孟勤林似有无奈地说：“我见过那孩子两次，他看起来老实巴交的，也很有礼貌，每次见了我们都主动打招呼，我妻子对他印象不错，但是我不太喜欢他。”

我问他：“为什么呢？”

孟勤林想了想，说：“直觉吧，我总感觉他身上有一种超乎年龄的成熟，仿佛洞悉了一切，又沉默不语。事实证明，他确实不是善类。”

我追问道：“此话怎讲？”

孟勤林诡秘一笑：“刚才我不是说在下班路上遇到了他吗，与其说遇到，不如说是他在等我。”

吴岩问道："他有话想对你说？"

孟勤林点点头，说："没错，他说，他想要加入我。"

我一惊："加入你？"

孟勤林应声道："当时我也很意外，回他说不明白他在说什么，还让他快点回家做作业。转身离开之时，他突然说，'我知道是你潜入了王爷爷家，打开了煤气，最后又救了他。'"

吴岩问道："他知道了你的秘密？"

孟勤林叹息道："当时听到他这么说，我也是吓坏了，但还是装得很镇定，他说他看到了这一切，还说对这一切很感兴趣，他想要加入我，成为我的伙伴，如果我不同意，他就要告发我。"

我和吴岩对视了一眼，继续听孟勤林说："我知道这是一个危险信号，一旦他将这一切说出去，即使毫无证据，也会让我的声誉受损，最重要的是我今后将无法再进行类似的行动，即便成功救人，也会被人说三道四。"

我反问道："你同意了？"

孟勤林无奈地答道："起初，我并没有同意，而是找机会又和他见了面，我知道否认不会起作用，就想要收买他，我说可以给他钱，或者他有什么愿望，我都可以尽力满足他。不过，他拒绝了我，他说他什么都不要，就是要加入我，否则就将这些说出去。当时我真的想要杀了他，但还是极力忍耐，说会认真考虑。就在我准备离开的时候，他再次叫住了我。"

说到这里，孟勤林突然轻蔑地笑了笑："他笑着问我：'孟叔叔，你是不是特别恨我，特别想要杀了我啊？'我先是一愣，然后说怎么可能呢，他仍旧笑着说：'孟叔叔，我知道你一定特别恨我，甚至想要杀了我，但我警告你，最好不要这么做，我已经和同学打过招呼了，一旦我失踪或者被杀，就让他去找我妈，告诉她凶手就是你！'"

我的后脊浮出一层冷汗，问道："这是吕斌说的？"

孟勤林看了看我，说："意外吧，当时我听了这些也是倒抽凉气，这孩子太恐怖了，不仅猜中了我心里所想，甚至已经想好了对策。"

我问道："所以，你同意了他的加入。"

孟勤林微微颔首："没办法，我只能同意。"

我思忖片刻，又问："那他是怎么知道你的秘密的？"

孟勤林解释道："我们熟络之后，我问过他是怎么注意到我的，他说从我们一家搬来的那天起，他就感到我很特殊，然后暗中观察和跟踪我。当时我问他为什么会感觉我很特殊，他只是淡淡地说，直觉。"

我反问道："你被一个孩子观察和跟踪，竟然没有任何察觉？"

孟勤林回道："是不是很可笑？"

我蓦然想到，初次潜入吕斌的第二层次梦境时，曾看到他在超市暗中偷看孟勤林的画面。

或许，那时候的他就已经在实施观察和跟踪了。

孟勤林若有所思地说："那真是一个令我难忘的下午啊，我，一个年近四十的成年人，却被一个只有十几岁的少年掣肘。"

那一刻，一种浓郁黏稠的恶意从孟勤林的回忆中汩汩流出。

他犹豫了片刻，说："我可以告诉你们，当然了，我不是为了自己开脱，原料泄漏事件和郭欣慧家纵火案都是吕斌提议的，我不过就是执行者而已。"

我一惊："你说什么？"

这太令我们吃惊了——没想到苦苦追寻了那么久的真凶竟只是一个傀儡，真正的策划者是一个看起来人畜无害的少年！

第九章 伥鬼和Mix状态存在假说

我和吴岩对视一眼，事情似乎远比我们想象的还要复杂。

孟勤林苦笑道：“其实，当他向我提议这些的时候，我也吓坏了。虽然我也这么设想过，但从没想过这种恐怖计划会从一个十几岁的孩子口中说出来。或许，从一开始我就将他看轻了，我以为他只是想要寻求刺激而已，没想到他是一个彻头彻尾的疯子！”

说真的，在确定孟勤林是纵火案真凶身份之前，我已经怀疑他是施救综合征患者，因此对于这个结果并没有太大意外。

没想到他在供述一切之后，又扯出了少年吕斌才是真正的主导。

在我们眼里，孩子永远是“单纯无邪”的代名词，那是因为我们盲目地用自身经历为所有孩子做了注解。

有时候，个别青春期孩子的残酷，远远超出成年人的想象。

孟勤林继续说:“在成功策划了原料泄漏事件后，他意外摔伤了腿，我们沉寂了很长一段时间，直至有一天他找到我说，想要和我谈谈。我问他谈什么，他镇定自若地说想要烧掉整栋楼！我说你疯了吧，他却说那样玩才有意思，做最疯狂的事情，尝最刺激的乐趣！”

我不敢置信:“你是说，你们的最终目的不仅仅是纵火救郭欣慧母女，而是纵火救整栋楼里的人?！”

孟勤林落寞地点头道:“没错，我们只是选择了郭欣慧母女居住的402室作为目标而已，没想到意外惊醒了她们，纵火救人变成了纵火杀人。”

我追问道:“后来呢?”

孟勤林继续道:“纵火案之后，我一直挺内疚的，毕竟害死了那对母女。虽然我多次置人于险境，但从没想过杀人，真的，从来没有……我想到了离开，正巧岳母病重，需要人照料，我就带着家人回到了妻子的老家。当然了，纵火案只是其中一个原因，我更多的是想要摆脱吕斌的控制，我不知道如果继续留下来，这个疯子还会威胁我做出什么恐怖的事情！”

我又问:“吕斌同意了?”

孟勤林点点头，说:“我找到了他，告诉他我岳母病重，我们一家要离开北郊，前往曲州，他淡淡地祝我们一路顺风。”

我适时地记录着。“你离开之后，你们还有联系吗?”

孟勤林回道:“打过两次电话，就是聊聊彼此的近况，再后来，我们就没有联系了。直至有一次，我回北郊县参加王大爷的葬礼，才知道吕斌和他母亲搬走了，至于搬去了哪里，就没人知道了。不过，我知道吕斌绝非善类，他和我一样，希望从疯狂邪念中寻找满足，但他的恐怖程度远远凌驾于我之上。”

最后，孟勤林信誓旦旦地说:“如果你们不相信，可以找到吕斌对质，反正我把一切都说出来了，他也没什么可以威胁我的了！”

事已至此，真相终于大白，但真实度和完整度却无从追查了。

就算孟勤林所说的一切都是真实的，这也是他单方面的供述，毕竟吕斌已经失忆，我们无法获得吕斌关于这些的解释。

最重要的是，孟勤林的指控只有单一的证词，并没有更多指向性的证据，即使吕斌没有失忆，他也可以轻松推脱。

最后，孟勤林因涉嫌故意杀人罪、放火罪和故意伤害罪等多重罪名被当地警方逮捕，鉴于他特殊的情况，暂时在传染病医院就医。

在孟勤林认罪后不久，他的瘤子怪病便突然恶化，最终抢救无效去世了。

案件到了这里，似乎有了一个圆满的结局，纵火案被查清，真凶被绳之以法。但在我心里仍有两个疑惑：

其一，在这场追求真相的过程中，虽然我更倾向于相信孟勤林的梦境，但为何两个人的第二层次梦境内容会有如此大的差别？

其二，多次救人于危难，甚至因为救人而受伤的吕斌是否也是施救综合征患者，那些让他美誉加身的落水案、高坠案甚至是纵火案是否也是出自他的策划，在他失忆之前，他是不是一个比孟勤林更疯狂、更谨慎、更内敛的人？

离开曲州县之前，我给宝叔打了个电话，想听听他的看法。

在听完我的叙述后，他尝试帮我做了分析："我没有亲自潜梦，我所做的分析仅仅是建立在你的描述之上，根据你所说的，我也倾向于相信孟勤林的梦境内容，我怀疑 Naomi 加强电流刺激后，你进入的并不是吕斌的第二层次梦境。"

我一惊："我不是初次潜入第二层次梦境，我还是能分辨出梦境层次的。"

他又问："在吕斌的第二层次梦境中，你可以相对自由地行动，梦压也完全在可承受范围内，但两次观察到的场景出现了很多细节上的差别，我怀疑你进入的是一种非常少见的伪第二层次梦境状态，即 Mix 状态。"

“Mix 状态？”我追问道，“混合状态？”

“这并不是一种梦境学理论上的常规状态，通俗来说，这是一种同时出现了第一层次梦境（可修改）和第二层次梦境（无法修改）特征的奇怪层次。你可以这么理解，假设第一层次梦境为 1，第二层次梦境为 2，那么 Mix 状态就是 1 < Mix < 2。”他解释道，“人的大脑一旦受到损伤，不管是外力作用伤，还是自身器质性病变，很可能引起永久性失忆，在这一部分失忆者中，有少数人的梦境会出现 Mix 状态，即第二层次梦境的内容外泄，在向第一层次梦境渗透的时候，会形成一个特殊层次，它和第二层次很像，但梦压不强，内容也是可修改的，潜意识中的不安感会本能地美化那些让梦者感觉不舒服的深远记忆，因此你才会看到两个不同的第二层次梦境场景。如果还有下一次潜入，你会发现三次看到的场景都有差别。”

“这么说来，吕斌也具备修改梦境的能力了？”我又问。

“这是梦境自动清除机制在起作用。”宝叔想了想说，“它对外可以清除对梦境做出互动或者修改的潜入，对内也能修改甚至清除可能引发梦者不安甚至是恐惧的部分元素。”

宝叔的一席话解开了我心里的第一个疑惑，但关于第二个疑惑的解答，我需要更多的时间和精力。

在回东周市的路上，吴岩问我：“你接下来打算怎么办？是向吕斌隐瞒真相，还是将这一切和盘托出？”

我淡淡地说：“他是委托者，关于他委托的梦境我已经调查清楚，不管结果怎样，我都必须告诉他。”

其实，在此之前，我也想过要用一种什么样的方式告诉他比较好。思来想去，坦白直言或许是最好的方式！

我约见吕斌那天，他迟到了。

地点仍旧是蜂鸟书店，我点了两杯苦咖啡，他却推托道：“我从来不喝苦咖啡，我喝冰水就好了。”

我有些意外，但还是招呼服务员送来了一杯冰水。

接下来，我说起了这段时间关于那个梦境的调查，包括孟勤林供述的橡胶厂原料泄漏案件、城建小区纵火案件以及杀妻案等等。

听完这些，吕斌感叹道：“没想到我的这个梦境背后还藏着这么多故事。”

随后，我又将孟勤林关于“吕斌”部分的供述播放给他听，他听后表示无法接受：“王老师，你确定他说的那个吕斌就是我吗？”

我凝视着他，说：“我确定！”

突然，吕斌用力敲击着脑袋：“我怎么什么都不记得了，我怎么什么都不记得了，我不相信我是那种人，我不相信……”

随后，他又反问我：“我知道你是在和我开玩笑，是不是？”

我摇摇头，说：“我是认真的。”

他呵斥道：“骗子，你们都是骗子，什么孟勤林，什么纵火杀人案，什么我被对方胁迫，都是你们编出来诬陷我的！”

虽然吕斌反应过激，但也在我的预料之中，不论是谁，当得知自己曾经如此恐怖时，都会无法接受吧。

不过，我总感觉眼前这个他有种说不出的怪异感，就好像我眼前这杯苦咖啡，明明是咖啡的样子，却尝不出咖啡的味道。

我试图平复吕斌的情绪，他仍旧选择扬长而去。

我示意周围的读者继续阅读，然后付了钱，匆匆离开了。

我将这件事告诉了吴岩，他说这件事根本没有两全其美的解决方式：“真相总是残酷的，如果你的推测是正确的，他也是一个施救综合征患者，那么这场失忆对他和他周围的人来说，未尝不是一件好事。”

吕斌约见我是在三天后。

其实，就算他没有约我，我也准备去他家和他聊聊，告诉他上次聊天没有提及的事情。

相比三天前的见面，此刻的他平静了不少。

对于之前的失态，他向我表示了歉意，他也说会重新寻找和回忆曾经的自己，不管那是一个怎样的人，他都会试着接受。

我笑了笑，转头对吕斌的妻子说："不好意思，我的车子可能没有锁好，麻烦你去楼下帮我看看，好吗？"

她连连点头，接过钥匙，起身匆匆出了门。

吕斌也意识到了我的怪异："王老师，你是不是还有什么话要说？"

我仍旧微笑："我确实有些话要和你单独说。"

吕斌礼貌地回道："哦，你请说。"

我继续道："上次我和你聊起了孟勤林还有他提及的胁迫你一起加入的事情，其实是我骗你的！"

吕斌一惊，而后冷笑道："你什么意思?!"

我不急不徐地回道："其实，根本不是他胁迫你，而是你胁迫他！"

吕斌反问道："你说什么？"

我继续道："是你跟踪偷窥他，发现了他的秘密，以此威胁他让你加入，无奈之下，他只能同意，还有原料泄漏、纵火杀人其实都是你的主意，他不过是一个执行者而已！"

吕斌的眼神倏地变得冷峻起来："王朗，你是在耍我吧！"

我淡然一笑："吕斌，既然已经恢复记忆了，何必再骗我呢？"

吕斌凝视着我，他眼底的冷峻逐渐阴沉起来，直至变成了两口暧昧不明的井："你什么时候发现我恢复记忆的？"

我缓缓走到那张他和妻子的结婚照前面："其实，在我调查纵火案真相的后期，就已经感觉有些不对劲了，当时一直对于调查进展非常在意的你突然变得漠不关心起来，直至我回到东周市后和你见面，你说不喜欢苦咖啡的时候，这个细节让我意识到你变了，因为我们初次见面的时候，你喝的就是苦咖啡，而且还是两杯，短短一个多月过去，你却说自己从来不喝，因此我临时改变了‘调查结果’，说是孟勤林胁迫了你，你的反应和表现非常精准，不过再精准的表现在已经恢复记忆的情况下都会有表演成分。毕竟，微表情和微反应是你无法控制的。不过，当时我也只是猜测而已，直至我们约见的第二天，我接到你前女友何倩的电话，才最终确定你恢复了记忆。”

吕斌一惊：“你什么意思？”

我解释说：“自己的恐怖前男友再次回来找自己，不就是恢复记忆的最好证明吗?！”

我转头看了看他：“放心吧，我今天来找你，只是想要确定你是否恢复了记忆，我没有携带任何设备，况且就算录了音，你也可以轻松推脱，不是吗？”

吕斌丝毫没有放松警惕：“你果然是一个危险人物！”

我淡淡地说：“在我们回来之后，你就已经恢复了记忆，你知道自己失忆之前是一个患有施救综合征的疯子，因此，你对于我们的调查结果已经不再关心，甚至对于之前找我做咨询的事情后悔不已，我们找不到纵火案的真相最好，就算找到了真相，被抓的应该也只有孟勤林，因为你拥有失忆这道免死金牌，就算被揭穿你恢复了记忆，你也可以哭诉自己当年是被胁迫的可怜少年，毕竟在没有任何实质性证据的情况下各执一词对你是最有利的！”

吕斌突然沉默了，像是一只受惊的狼，伺机准备反扑。

我耸耸肩，说：“其实，在孟勤林指证你之前，我没有想过深入地调查你，后来我们辗转联系到了何倩，她对你也没有多谈，只是说自己有了新生活。不过我挂电话前，她反复确认过你是否恢复了记忆，直至她禁不住恐惧给我打来电话，告诉我你找到了她，要回了当年的一个盒子，她害怕你再来找她。”

这时候，我向楼下看了看，看到吕斌的妻子进了单元门。

我转头说：“何倩回忆说，有一次，你酒后失言，说起那个盒子里的东西来源，竟然都是你‘见义勇为’的纪念品，她没想到你温软的外表下竟然藏着一颗豺狼之心，她想要逃，但是被你发现了，你威胁她，如果她离开，就找她父母的麻烦，因此她只好和你在一起，直至你出了意外，她才成功脱身。”

虽然吕斌保持着平静，但我仍旧能够感受到他呼吸间散发出的寒意。

我继续道：“虽然侥幸摆脱了你，但那个盒子她始终留着。她知道一旦你恢复了记忆，一定会去找那个盒子，它就是测试你是否恢复记忆的关键，也是她维持平静生活的一道门。这样相安无事地过了六年，你因为意外出车祸，有些记忆以梦境的形式表现出来，随后那些记忆陆续都恢复了，你想到了那个盒子，它对你非常重要，你必须拿回它！”

吕斌冷漠地看着我，突然笑了出来：“就算我恢复了记忆，承认了当年的事情是我主导，你没有任何证据，又能拿我怎么样呢？”

那一刻，吕斌终于撕掉了伪装。

可气，可恨，可憎，可恶！

我极力克制着情绪：“我确实不能拿你怎么样，我今天来只是想要告诉你一些话。”

吕斌轻蔑地问：“你说得还不够多吗？”

我并不在意：“如果你现在的妻子知道了当年她被救其实是你的策划，她最后嫁给了试图伤害自己的人，应该会崩溃吧。或许，你们会因此分崩离析，你们的孩子也会失去这个家，你的生活更会发生剧变，就算她选择相信你，这件事也会一直横亘在那里，就像一根无法拔除的刺，她一辈子都会为这件事耿耿于怀！”

吕斌回击道：“你这是在威胁我?!”

我笑了：“当年你也是这么威胁孟勤林的，不是吗？”

吕斌没有说话。

我松了口气：“所以，请你好自为之，珍惜现在的生活吧，不要再为了一己私欲毁了它。当然了，还有何倩，你最好也不要再去打扰她的生活，你也知道我和特案科的关系，千万不要试图挑战法律的底线！”

这时候，吕斌的妻子推门进来：“王老师，你的车子锁好了，没有问题。”

我点头感谢，转头对他们说：“那我就先走了，不耽误你们外出了。”

吕斌佯装热络地和妻子送我出来，我走进电梯：“请留步，祝你们生活愉快！”

他凝视着我的眼睛，说了一声：“谢谢。”

回程的路上，我给吴岩打了电话，听闻吕斌恢复了记忆，我向对方摊牌，并发出警告，他也挺意外的：“你就不怕他盯上你？”

我笑笑说：“他可没那么笨，明明知道我已经下了鱼饵，还会自投罗网吗？不过，你们也不能放松，最好定期监控这个家伙！”

吴岩也笑了：“今晚我请你吃饭吧。”

我一惊：“你今天舍得出血了？”

吴岩傲娇地说：“我刚发了工资，就想到和你吃饭，是不是很感动？”

我笑了：“不会又是老陈家的牛肉拌面吧？”

吴岩一本正经地说：“今天咱们坚决不吃老陈家的牛肉拌面，档次太低，不符合我们高雅的气质，咱们去吃王记担担面，外加两个鸡蛋！”

第二卷　剃刀之眼

纵使我是禽兽，难道就没有资格生存吗？

——电影《老男孩》

潜梦追凶笔记

第一章 唯一的幸存者

“现在就回去？”接到吴岩电话的时候，我正在新加坡的圣淘沙岛度假。

“你改签最早的班机回来吧，特案科现在需要你的帮助！”吴岩催促道。

“你开玩笑呢吧！”我佯装推辞道，“昨天上午我刚到新加坡，今天你就让我回去，最重要的是我所有行程都已经安排好了。”

“啧啧啧，你小子这是典型的过河拆桥啊，上次吕斌的案件，你找我帮忙，我可是义无反顾啊，现在老哥有了困难，你倒推三阻四起来了！”

“我这个人最大的优点就是知恩图报。”我狡黠一笑，“回国可以，不过问题解决之后，你必须补偿我一顿豪华大餐！”

“喂，你这是趁火打劫啊！”

“我这是以彼之道，还施彼身！”那一刻，我突然有了一种大仇得报的感觉。

“好好好，豪华大餐就豪华大餐。”吴岩咬牙切齿道，“只要你能帮我把问题解决了，我给你当保姆都行！”

我简单收拾了行李，还来不及感受圣淘沙岛的风土人情，就乘坐最早一班飞机回国了。

我抵达北京之后又转乘高铁回到了东周市。

刚刚走出车站，我就接到了吴岩的电话，他让我直接前往市中心医院。

我赶到时，吴岩正在重症监护室外徘徊，他见我来了，激动地说：“我现在需要你的帮助，我们要潜入她的梦境里寻找线索！”

“谁？”我茫然地问。

“就是她！”吴岩指着玻璃窗内那个昏迷不醒的女性，“她叫秦沐雪，一周前，秦沐雪的母亲报案称其外出后失联，警方介入后确定为失踪。”

“是谁发现了她呢？”

“昨晚十一点多，一个年轻男子报案称，在东周市浦南新区珠江大道旁发现一个昏迷女性，他随即将该女性送往医院。”

“后来呢？”

“根据报案人描述的地点，我们对其周围进行了地毯式搜查，最后在发现秦沐雪位置西南方向的一处废弃民房内找到了线索。”吴岩继续道，“我们在该民房内发现了大量用于囚禁和虐待的工具，负责现场勘验的同事采集到了多枚指纹，其中也包括秦沐雪的，而在秦沐雪的身上也发现了不明血迹残留，初步推测是犯罪嫌疑人留下的。”

“也就是说，有人将她绑架并囚禁在那里进行虐待？”

“可以这么说吧。”吴岩点点头，“那里相当于一间封闭的刑房！”

“那犯罪嫌疑人呢？”我又问，“有线索吗？”

“那处民房空置已久，周围也没什么人居住，既没有监控，也没有目击者，民房主人长期居于外地，无作案嫌疑，我们也排查了秦沐雪的人际关系，未发现可疑对象。”吴岩叹息道，“从现场勘验情况分析，秦沐雪很可能是挣脱了犯罪嫌疑人的控制，也有可能是被释放的，最后逃至路边昏倒。至于她究竟是如何脱困的，只有等她醒来才会有答案了。”

“那……”我转头看向浑身插满管子的秦沐雪，“她还好吗？”

“虽然抢救了过来，但仍旧处于昏迷状态，医生也不能确定什么时候会苏醒。”

“昏迷原因呢？”

“后脑遭受重创。”吴岩解释道，“结合伤势，可以确定她昏迷前受到了残酷虐待，左肩、胸部、腹部以及右腿等部位有多处烫伤、贯穿伤和电击伤，眼睛也被挖了出来……”

“真是惨绝人寰！”我不由得心生悲悯，“在这种状况下还能逃脱，也算是奇迹了！”

“还有奇怪的呢！”话音刚落，吴岩带我进了重症监护室。

我们缓缓走到床边。

吴岩提醒道：“你仔细看。”

我不知道他葫芦里卖的什么药，目光循着他的手指，落到秦沐雪的手臂上。

那一刻，诡异的事情发生了——

秦沐雪的皮肤突然隆起，下面好像隐藏着一条快速游走的虫子，若隐若现。

紧接着是第二条，第三条……

她的双臂瞬间爬满了这种不知名的怪物，它们肆意游动着，我仿佛能听到那种穿梭在皮肉之间的刺刺声。

很快，它们又迅速消失了。

“这……”我抬眼看了看吴岩，“这是什么东西？”

“我也不知道。”吴岩摇了摇头，“看起来像虫子，每隔一段时间就会出现，不仅仅是手臂，它们还出现在了她的腹部、腿部甚至是脚底。”

“医生知道吗？”

“医生为她做了全面细致的检查，并未在她体内发现这种……这种东西。”吴岩解释道，“院方也联系了北京方面的专家，对方也没见过这种情况。”

“所以你才这么着急地叫我回来，想要从她的梦境中寻找线索？”沉默片刻，我转移了话题。

“如果只是一起故意伤害案件，我还不至于这么匆忙地让你回国。”吴岩面色凝重地说。

“还有其他原因？”我一惊。

“这个秦沐雪是3·23系列失踪案的第三名受害者。”吴岩点点头，“也是三名受害者中唯一一个在失踪后再次出现的。”

“3·23系列失踪案件？”事情瞬间复杂了起来。

“刚才我不是提到在废弃民房内提取了多枚指纹吗？”吴岩介绍道，“除了秦沐雪的，还有另外两个人的，她们正是3·23系列失踪案件的前两名失踪者，虽然无法确定她们的存活状态，但我推测她们很可能已经死亡。”

3月23日，东周市裕和区裕安派出所接到一起报案，报案人称她的女儿梁园（三十一岁，本市人，未婚，系东周市红太阳购物中心某柜组主任）失联，随后确定为失踪。

5月11日，东周市景安区景兴派出所接到一起报案，报案人称他的妻子白小希（三十二岁，本市人，已婚，系东周市聚优教育机构讲师）失联，随后确定为失踪。在白小希失联的当天，梁园的母亲收到了一个包裹，包裹内是一段梁园的告别录音和其失联时所穿的衣服。

7月14日，东周市金华区华南派出所接到一起报案，报案人称她的女儿秦沐雪（三十二岁，本市人，未婚，系东周市城市学院助教）失联，随后确定为失踪。在秦沐雪失联的当天，白小希的丈夫收到了一个包裹，包裹内是一段白小希的告别录音和其失联时所穿的衣服。

“这起系列失踪案很特别，每出现一名新失踪者，上一名失踪者的家属就会收到失踪者的一段告别录音和其失踪时所穿的衣服。”吴岩继续道，“虽然特案科已立案侦查，但是案件始终没有实质性进展，市局对此挺重视的，要求我们限期破案。”

“因此……”我抬眼看了看他，“秦沐雪的出现成了解开这一系列失踪案件的关键。”

“不仅仅是现在的 3·23 系列失踪案，还有发生在十二年前的 7·19 系列失踪案件！”

“7·19 系列失踪案？”经他这么一说，我感觉事情更加诡谲起来。

“这是十二年前的旧案了，当时也是我负责的案件。”吴岩回忆道，“在当年的 4 月至 9 月，东周市也发生了一系列失踪案件。”

我极力搜索有关十二年前的记忆。

当时，我刚去外地读大学，对于东周市发生的新闻并不关注，加之当时网络还不是很发达，因此我并不知晓这一系列的失踪案件。

也可能听家人提起过，只是没有印象罢了。

“失踪者都是二十岁左右的女孩，和 3·23 系列失踪案件一样，从第二名失踪者开始，每出现一名新失踪者，上一名失踪者的家属就会收到该失踪者的告别录音和其失踪时所穿的衣服，在第三名失踪者姜小麦失踪后，并未出现新的失踪者，之后也无类似案件发生，案子便被搁置了，成了积案。直至今年 3 月 23 日，梁园失踪的当天，姜小麦的父亲收到了女儿迟到十二年的告别录音以及当时她失踪时所穿的衣服。”说到这里，吴岩叹了口气，“十二年前，我见过姜父，他一直坚信女儿还活着，并抱着这种执念活了十二年，而当他收到女儿的告别录音和衣物时，那苦苦支撑了十二年的信念终于垮塌了……”

“相同的作案手法和姜父收到的录音、衣服让你认为 3・23 是 7・19 的继续？”

“除了真凶，谁还会有姜小麦的告别录音和衣物呢？”吴岩面色凝重地说，“还有就是掌握那么精细的作案细节，比如录音内容的一致性，相同的措辞和表述方式，相同的背景音乐以及衣物折叠习惯，等等。”

“如果两起系列失踪案是同一凶手所为，当年他为何会突然停止，沉寂十二年后再次动手呢？”我抛出了疑问，“另外，7・19 系列失踪案件的受害者都是二十岁左右的校园女性，而到了 3・23 系列失踪案，受害者全部变成了三十岁左右的职场女性，凶手沉寂了十二年，作案对象的年龄、职业甚至家庭状况都发生了变化，作案对象的变化会不会隐藏着什么线索？”

“哎哟，你小子厉害了啊！”吴岩惊喜地看着我，“只是和你合作了三四个案件，你都快变成破案专家了！”

“我最多就是破案爱好者，你才是真正的破案专家。”我摆摆手，“不过，我可以潜入秦沐雪的梦境寻找线索！”

第二章 循环梦境和虫子真身

虽然匆忙回国，身体状态不是最佳，但我还是第一时间通知 Naomi 赶到了医院的重症监护室。

在吴岩的协调安排下，我们进行了初次潜梦。

脑电波同步扫描仪连接着我、吴岩和秦沐雪三人。

我和吴岩服用了助眠药物，缓缓躺下，我深吸一口气，低声道："放松身体，这样有助于顺利入梦。"

吴岩点点头，没有说话。

Naomi 提醒道："鉴于秦沐雪处于昏迷状态，我将潜梦时间拟定为十五分钟，如果到时候你们未能主动苏醒，我将会启动强行唤醒装置。"

我做了一个 OK 手势，然后闭上了眼睛。

药物逐渐起效，我感觉身体在迅速下沉，就在灵魂即将脱离体腔的那一刻，我被一股熟悉的触电感叫醒了——

我跪在地上，置身于一个密闭的房间之中。

我知道，我已经潜入了秦沐雪的第一层次梦境。

还没来得及弄清周围的状况，我竟然毫无征兆地倒在了地上，脑袋里嗡嗡直响，整个人仿佛遭受了暴击。

我努力平稳呼吸，尝试着站起来，却发现极其困难。

鼻孔和耳朵开始不断向外流血，眼珠子极力外凸着，胸腔内翻腾的压力，肆意搅动着五脏六腑。

真实且痛苦。

这是梦压！

通常情况下，梦压更普遍存在于第二层次梦境中，为什么在秦沐雪的第一层次梦境里，也有如此强悍的压力呢？

此时此刻，梦压正毫不留情地挤压着我，不，准确地说是挤压着我和吴岩！

吴岩就趴在我对面，他的状况比我还糟，七窍流血，皮肤皲裂，整个人根本站不起来，只能痛苦地原地蠕动。

我呼喊道：“喂，你还好吗？”

声音离开嘴巴的瞬间，迅速被扭曲消解了，我看到吴岩也在说话，但我什么也听不到。

我们无法沟通，更无法靠近！

眼珠子由于强压外凸，几乎快跳出来了，但我还是强忍剧痛，努力观察周围的一切：

四周密集地布满了窗户，房间中央有一张餐桌，秦沐雪赤身裸体地躺在上面，她的周围站满了男人，看起来就像多胞胎，他们戴着同一款鸭舌帽，穿着相同的制服，但他们的脸是失真的，我看不清他们的样子。

他们手持剃刀，谈笑着将刀子插进秦沐雪的身体。

秦沐雪动弹不得，只能眼睁睁看着自己被多胞胎剔肉蚕食。

这时候，站在秦沐雪身边的一个多胞胎附到她耳边说了什么，那个瞬间，我竟然听到了她的哀号！

几乎是同时，整个空间似乎都扭曲了。

那叫声爆发出了强悍的杀伤力，多胞胎男人瞬间炸开了，零碎的残肢和内脏充满了房间。

我也受到了巨大的冲击，身子被削掉半边，吴岩则同多胞胎男人一样，直接被炸得残肢横飞。

秦沐雪发出求助，但我也无能为力。

紧接着，多胞胎男人被炸飞的零碎身体竟然蠕动起来，然后有意识地彼此靠拢，越聚越多，彼此黏合，最后重新组成了一个“人”。

他们一个接一个地“复活”了，优雅地捡起地上的帽子和剃刀，缓缓朝秦沐雪走来。

多胞胎男人彼此讪笑着，戴好帽子，举起剃刀，像什么都没发生一样继续享受她。

那一刻，墙上的时钟突然响了。

当当——

那声音震耳欲聋，我本能地闭上了眼睛。

当声音散尽，房间竟然空了，秦沐雪不见了，多胞胎男人也不见了。

就在我环顾之际，房门被推开，秦沐雪躺在餐桌上被推进房间，她的周围就是那些多胞胎男人。

他们将餐桌推至房间中央，秩序井然地围站过来，然后取出剃刀，一边谈笑，一边将刀刃插入秦沐雪的身体。

这和我刚才看到的场景一模一样！

我意识到这是循环梦境。

当那个站在秦沐雪身边的男人将嘴巴再次附过去的时候，我极力冲了过去。

虽然声音被扭曲，但已经逐渐适应梦压的我还是隐约听清了：“逃……了……逃了这么久……还是……没有……逃掉……”

伴随着秦沐雪撕心裂肺的惨叫，我的身体被一股庞大的压力吞噬了，如同攥在手中的浆果，瞬间浆液四溅。

那种被碾碎的痛苦从梦里延伸到了现实之中。

睁开眼睛的那一刻，我感到一股温暖的液体从鼻腔中流了出来。

我缓缓坐起来，吴岩已经先我一步醒了过来，他摘下脑电波同步扫描仪，鼻孔里塞满了卫生纸。

没想到堂堂特案科科长也有这么滑稽狼狈的时候。

“就是潜梦而已，怎么都开始流鼻血了？”吴岩感叹道。

我凝视着昏迷中的秦沐雪，她的皮肤下面再次出现了那种游动着酷似虫子的东西，它们迅速游走，又迅速消失。

“喂，想什么呢？”吴岩又唤了我一声。

“我想……”我转头看了看他，面色凝重地说，“我可能知道出现在她皮层之下的怪东西是什么了……”

“说来听听！”

“在此之前，我想先说一下此次潜梦所观察到的东西。”我喝下 Naomi 递来的功能饮料，清爽的液体灌进胃腔，疲惫的状态瞬间得到了缓解。

“这一次潜梦确实挺奇怪的。”吴岩也回想起了自己在梦中的体验，“为什么在秦沐雪的梦中，我根本控制不了身体，还没来得及观察什么呢，就爆炸了……”

“这是梦境本身散发出来的压力。”

“梦压吗？”

我在之前的案件中介绍过梦压。

所谓梦压，即梦境对于梦境潜入者的垂直作用力，压力的大小与梦境内容密切相关。

“其实，每个层次的梦境中都存在梦压。在通常情况下，第二层次梦境中的梦压非常强大，会给潜梦者带来体验上的不适，甚至可能压碎潜梦者，而第一层次梦境的梦压很小，可以被潜梦者体内的压力所平衡，故潜梦者不会有所感受，即使有感受，也完全在可承受范围内。这是梦境层次本身的属性问题。”我解释说，“但秦沐雪的第一层次梦境中却存在着强悍的梦压，已经达到可以压碎梦中人物的程度，当然了，还有作为潜梦者的我们。”

“她有什么特殊吗？”

“想要解释她梦境中的强悍梦压，还是要联系她梦境中的内容。”

“你说说看。”

“阴暗逼仄的房间里，多胞胎男人将摆放在餐桌上的秦沐雪剔肉食用。”我继续说，“这是一个非常值得解构的梦境，在这个场景中，出现的梦象几乎都与焦虑、恐惧和攻击有关。”

狭小的空间和密集的窗户是一种安全感极度缺失的表现。

裸体象征很多不同的意义，比如脆弱、希望卸下防御、摆脱羞耻和热爱真实等等，在解析的时候需要分析梦境情绪和裸体出现的情境，在充满焦虑的梦里，裸体通常象征梦者脆弱不堪的内心。

双胞胎或者多胞胎通常暗示着梦者内心的混乱或者恐惧的叠加。

失真的面孔则代表梦者不愿意面对现实中的恐惧。

至于刀子（剃刀），它是最常见的男性性符号，它的穿刺力象征男性生殖器，用于暴力和攻击，象征男子气概。

剔肉食用则是将这种暴力和攻击进行了极端的放大。

“因此，房间、窗户、失真、多胞胎、裸体、剃刀以及切割取肉等多个梦象（符号），暗示着梦者被极度的恐惧所吞噬。”我总结道，“最重要的是这个场景仍在不断重复。”

“不断重复？”吴岩反问道。

“在你被梦境清除后，这个场景又重复了一遍，我推测这是一个循环梦境。”

“循环梦境？”

“我们都有反复做一个梦的经历吧，尤其是那种让你感觉不适的梦，你越想摆脱，它越是循环不止，这就是循环梦境。”这时候，我走到秦沐雪的床边，“她在昏迷前遭到了死亡威胁，伴随着昏迷，这种极端恐惧被带入梦中，而在梦里，恐惧永远是最为强大的力量，这种死亡威胁造就了恐惧原动力，循环的场景便是这种极端恐惧的一种释放！”

“原来如此。”吴岩点了点头。

“大脑在面对极端恐惧时会启动防御机制，能够保护梦者免于崩溃，也就是秦沐雪的尖叫引发的多胞胎男人集体爆炸，但爆炸后的多胞胎男人再次重组复活，说明极端恐惧仍旧主导着梦境走向。”我继续分析着，“我推测秦沐雪本身的梦境状态处于一种病态，正是由于这种病态，让梦压发生了变化，这才出现了我们潜入梦境后不能控制身体、血管迸裂，甚至身体爆炸等在第二层次梦境才会出现的情况。”

“刚才你说可能知道了那种出现在她皮层之下的东西是什么？”吴岩又喝了一杯功能饮料，“不会也是极端恐惧造成的吧？”

“没错。”我点点头，“我曾看过这么一则信息，在一个虚拟绑架的现场，不知情的受试者在被蒙上眼睛前，看到试验者正拿着一根烧红的烙铁向他走来。他的双眼随即被蒙住。当烙铁接触到受试者的皮肤时，他发出撕心裂肺的惨叫后陷入昏迷，科学家在接触位置上发现了烫伤。事实上，当受试者被蒙住双眼后，接触他身体的只是另外一根没有加热的普通烙铁而已。”

“真是不可思议！”

“这说明，在某些特殊情况下，人的精神和心理状态是能够对机体造成超乎想象的影响的，那个受试者就是这种情况。”我解释道，“我推测秦沐雪很可能也是处于这种状态，不断循环的濒死威胁，不断强化的恐惧体验，那种很像虫子的东西就是身体对于梦境中极端恐惧的特殊反馈。”

“即便你试着解释了那种虫子的真身，还是没有找到任何可以辅助现实破案的线索。”听到这里，吴岩无奈地感叹。

“虽然这个梦境充满了象征性的梦象，但我还是观察到了两条有价值的信息。”见吴岩有些失落，我又说道。

“说来听听！”吴岩来了兴趣，“也不枉咱们在梦里死一回了。”

我活动了一下筋骨，感觉精力正缓缓注满整个体腔。

其一，多胞胎男人的鸭舌帽和制服。这是一个非常有意思的细节，如果说多胞胎男人是梦者混乱内心和叠加恐惧的反映，那么每个人头上的鸭舌帽和身上的红蓝制服似乎就别有意味了。很多梦境符号有通用意义，但有些梦境符号只对梦者自己有特殊意义。比如多胞胎男人戴着的鸭舌帽，为什么他们戴着鸭舌帽，而不是太阳帽或针织帽呢？为什么他们穿着制服，而不是西服或泳装呢？这说明它不是具有通用意义的梦境符号，而是现实事物的梦境复刻，也就是说，现实中伤害秦沐雪的人很可能就戴着这么一顶鸭舌帽，身着红蓝制服。

其二，在我苏醒之前经历的循环梦境中，站在秦沐雪身边的男人曾将嘴巴附到她耳边说过一句话，可能是适应了梦压，我大致听清了内容：逃了，你逃了这么久，还是没有逃掉。因此我推测，秦沐雪和犯罪嫌疑人有过交流或存在某种关系。

吴岩随即安排特案科同事对全市范围内的商场、企业、学校甚至个体经营户进行排查，重点是红蓝色制服，或佩戴鸭舌帽。

吴岩送我和 Naomi 下了楼："真是辛苦你了。"

我淡淡地说："你应该说，作为特案科的特别顾问，这是你应该做的。"

第三章 噩梦重临和梦游杀人猜想

次日晚上，我就接到了吴岩的电话，他说按照我提示的线索，已经找到了犯罪嫌疑人。就在我以为可以至此退出此案调查的时候，却再次接到了吴岩的求助。

那是他告诉我找到犯罪嫌疑人后的第三天。

电话里，他希望我能去一趟特案科。

我推托道："我已经帮你们找到了犯罪嫌疑人，审讯录口供就是你们的工作了。"

吴岩语气凝重地说："你还是来一趟吧，这案件……似乎没有想象得那么简单。"

我本已安排好了行程，由于吴岩的临时命令，我只好和客户改约。

虽然有些不悦，但我还是第一时间赶了过去。

我下了车，正准备上楼，却见吴岩坐在另外一辆车里，他招呼我上车，我坐进车子，问道：“这是去哪儿？”

“看守所。”

路上，吴岩向我说起了那个犯罪嫌疑人。

“他叫林培勋。”吴岩点了一根烟，然后摇下车窗，“那天潜梦结束后，特案科联合工商及工信部门，按照你提供的线索进行了全面筛查，确实有一家叫恒辉的物流公司符合筛查条件，他们公司在一年前定制了一批工服和工帽，与我们在秦沐雪梦里看到的多胞胎男人穿戴基本一致。随后，我们以体检名义对公司全体男性员工进行了摸排，通过采集指纹进行比对，锁定了目标嫌疑人林培勋。特案科又采集了他的血样进行 DNA 鉴定，与警方在现场采集的不明血迹系同一人，基本可以确定他就是犯罪嫌疑人！”

吴岩交给我一张信息单：

林培勋，男，1987 年 11 月 7 日出生，东闽市人，单身，高中学历，高中毕业后先后在多家餐厅和 KTV 担任服务员。2011 年 5 月至今，供职于东周市恒辉物流公司。

后面还有更详细的履历。

“既然证据确凿，还有什么问题呢？”我有些困惑。

“我们第一时间审讯了林培勋，对于警方所说的，他全盘否认，他说自己根本不认识什么秦沐雪，更不可能虐待伤害，甚至想要杀害对方，至于我说的 3·23 系列失踪案的另外两名失踪者，他也一并否认了。”

“那他如何解释秦沐雪身上留有他的血迹，现场还有他的指纹呢？”

“不知道。”吴岩吐了一个烟圈，“他说他也不知道，他恳求我们相信他，他根本不会做绑架伤害的事情。”

“这种否认可没什么技术含量。”我淡淡地说。

“当时我也是这么想的。”吴岩无奈一笑。

“当时？”我反问道，“看来你现在改变看法了？”

“虽然林培勋否认了警方的说法，但证据是不会说谎的，不过仅通过血迹比对并不能完全钉死林培勋。”吴岩话锋一转，“就在此时，秦沐雪醒了！”

“她醒了？”我一惊。

“就在今天早上，我接到医院主治医生的电话，他说秦沐雪苏醒了。”吴岩点点头。

“太好了。”兴奋之余，我又有些失落，“不过她的眼睛被挖了，无法辨认凶手了。”

“虽然无法辨认凶手，但她还可以提供其他信息。”吴岩继续道，“我第一时间赶到医院，在医生和其家人的陪同下，我对她进行了询问，她在平稳情绪后，大致描述了凶手的外貌、身形和穿着，基本和林培勋一致。

“根据秦沐雪叙述，案发当天晚上，她和丈夫吵架后，独自外出闲逛，边听歌边散步，走着走着，才发现自己走到了一条僻静公路上，她感到有点害怕，转身准备回家。结果就在这时候，她被人袭击了。她被抬上车子，恍惚中记下了对方的车牌号，尾号是726，而林培勋名下正好有一辆飞度轿车，车牌尾号正是726，结合调取的该时段社区监控，林培勋确实下楼，驾车驶离了公寓！”

“这算是找到新证据了。”我稍稍松了一口气。

“不过，林培勋对于这些也是全盘否定，当他看到视频后，直呼不敢相信，他说当时自己在家睡觉，根本不可能离开，可能是别人偷用了他的车子，也可能是监控出了问题。总之，视频里驾车离开的绝不是他。”吴岩意味深长地说，“但这个说法却被社区保安老靳否定了，他说最近几个月，这辆车子经常在午夜时分离开，他看到车子里坐的就是林培勋。”

“看来是板上钉钉了！”

“在秦沐雪后来的叙述中，”吴岩话锋一转，“她说醒来后，被带到一个阴暗潮湿的房间，她乞求对方放过自己，对方非但不听，还用各种方式虐待她，这样持续了三天，在第三天晚上，对方先是逼迫她录制了一段告别录音，然后用剃刀挖掉了她的眼睛。”

“那她是怎么逃脱的呢？”

“她说在剃刀扎进眼睛的瞬间，精神彻底崩溃了，她发出惨叫，便失去了意识。”指尖的香烟彻底燃尽，吴岩抖落了烟头，“她再醒来的时候，并未听到凶手的声音，同时她还发现捆绑自己的皮带松开了，她就这么一边摸索，一边逃了出去，在离开前，她感觉自己踩到了人腿，但不能确定对方是谁。当她跌跌撞撞来到公路上的时候，由于极度恐惧和疲惫而再度昏迷。”

“犯罪嫌疑人为什么突然放弃了对秦沐雪的控制和虐待，任由她逃离呢？这不是将自己置于险境之中吗？”听完吴岩的叙述，我追问道，“还有，秦沐雪逃离之时触碰到的是谁的腿，是犯罪嫌疑人的，还是另一个被绑架者的？”

“我也非常好奇，不过更让我在意的是秦沐雪透露了一个惊天秘密！”车子在一个红灯前面停了下来。

“什么秘密？”我侧眼看了看他。

“她说她在十二年前就被绑架过！”吴岩面色凝重地说。

“十二年前就被绑架过？”我突然想到了7·19系列失踪案件。

“没错，秦沐雪说当时被绑架的还有另外两个女孩，她们三人先后被绑架，然后被关在一个铁笼子里，绑架者轮流折磨强奸她们，并用剃刀剔她们的肉以取乐，还让她们录制了告别录音。就在她们感觉脱身无望之时，那个绑架者却突然不出现了，她们三人才想了办法逃离。”

“这么说来，3·23系列失踪案很可能就是7·19系列失踪案的继续了。”我感叹道，“那另外两个逃脱的女孩呢？”

“另外两个女孩正是梁园和白小希！”红灯变成了绿灯，车子缓缓启动。

“站在犯罪嫌疑人的角度上来说，她们三人是漏网之鱼，十二年前侥幸逃脱，十二年后再次被盯上，这也就解释了犯罪嫌疑人为什么会在选择对象的年龄上发生了变化。”

我突然想到离开梦境前，重新拼凑起来的多胞胎男人对她说：“你逃了这么久，还是没有逃掉。”

当时我还疑惑他说这话的意思，也怀疑秦沐雪和犯罪嫌疑人存在某种交集，经吴岩这么一说，所有信息便一一对应上了。

这也可以解释秦沐雪梦中极端恐惧的来源了，她面临的不仅仅是死亡的威胁，还有来自十二年后重新被猎杀的险境！

“如果十二年前，秦沐雪三人被绑架虐待，为什么她们逃脱后没有报警呢？”

“一旦报警，势必惊动各方，引发媒体关注，她们被囚禁强奸的事情就会曝光，平静生活也会被打破。”吴岩叹息道，“因此她们选择了保持缄默，随后相继去外地求学，互不联系。若干年后，当年被猎杀的恐惧逐渐消解，她们又陆续回到了东周市。其实，从她们放弃报警的那一刻起，就已经缓慢滑向了十二年后的险境。”

“那问题也来了，如果林培勋是7·19和3·23两起系列失踪案的凶手，年龄上并不符合。林培勋是1987年出生，今年二十五岁，而十二年前才十二三岁，且当时他在读初中，还是封闭学校，不论时间、动机以及完成性上都是不可能的！”

“没错，秦沐雪也说两次绑架她的人并非同一个人，十二年前的绑架者身形比较胖，个头不高，年龄在四十岁左右；十二年后的绑架者却是高瘦型，年龄在三十岁左右。”

“如果不是同一人，那就是模仿者了。”我推测道，“很多美国罪案剧里都会出现的，凶手被抓获或死亡，会有模仿者出现，或许林培勋是以模仿者或继承者身份出现的。”

“现阶段，这也是唯一的可能性了。”吴岩点点头，“当年7·19系列失踪案发生后，虽然有相关报道，但媒体得到的核心信息并不多，且当时的案件负责人是我，掌握案件核心信息的除了办案人员，就只有真凶一人了。”

“两个凶手，却掌握了同样的作案细节，他们之间一定有着密切联系！”我们在看守所见到林培勋的时候，他整个人看起来颓废至极。

“我想问你一个技术性的问题？”

“问吧。”

“人……人可能在梦游状态下……”吴岩仍旧有些犹豫，“杀人吗？”

“梦游状态下杀人？”我错愕地看着吴岩。

“是不是感觉我的问题很蠢？”他干涩一笑。

“为什么会突然提到梦游状态下杀人呢？”

“林培勋被拘留后，他说如果证据都指向了他，那他就是在梦游的时候做了这一切。”吴岩解释说。

“他患有梦游症？”我反问道。

“在走访时，林的同事曾提及一起值班时，他经常会半夜突然起来，像僵尸一样转悠，还说一些奇奇怪怪的话，然后再回去睡觉，看起来像梦游，有一次还把值班同事打伤了。林被拘留后，负责看守的民警也说他出现了梦游行为。我随即让芮童联系了林的父母，他们也证实这种情况在他小时候就出现了，一直持续到现在，林的父母还说，他们家族中不少人都有梦游症。”

我明白了吴岩的想法，他不想放过任何一种可能，哪怕是普通人听起来匪夷所思的东西。

梦游（Somnambulate），是睡眠中自行下床行动，后再回床继续睡眠的怪异现象。

梦游是一种较为常见的生理现象，一般认为是睡眠障碍的一种。

据统计，梦游的人数约占总人口的 1% ~ 16%，主要发生在儿童期，大多数集中在六至十二岁，成年人有梦游行为大多是从儿童时代遗留下来的。

睡眠分为 REM（快速眼动睡眠）和 NREM（非快速眼动睡眠）。

REM 一般是梦境发生最多的时期，伴随着近清醒状态的脑电波和不停的眼动。

NREM 包括一至四四个阶段，研究指出，有梦游行为的人的脑波显示在 NREM 的第三、第四阶段。

因此，梦游事实上与做梦无关。

关于梦游成因的研究仍在进行，现阶段已确定很多因素可以导致梦游，最常见的有以下三种：

1. 遗传因素：如果父母兄妹患有梦游症的话，那么其出现梦游的概率会比普通人高出十倍以上；

2. 睡眠状况：睡眠不足或不规律，经常醉酒，服用某些镇静药物、神经兴奋剂或抗组胺药物等，也有可能造成梦游；

3. 疾病相关：精神类疾病，或者机体类疾病，比如心律失常、发烧、胃食管反流、哮喘发作、癫痫发作等。

林培勋的梦游应该是由遗传因素造成的。

“我也接触过部分梦游症病例，梦游方式五花八门，有寻常的，也有离奇的，吃东西、打电话、性行为甚至开车等等，可以说梦游后一切皆有可能。”我解释说，“大多数梦游症患者清醒后对于睡眠期间的行动一无所知，少部分记忆模糊，不敢确定是梦游，以为自己只是做梦，并且对于梦游经历具有应激性，比如说谎、否认等其他行为转移。至于梦游杀人的案例，我是没有接触过，不过确实有这种案例发生过。”

案例一：1987 年，加拿大多伦多二十三岁男子肯尼斯·帕克斯因挪用公款偿还赌债而被解雇，晚上在家看电视，随后在沙发上睡着。半夜时分，他站起来，开车行驶二十三公里到达岳母家，并用刀刺死了岳母。行凶后他回到家，可能醒过来了，随后开车到附近警察局自首。法庭陪审团考虑到帕克斯有梦游史，也不存在明显的杀人动机，最终判其无罪。（发病因素：遗传因素、睡眠状况）

案例二：2010 年，来自威尔士的布莱恩·托马斯在结婚四十周年纪念日这天，和妻子在外露营，夜晚，托马斯做了一个噩梦并勒死了自己的妻子。心理学家指出，托马斯患有一种能让他在睡眠中失去控制的睡眠障碍。最终，托马斯被判无罪。（发病因素：疾病相关）

“这么说，就是可以做到了？”吴岩追问道。

“理论上存在这种可能。”我尽量措辞准确。

“那还是有这种可能了。”吴岩紧追不舍。

“即便你证明林培勋是在梦游状态下完成犯罪，这一切不是他的主观行为，但他作案的空间和工具，甚至是虐待以及录制告别录音的行为呢？总不能也是在梦游状态下准备的吧，最重要的是，他掌握了案件的核心信息。”我明白吴岩所想，梦游状态下确实可能完成杀人行为，但如此精确地作案，恐怕无法用简单的“梦游”二字来解释。

“没错，有些事情确实是梦游状态下无法做到的。”吴岩无奈地叹气道，“因此我想让你潜入林培勋的梦境，看看能不能找到什么新线索。”

我答应了吴岩。

因为我也非常好奇，林培勋到底是不是 3・23 系列失踪案的元凶。

如果他是，那他和 7・19 系列失踪案的凶手有何关系，是模仿继承？

如果他不是，那虐待现场为何会有他的指纹及血迹，是被人陷害还是另有隐情？

第四章　重叠视野和意念控制

在吴岩的安排下，我们顺利潜入了林培勋的梦境。

在梦里，我们看到了很多细碎却诡异的画面：

比如他被女上司训斥，转而和女上司做爱，在高潮的瞬间，女上司变成了一条鳄鱼，随后鳄鱼将他吃掉了，满嘴血色肉末；

又比如他怀孕了，生产的时候，家人将他带到了火葬场，两个火葬工将他的嘴巴撕开，从他的嘴里爬出了一个全身长满嘴巴的怪婴；

再如他和朋友吵架，朋友用剪刀将他解剖了，他的肚子里竟然盘踞着另一个他，再次解剖，肚子里还有另一个他，无穷无尽。

在醒来之前，我们并未找到任何有关3·23和7·19系列失踪案件凶手或与之相关的任何信息。

此次潜梦无功而返。

这让每次都在潜梦中获得线索的吴岩颇为失望。

我安慰他："这就是潜梦，并不是每一次都可以找到什么。"

吴岩无奈地点点头。

我思忖了片刻，说："虽然没有找到与案件相关的内容，我还是能从那些怪诞的场景中分析出一些信息。"

"说来听听。"

"我们看到的是很典型的释放性梦境场景。关于释放性梦境，我之前做过解释，杀梦、循环等都是释放性梦境的表现形式。"我解释道，"这类梦境可能出现在任何人的梦中，林培勋也不例外，他被拘留后，内心波动必然很大，这是一种强烈且直接的情绪刺激，如果他真是 3・23 系列失踪案件的凶手，或与该案件有关，势必会在第一层次梦境中反复回忆相关内容，我们在潜入后，极有可能会观察到这些画面，但我们看到的只是释放性梦境，被鳄鱼吞吃、长满嘴巴的怪婴和无限循环的自己都是象征着紧张和焦虑的符号，梦用这么极端的形式让梦者意识到被压抑的强烈不安，这说明林培勋很可能不是 3・23 系列案件的凶手，或者与之有关。"

"这案件还真是越来越有意思了。"吴岩感叹道。

潜梦结束的那一晚，我与宝叔通了电话，想听听他的看法。

他说他人在三亚，刚刚结束了一个学术研讨会，正准备来看望我和吴岩。

当晚，宝叔就乘坐高铁赶到了东周市。

我们上次见面还是在李麒麟灭门案件中。

听完我和吴岩的叙述，宝叔思忖了片刻："你们说得没错，案子有两种可能。第一，林培勋在撒谎，他确实是 3・23 系列失踪案的凶手或与凶手有密切联系；第二，林培勋没有撒谎，他不是真凶（仍与 3・23 系列失踪案有关，毕竟他掌握了核心作案细节），他是在梦游状态下完成的这一切。但问题也随之而来，梦游状态下的他为何会那么精准地找到秦沐雪等人，并实施一系列虐待伤害，甚至做出录制告别录音这种对精细度要求极高的行为。最诡异的是梦游行为通常是随机的，这种连续进行三起目的性案件的可能性基本为零，除非……"

"除非什么？"我和吴岩齐声问道。

"除非有人操纵了林培勋！"宝叔意味深长地说，"准确地说是操纵了梦游状态下的林培勋，而这个人是7·19系列失踪案的真凶或者是与之相关的人！"

"这……"吴岩仍有怀疑，"这可能吗？"

"想要确定是否有这种可能，就要在其梦游状态下潜入他的意识空间。"宝叔淡淡地说。

其实，在吴岩向我提及林培勋有梦游行为的时候，我就有过这种猜想，但缺乏理论支持，因此也就没有多说，直至宝叔提了出来。

"虽说是梦游，但梦游状态下，人处在NREM第三阶段和第四阶段，在这两个阶段里，人是不会做梦的。"我提出了质疑。

"没错。"宝叔解释说，"不过没有做梦不代表意识空间没有活动，也不代表没有脑电波的产生，梦境只是一种反应形式而已。"

"在梦游状态下进行潜入，我们暂时做不到吧。"吴岩表示担忧，"毕竟，我们不能控制他的行为。"

"其实，技术方面是可以做到的。"宝叔介绍道，"研发脑电波同步扫描仪的科技公司在原版上进行了改良升级，就有了现在的无线版本。"

"无线版本？"我一惊。

"这个版本的优势在于可以自动监控被潜入者的睡眠状态，并根据睡眠周期进行潜入可行性的分析，缺点是潜入时间最多维持三分钟，且潜入者与被潜入者之间的物理距离不能超过五米。"

“只怕这么短时间，我们观察不到什么东西。”吴岩表示担忧。

“三分钟足够我们观察了。”宝叔安慰道。

在吴岩的安排下，待林培勋入睡后，就会佩戴无线脑电波同步扫描仪，一旦他进入梦游状态，我们就可以潜入他的意识空间。

这期间，我、宝叔还有吴岩就住在关押号间的内间，Naomi 负责技术支持。

连续两天的等待，林培勋都没有出现梦游行为，我有些心焦，宝叔让我放平心态，耐心等待。

在实施梦境监测的第三天，无线脑电波同步扫描仪终于发出了信号，当时正处于睡眠状态的我们很顺利地进入了林培勋的意识空间。

不同于之前的潜梦，我并未感到那种熟悉的触电感，而是被一种令人不适的清冽感贯穿了身体。

睁开眼的瞬间，我甚至有些恍惚，不知道自己是否成功潜入了。

我之所以会感到困惑，是因为我们所处的空间竟然就是看守所中林培勋所在的关押号间！

除了林培勋，我还看到了“我们”自己！

没错！

就是我、宝叔还有吴岩，Naomi 以及负责看守的民警同志。

“这他妈的是什么情况?!”吴岩颤颤巍巍地说，“我们……我们灵魂出窍了吗？”

“宝叔，这是怎么回事？”我也没见过这种情况。

“我们没有灵魂出窍，我们确实是在林培勋的意识空间内。”宝叔面色凝重地看着眼前的一切。

“他的意识空间为什么和现实一模一样？”吴岩又问。

“因为，来到这里的不仅仅是我们……”宝叔环视一周，“还有其他人！”

“其他人？”吴岩一惊。

“此时此刻，我们在林培勋的意识空间里观察，有人却通过梦游状态下林培勋的眼睛在观察现实中的我们，这是意识空间和现实空间同步，也叫作重叠视野（overlap vision），一种很特殊的观察角度！”宝叔解释道。

“这么说，对方也知道我们潜入林培勋的意识空间了？”我机警地问道。

“从理论上来说，他应该不会察觉到我们的潜入。”宝叔凝重地说，“不过也不能完全确定，毕竟现在不是梦境状态，且通过林培勋的眼睛在观察现实的人，很可能知道我们正在进行潜梦，暂时静观其变。”

吴岩本想开口追问的，没想到那一刻，我们眼前的林培勋突然失控地扑向了负责看守的民警，吴岩本能地想冲上去阻挡，却被宝叔一把拦住：“这是林培勋的意识空间，你控制不了他的！”

吴岩焦急道：“那怎么办，就看着他袭警吗?!”

负责看守的民警在警示无用的情况下，直接拔出配枪，朝着林培勋开枪，林培勋成功闪避，继续袭击看守民警。

门外的值班民警听到枪声冲了进来，直接向林培勋的左腿开了一枪。

几乎是同时，宝叔也摸出一把手枪，抬手对着屋顶就是一枪！

子弹射穿屋顶的那个瞬间，正在发生的袭警一幕也在那一刻停止了，准确地说，是意识空间内的一切都停滞了。

更诡异的是以子弹射穿点为中心，空间内的一切，包括人和物，全部沿着密密匝匝的裂纹迅速破碎，剥落。

“这是怎么回事？”吴岩松了口气。

“我刚才射出的是专门用于停滞梦境内容的破梦子弹，没想到在非梦境状态的意识空间内也同样有效！”宝叔解释说。

这时候，我感到一股剧烈的抽离感，我知道 Naomi 启动了强行唤醒，紧接着，我们三人相继醒来。

而现实里和梦境中发生的一模一样，林培勋因为袭警被制服，他茫然地哭喊着："放开我，你们为什么朝我开枪，为什么……"

"你刚才袭击了看守民警！"吴岩呵斥道，"你知道自己在做什么吗？"

"我……"林培勋颤颤巍巍地说，"我刚才在睡觉，根本不知道发生了什么，我醒来的时候才发现你们射伤了我的腿……"

虽然涉嫌袭警，但林培勋还是立刻被送去治疗了。

吴岩向两位看守民警简单说明情况后，第一时间向局长做了汇报，局长对于吴岩的擅自决定非常恼火，要求他立刻回公安局做报告。

吴岩早有心理准备，宝叔也安慰道："通过这次潜入，我还是有了很重要的发现。"

"说说看吧，说完了，我就回局里领处分了。"

"此次潜入正好验证了我们的推测，林培勋并不是3·23系列失踪案的真凶。"宝叔严肃地说，"准确地说，他不是真正的凶手，就算3·23系列失踪案确系他所为，也应该不是他的本意，藏在背后控制他的人才是元凶！"

"背后控制他的人？"我和吴岩对视了一眼。

"还记得在林培勋的意识空间中，我说除了我们三人，还有别人在吗？"

"您说我们在观察林培勋，而他在观察我们？"我追问道。

"如果我没猜错，就是此人控制了梦游状态下的林培勋，让他做出了袭警的举动。当时我射出破梦子弹，看似击碎了整个空间，其实是切断了他的观察视角和控制连接，断开了他和林培勋的联系，因此现实中的林培勋才会醒来，迅速被警方制服。"

"控制梦游状态的人？"吴岩追问道，"他是怎么做到的呢？"

"我们都是潜梦者，我想接下来的话你们会更容易理解。"宝叔耐心解释着，"对方应该是通过意念的方式控制了梦游状态下的林培勋，我们的民间说法类似于附身。意念控制者在此期间，可以通过被控者的身体进行观察、行动，甚至做出犯罪举动。”

所谓意念控制（belief control），就是利用自身的意念力量侵入对方的意识空间，以达到控制对方行为的目的。

“意念控制？”吴岩感觉不可思议，“通过意念就能控制他人的意识和身体吗？”

“这个确实存在，很多国家，比如苏联、美国都有过相应研究。”宝叔介绍道，“冷战时期，在苏联有一个专门研究超自然力量的部门叫作克格勃，在美国则有更多类似的秘密研究场所。”

“这个克格勃我倒是听说过。”我回道。

“苏联改革后期，苏军总参谋部打造了一支新型精神部队，即直属总参谋部的 10003 部队。10003 部队的一切都是以心灵学（心灵学是研究人类生活中发生的超出常规而又很难以科学加以解释的一些精神现象的学科）为发端。”宝叔继续道，“在此前，美国因不满足于仅用常规手段搜集苏联情报，已经开始实施所谓‘星门’计划，即将有特异功能的人用于开发超自然力武器。五角大楼与中情局密切协作，雇用了一大批杰出的科学家，秘密打造所谓无所不能的‘通灵部队’。通灵部队运用人的非凡能力，潜心研究穿墙术、隐形术、千里遥感术和意念控制等特异功能。其中，意念控制部分既有对个体本身的意念控制，也有通过个体本身意念控制他人身体的，只不过，这些意念控制的研究都建立在借助各种媒介的基础上。

“很多年前，我结识过一个美籍华裔研究员，他早年留学苏联，后在某研究室担任研究员，曾供职于类似 10003 部队的 C93 局。他说当时有研究对象可以不借助任何媒介控制对方意念，而在我和多个潜梦组织接触过后得知，那些不借助任何媒介侵入对方意念的人就是潜梦者，只不过他们的能力并非潜入、造梦或植入，而是特殊的意念控制。”

“这意识空间的世界怎么听起来这么恐怖啊！”吴岩感叹道，“说得好像我们随时随地都可能被人控制，成为傀儡！”

“虽然这种意念控制听起来非常厉害，在实际操作中却存在诸多局限：第一，控制者本身必须是潜梦者；第二，只能控制睡眠状态下的被控者身体；第三，意念控制并不能控制梦境本身；第四，建立控制连接的物理范围是有限的。”宝叔逐一分析道，“在此之前的线索整理中：第一，林培勋否认罪行，证据却全部指向他；第二，林培勋有频繁的梦游行为；第三，两起系列失踪案作案细节一致，且林培勋掌握了细致的作案细节；第四，我们看到的重叠视野和林培勋的袭警行为表明林培勋确实被人控制了，控制者系元凶或与之关系密切之人！”

“按你所说，两起系列失踪案的元凶为什么要通过他人，不，准确地说是通过林培勋来作案呢？”吴岩努力消化着宝叔提供的信息。

“大致有三种可能。”宝叔看了看我，我推测道，“第一，元凶自己无法行动，需要他人代替他去完成这些；第二，林培勋有频繁的梦游行为，刚才宝叔也说了，意念控制必须发生在睡眠状态下，又不能控制梦境本身，因此既在睡眠状态下，又不在做梦期的梦游状态下的林培勋是最佳选择；第三，元凶很可能是林培勋的邻居或住在附近的亲友，否则就会超出意念控制建立连接的物理范围！”

“如果真是这样，也就解释了为什么两起系列失踪案会相隔十二年了。”吴岩若有所思地说，“或许十二年前，元凶经历了某种意外，导致他无法行动或失去了自主行动的能力，中断了作案，十二年后，他掌握了意念控制的能力，然后选中了有梦游症病史的林培勋继续自己未完成的罪行！”

“还有一点。”我和吴岩齐齐看向宝叔，他补充道，“从元凶通过意念控制梦游状态下的林培勋来看，他建立连接的能力非常娴熟，我怀疑林培勋很可能不是他的第一个控制者，他应该通过控制其他人积累了经验。”

“也就是说，在他的周围出现过不止一个梦游症患者！”吴岩说道。

“没错。”宝叔点了点头。

宝叔在林培勋意识空间中开的关键一枪，虽然切断了控制者与林培勋的联系，制止了现实中的袭警事件，但在某种意义上来说，也算打草惊蛇了，对方应该已经识破了我们的潜梦者身份。

第五章 抽丝剥茧和锁定目标

我和宝叔陪吴岩回到东周市公安局。

虽然局长对吴岩的违规操作以及犯罪嫌疑人袭警极为恼火，但还是顶住了上面的压力，继续让吴岩负责此事。“如果到时候你不能给我一个满意的答案，咱俩就一起脱警服！”

根据潜入得到的信息，结合宝叔的分析以及秦沐雪提供的线索，整理如下：

1.元凶年龄在五十岁左右，身高在一米六左右，体形偏胖（十二年前的体形，十二年后也可能出现了很大变化），谢顶，有口吃。

2.元凶在十二年前应该是遭遇了某种变故，极有可能是身体上的创伤（重大疾病或者车祸等外伤），导致他失去了自由行动的能力。创伤也包括头部创伤，创伤或与潜梦能力的获得有关（宝叔推测此人是天生意念控制者的可能性很小，比如疾病、外伤或参与某项秘密试验等，之后意外获得了潜梦的能力）。

3. 元凶极有可能是林培勋的亲友或邻居，对方知道林培勋患有梦游症，根据意念控制的物理操控范围推测此人就生活在林培勋的周围。

4. 元凶或者是意念控制的天才，或者是有更神秘的力量在背后帮助甚至操控他。即使他拥有意念控制的能力，若要完成整个绑架、虐待甚至杀害等后续步骤，也需要有其他人的帮助，因此元凶至少有一个以上的帮手。

5. 关于秦沐雪的意外逃脱，宝叔提出了一种推测，他认可了我之前的说法，秦沐雪皮层之下出现的类似于虫子的奇怪东西，很可能就是她意识中极端恐惧形成的强大力量在身体上的某种反馈，正是因为这种力量，影响了被控制者林培勋，还影响了周围的物理环境（比如皮带的崩坏，灯具的爆破，等等）。结合秦沐雪所说，她在苏醒后，曾触碰到了其他人的身体，那可能是受到影响的林培勋，也正因这个特殊情况，意外中断了元凶的意念控制。

6. 关于林培勋的袭警举动，我们一致推测，元凶应该获知林培勋被警方拘留的事情，他也一直在等待林培勋出现梦游状态，他想要在梦游状态下让林培勋做出自我伤害甚至是自杀举动，目的就是让对方彻底闭嘴。他没想到林培勋被我们安排了潜梦，这正好给了他一个机会，让林培勋做出袭警举动，幸运的话，林培勋可能会被直接击毙，一旦林培勋死亡，所有线索也就中断了，这样，林培勋不仅坐实了凶手身份，还落得个袭警的罪名，元凶也可以再次隐没在茫茫人海。

随后，吴岩安排特案科和其他警力对林培勋的人际关系进行了深度摸排。

我则送宝叔回到了宾馆。

“我有一个问题需要您的解答。”离开之前，我还是忍不住说道。

“什么问题，说来听听？”

“当时您射出破梦子弹，切断了控梦者与林培勋的联系，我们也陆续苏醒，吴岩最先醒来，我醒来前，隐约看到已经破碎剥落的空间外有一个身影，而您追了上去。随后，我就醒了，您苏醒的时间比我们稍晚一点，我想听听您在那段时间里经历了什么。”

“你还是看到了。”宝叔似乎早已料到我会问他这个问题，“其实，当我发现这是重叠视野的时候，就意识到了意念控制者的阴谋，因此我射出破梦子弹，希望能够切断二者的联系，没想到在空间破碎剥落之后，出现了一个人影。”

“后来呢，您追上他了吗？”

“我冲过去的瞬间，他避开了我的追击，我紧追不舍，发现他跳进了一个梦境场景。”宝叔继续道，“那是一个惨烈的杀人场景，他穿过杀人现场，跳入一口深井，我也跟着跳了下去，深井另一边连接的是一个多人性交的天台，在天台中央有一面镜子，他直接撞进那面镜子，我也跟着撞了进去，那个瞬间，镜子变成水面，我冲出水面，发现自己就在海边，眼前是一片沙滩，我努力追上他，但 Naomi 开启了强行唤醒装置，随后我就醒来了。”

“还是让他跑掉了。”

“就算没有强行唤醒我，我也追不到他的。”

“您什么意思？”

“我推测，在空间破碎剥落后看到的人影，很可能就是真正的意念控制者，他没想到自己会暴露，但他早已做好了逃离准备。”宝叔感叹道，“在进入那个杀人场景之时，我就已经离开林培勋的意识空间了。”

“这么说，您后来穿梭的不是林培勋的梦境？”

“那都是别人的梦。”宝叔娓娓道来，“我能够真切感受到每个梦境散发的情绪，杀人场景的恨意，多人交媾的性欲，甚至大海沙滩的恬淡，之后应该还有其他梦境，这是梦境转移，不过是他为了摆脱追踪和跟踪的障眼法！”

“梦境转移？”

“我之前说过，虽然我们是潜梦者，但出入梦境都是需要固定路径的，而梦境转移就是离开梦境的高级做法，这是一小部分专业潜梦者喜欢的手法。”宝叔解释道，“打个比方，假设你有一份礼物要传给 Naomi，但你很胆怯不敢当面送给她，你把礼物包裹了 N 层，每层都写着给转交者的指示（也可以重复在这些人里走 N 圈），经过层层传递，最后一层被剥开，礼物才终于送到 Naomi 手里。如果有人突然插手在某个人处截获了包裹，他们没有办法拆包（拆开方法只有他们截获的那个人才知道），也没法确定这个包裹是谁发的、要发给谁（中间传输链转了 N 圈，想定位源头极难），所以你一点也不担心自己的秘密会被曝光，因为中途截获的数据几乎没有任何价值。”

“就像我是潜梦者 A 要进入指定者 B 的梦境空间，我不会直接进入，而是通过转移的方式先进入 C 的梦境空间，甚至是 D、E、F、G，这些转移被我提前设定好，并且只有我自己知道，通过多人的梦境转移，最后才到达指定者 B 的梦境空间。”

“就是这个意思，即便我没有醒来，一直追踪下去，也不会找到对方。”宝叔点点头，“所以呢，我醒来后并没有透露这些信息，说了只会徒增大家的烦恼。”

“有了这次袭警事件，这家伙不会再试图通过意念控制梦游状态下的林培勋了。”我叹息道，“也就是说，通过潜梦追寻是行不通了！”

“是的。”宝叔同意我的看法，“现在我们只能期待吴岩的排查能够有进展了。”

话音落下，宝叔推开了窗子，夜风汹涌地灌了进来。

远处，阴云如盖，惊雷隐现。

袭警案发生的第三天，特案科的深度摸排就有了进展。

结合公安网常住人口信息及入户走访，林培勋的亲友和邻居中有三个人符合残疾或身体行动不便的条件，分别是表姐王菀知，初中同学部朋和邻居杜绪阳。

关于杜绪阳这条线索是社区门卫老靳提供的。

在之前的调查中，老靳曾向警方提供过林培勋半夜开车离开的信息，这一次又说出了杜绪阳的事情。

由于是社区物业的老员工，加上本身喜欢打探事情，老靳可谓是社区百事通。

老靳说，这个杜绪阳是一个高位截瘫，女儿在外地工作，就给他雇了保姆，照顾他的生活。听保姆说，在此之前，这个杜绪阳先后换了很多社区，都是住一段时间就走，没人知道原因。直至在这里停了下来，还住了一年多，在一周前，他突然辞退了保姆，然后搬去了第二中心福利院。

巧的是，一周前正好发生了袭警案，而第二中心福利院就在看守所的附近。

老靳大致描述了杜绪阳的外貌和年龄，芮童做了简单记录。

除此之外，老靳还提供了一条重要信息，有两次保姆推杜绪阳下楼散心，他还和他们打过招呼，“不过，他好像不太喜欢说话，说了没两句，就结巴了好几次。”

这让吴岩很在意。

在秦沐雪的笔录中，她说十二年前绑架虐待她们的男人有非常严重的口吃。

就在特案科准备找杜绪阳了解情况的时候，他突然从第二中心福利院坠落身亡，和他一起坠楼的还有他的女儿杜玫。

这让我们意识到，坠楼案必有隐情！

据负责杜绪阳的看护说，当时杜玫来福利院探望杜绪阳，随后杜玫就推着杜绪阳去了十二楼的天台吹风，之后他听到呼叫声，才发现杜绪阳父女双双坠楼了。

杜绪阳当场死亡，杜玫则因抢救及时，捡回了一条命。

三天后，杜玫脱离了危险期，一周后便从重症监护室转回了普通病房。

见到杜玫的时候，她正斜靠在床边，若有所思地看着窗外。

我和吴岩说明了来意，她似乎早有预料。

当吴岩问及她和杜绪阳坠楼的原委时，她眼圈一红，悲伤地哭了："是我把他推下楼的，然后我自己也跳了下去……"

"据我们了解，你和你父亲关系不太好。虽然你们父女关系不好，也不至于让你做出杀父的举动。"吴岩追问道，"你为什么要杀人？"

"你们知道7·19系列失踪案吗？"良久，杜玫才开口问道。

"7·19系列失踪案？"吴岩一惊，他没想到杜玫会提及十二年前的系列失踪案，"这和你杀人有关系吗？"

"有！"杜玫坚定地说，"他就是7·19系列失踪案的杀人凶手！"

"杜绪阳是凶手？"吴岩侧眼看了看我。没想到，我们的推测在杜玫这里得到了确定。

"没错，他就是杀人凶手，逃了那么多年，隐藏了那么多年，我以为他会改过自新，没想到他仍在作恶……"

第六章 父女情仇

“他是我父亲，但他也是一个魔鬼！”杜玫是这么描述父亲杜绪阳的。在她的叙述中，我恍然看到了那段残酷惊险的岁月。

以下为杜玫的自述：

在我很小的时候，我母亲就跟别人跑了。

我记得她离开的那个晚上，做了我最喜欢吃的红烧肉。

后来，我才知道那是最后的晚餐。她说她出去一下，让我乖乖等着父亲回来，结果她再也没有出现。

母亲离开后，我跟随父亲生活，他骂母亲是贱货，嫌弃他穷，就跟别人跑了。

那时候，我并不理解所谓“跑了”就是永远不再出现，而这种不再出现会给我的生活带来多么大的变动和灾难。

虽然他这么骂母亲，但我并不恨他，毕竟是母亲抛弃了我们。

后来，父亲带我来到了东周市投靠朋友，他买了一辆货车跑货运，但是生意寥寥，我们过得并不好。虽然他对我很冷漠，总是咒骂我母亲，但他尽力供我读书，我内心还是很知足的。

直至十三年前，父亲经人介绍和一个姓顾的女人结婚了，没过半年，他发现那个女人不仅出轨，还卷走了他微薄的积蓄。

他给对方打了电话，想要问个清楚，对方一边骂他是绿乌龟，一边发出淫贱的叫声："你根本给不了我想要的快乐，哈哈哈！"

当时，我就躲在门后，看着父亲痴笑了两声，然后失控哀号。

之后，父亲的精神受到了刺激，为此还丢了工作。

也就是从那时候起，他把自己的魂也丢了。

那段时间，父亲总是神神秘秘地半夜出去，后来我才发现，他绑架了一个女孩，就将她关在了我们家的地窖里。

他虐待折磨那个女孩，以此为乐，甚至还逼迫对方录下了一段死亡告白。他让对方在录音中保持一种欢乐的状态，说的却是即将要面对的死亡。

最后，他杀掉了那个女孩，很残忍，用剃刀剔掉了她身上的肉，女孩是被活活疼死和吓死的，然后他将尸体带到了一处偏僻的地方埋掉了。

我偷偷跟踪父亲，知晓了这一切。

我找到父亲质问，他痛哭流涕地说他不是故意的，他只是太压抑了。当他看到那个神似我母亲的女孩时，便鬼使神差地将她带了回来。

他将那个女孩当成了我母亲，将对我母亲的憎恨和生活的挫败全部发泄到对方身上。

他向我保证，他再也不会了，哀求我不要报警。

当时正在准备高考的我，思虑再三，最终没有报警。

其一，他是我父亲，对我有养育之恩；其二，我也感到了他身上潜藏的危险，如果我选择和他对抗，受伤的只是自己；其三，一旦我揭发了父亲的罪行，那我的大学梦也将彻底断送。

我们心照不宣，装作什么都没有发生。

没想到父亲并未就此打住，不久之后，他又绑架了第二个女孩子。

同样的虐待手法，同样杀人掩埋，同样向我哀求，不会再有下次。

我只好选择了相信和沉默。

但是没过多久，他再次原形毕露，绑架了第三个女孩。

对方竟然是我的高中同学姜小麦。我想过放她离开，她也哀求着向我保证，只要放她走，她就离开东周市，一辈子不会回来，一辈子不来打扰我们，一辈子将这个秘密埋在心里。最后，我还是败给了内心的恐惧和自私，眼睁睁地看着父亲用剃刀剔掉了她的肉，她空洞绝望的眼神永远刻在了我的心底。

小麦失踪后，警察还来学校做过调查，小麦的同桌接受询问的时候，我就坐在一边假装写作业。

每天，我都会在新闻上看到有关7·19系列失踪案件的报道，而元凶就生活在我身边。

这也是当年轰动一时的大案。

我还在新闻上看到，每出现一个失踪女孩，上一个失踪者家属都会收到失踪者的死亡录音，还有她们失踪时穿的衣服。

这对她们的家人是一种极致的伤害。

我警告父亲不要再这么做，但他似乎迷恋上了这种发泄方式，胆子越来越大，也越来越明目张胆，甚至威胁我可以随时去报警，只要我报警，他会咬死了我是从犯。

我非常痛苦，迷茫而绝望。

我曾想要报警，最终还是没有勇气走进公安局。

直至他又在连续两天内绑架了三个晚归的学生，我才下定了决心，要终止这场罪恶，我要救下那三个女孩。

我对父亲说："你会害死你自己，也会害死我！"

他说："看到好的就带回来，囤起来，慢慢玩吧！"

他疯了，他真的疯了！

我也疯了，我也必须疯了！

我在父亲的饭菜里放了安眠药，待药效发作之时，将他约出，四下无人之时，我用他的货车撞了他，并在他腿上来回碾轧。

当时我的想法很简单，只要他失去行动能力，就再也没办法去伤害那些女孩了。

事实证明，我做到了！

我将父亲碾轧成了高位截瘫，他永远也站不起来了，他再也不能作恶了。

随后，在我的"帮助"下，那三个女孩逃掉了。

本以为她们会报警，警察会找到我们，没想到她们竟然没有那么做。后来我暗中打探过她们的信息，她们都离开了东周市去外地读大学了。

轰动一时的7·19系列失踪案件也迅速降温，成为悬案。

我放弃了自己的大学梦，将父亲留在身边，一边打工，一边照顾他。

我们的关系也降至了冰点，他咒骂我，我憎恨他，之后，我就给他找了一个保姆，照顾他的生活起居，我则去外地工作生活，偶尔回来看看他。

这种日子持续了十年，这十年里，我一直活在那些旧梦的阴影里，我不敢谈恋爱，也不敢结婚生子，我就这么孤零零地活着。

两个月前，我看到了失踪者的新闻，突然意识到她是十二年前被我放走的女孩，不久之后，又有失踪者出现，同样是十二年前被我放走的女孩，而第一个失踪者的家属收到了她录制的死亡告别视频还有衣服。

同样的手法，同样的剧情，在沉寂了十二年之后再次发生，而失踪者都是十二年前逃脱的女孩。

我认定这一切和父亲有关，但他已经瘫痪，根本无法作案，那他就是找到了同伙，参与其中。

我找到父亲，追问他这到底是怎么回事，他痛快地承认了这一切就是自己所为。

我仔细问过保姆，她说没有人来探望过父亲。

我也调查了父亲的通话记录和聊天记录，同样毫无异常，我不知道他是如何做到这一切的。

一个高位截瘫、几乎与世隔绝的人竟然能够“隔空杀人”！

我也试图寻找过当年最后一个逃脱者秦沐雪，但等到的只有她失踪的新闻，没想到她竟然逃了出来，随后警方也抓到了犯罪嫌疑人林培勋。

三天前，我再次找到父亲，希望他能告诉我真相。

他什么也没说，只是让我留在福利中心。

当天晚上，他睡着之后，福利中心的一个夜班护工突然叫我出去，我问他有什么事，他笑盈盈地说：“小玫，我是你的父亲啊！”

他眼神痴然，笑容鬼魅。

我吓得跑出了房间。

他醒来后，告诉我他是通过意念控制了那个夜班护工。

这就是事情的真相。

他拥有了意念控制的能力，他控制梦游状态下的林培勋，让林培勋成了他的眼、他的手、他的脚、他的傀儡，为他准备了作案的条件，为他完成了作案的过程。

而这一切，仅仅发生在他的意识空间，他甚至没有走出房间，就继续了十二年前的作案，最重要的是，警方根本找不到他，就算找到了他，也没有任何证据！

因为，这一切都是林培勋“所为”！

如果没有看过他的“展示”，我的第一反应会是觉得可笑，人怎么可能通过意念去操纵另一个人呢？但那一刻，我身上的冷汗浸湿了衣服。

最后，他喝完了酒，淡淡地对我说：“虽然林培勋被抓了，但我还可以寻找下一个人，让他继续帮我作案杀人，然后还有下下个，下下下个……”

他恣意地笑着，我却悲伤地哭了。

我忽然想到了十二年前，我用卡车碾轧他大腿的时刻，如果当时我真的杀了他，那么罪恶也就在那一刻终结了……

如今，我也成了这些罪恶的帮凶。

虽然我不知道他是如何变成这个样子的，但我知道，此时此刻的他极度危险。

也就是那一刻，我决定彻底终止这一切，我必须杀了他！

我买了他喜欢的饭菜和酒去了福利院，我们像普通父女一样吃饭聊天，就像很多年前，母亲没有离开时一样。

饭后，我提议带他去天台透透气，他也没有多想，就随我上去了。

我站在天台上，静静地感受着迎面而来的风，清爽又让人贪恋，父亲甚至惬意地哼起了小曲。

明明恶贯满盈，却逍遥法外。

我轻轻打开了轮椅的脚刹，稍稍用力，轮椅就轻轻地滑动了，接着，他就伴随着叫声和咒骂声滑了下去。

那一刻，我杀了自己的父亲，终结了所有的罪恶，然后我也跟着跳了下去。

风掠过我脸颊的时候，我闭上了眼睛。

我突然很想哭，我想我的母亲了……

听完杜玫的叙述，我们了解了事情的原委，还有她的杀人动机。最后，在她的指引下，吴岩找到了当年杜绪阳掩埋尸体的地方。

在那里，警方找到了7·19系列失踪案的三名失踪者尸体，同时还有两具新尸，正是3·23系列失踪案的前两名失踪者，梁园和白小希。

至此，7·19系列失踪案和3·23系列失踪案完全联结到了一起，相隔十二年的罪恶也有了最终结果。

六名失踪者有五人死亡，秦沐雪成了唯一的幸存者。

杜绪阳通过意念控制梦游状态下的林培勋完成了他的杀戮，最后被女儿推下楼坠亡。

与此同时，特案科的调查又有了新的进展。

在办案民警的细致走访中，一个叫作梁建松的男人引起了警方的注意。

梁建松今年四十一岁，夜班医生，离异，独居。

一年前，杜绪阳曾在瀛海社区居住过一段时间，当时梁建松就住在他家楼下，梁建松并不认识杜绪阳，但那段时间，在梁的身上发生了很多怪事。

他回忆说，那段时间他总是感觉很疲惫，虽然长期上夜班，但从没有过这种情况出现，直至有邻居跟他说，撞见他去超市买了很多东西，跟他打招呼他却匆匆离开，但在他的记忆中，却没有任何印象。

邻居所说的时间是上午，他应该在家睡觉，怎么可能出去买东西?

他说是邻居看错了，但邻居坚定地说没有看错。

后来，他去了那家超市调取了监控，发现自己不光买了东西，买的还是锤子、麻绳和水果刀。

他吓坏了，他对这些完全没有印象。

与此同时，他还发现车子有外出的迹象，行车记录仪也有部分内容缺失了。

他知道自己有梦游的行为，但从没有过这么离谱的时候，那些锤子、麻绳还有刀子的去向仍旧成谜，被删除的行车记录仪内容他也无从知晓。

后来，他因工作调动去了外地，虽然仍会梦游，但再也没有出现过这种离谱行为。

结合他所说的，我们推测他很可能是杜绪阳最初选定的目标，夜班（时间允许）、独居（空间允许）和梦游行为（能力允许），简直就是完美条件。

他当时购买的锤子、麻绳和水果刀与案发现场的作案工作较为一致。同时，他还关闭了行车记录仪，就是为了隐藏作案地点。

由于工作调动，杜绪阳无法再控制他，所以选择了不断搬家，以寻找新的目标，直至找到了林培勋。

办案民警在采集了梁建松的指纹进行比对后发现，竟然与作案现场的不明指纹吻合，这也间接证明了宝叔的推测。

梁建松才是杜绪阳的“帮凶”！

虽然解开了3·23系列失踪案中的种种谜团，也找到了7·19系列失踪案的元凶，但还有很多问题伴随着杜绪阳的死亡而没有了答案。

比如，杜绪阳不是天生的意念控制者，那他是如何获得控制能力的？

虽然林培勋是3·23系列失踪案的“执行者”，但有了杜玫的供述和指证，加之现场比对出了梁建松的指纹，公安机关将会综合各种证据，做出新的考量。

对我来说，案件也算告一段落了。

我和宝叔离开特案科时，他见我脸色有些不好，问道：“怎么了，还在想这些事情？”

我摇摇头，说：“我突然想到了杨逸凡案件（参见《潜梦者》），郭学民和杜绪阳都是突然获得了潜梦能力，一个通过植入梦境，一个通过意念控制，完成了自己或因执念或因罪恶欲望的犯罪，现在想想，潜梦也是非常可怕的。”

宝叔淡然一笑："很多事情不会因为你的感慨和退缩就发生改变，我们能做的就是在光怪陆离的梦境世界里尽力而为！"

我没再说话，站在窗前，若有所思地看向了远方。

第三卷　魔童

假设如果不大胆一点，什么时候大胆？

——电影《寒战》

潜梦追凶笔记

第一章 入室杀人案的惊人反转

吴岩将我送回公寓楼下，嘱咐道：“你回去后就好好休息，千万不要胡思乱想了。”

我用点头代替了回答，转身走进了公寓。

浑浑噩噩地上了楼，开了门，进了家，我一头倒在了床上。

闭上眼睛的瞬间，血腥的现场和孩子的惨叫仍旧在我的脑海里回放。

就在今天下午，我居住的常青社区竟然发生了一起恶性杀人案件，被杀的是一对中年夫妇，而我意外地成了这起案件的报案人！

被杀的男主人叫作朱明东，东周市宏德中学的化学老师，他的妻子季慧敏则是东周市城市发展银行的客户经理。

我们是在社区举办的一次公益活动中认识的，当时他们还带着儿子。朱明东外向幽默，季慧敏随和知性，业主们都很喜欢他们夫妇，只不过他们的儿子似乎不太合群，总是孤零零地站在远处。

后来，我们又参加过两次社区组织的公益活动，也就逐渐熟络起来。

也就是那时候我才知道，朱明东和季慧敏的儿子朱梓棋并非他们亲生，而是在市第三福利院领养的孤儿。

三个月前，我和朱明东遇到，他和我聊起了孩子。

他说朱梓棋被领养后一直郁郁寡欢，他们夫妇带朱梓棋参加了亲子活动、旅行等等，只想要让朱梓棋开心起来，不过收效甚微。他知道我是心理咨询师，希望有机会我能和朱梓棋聊聊。

我爽快地答应了，但是没多久我就接到了一个合作项目，需要去厦门出差三个月。我告诉朱明东可以介绍其他咨询师，他说没关系，等我回来再说。

就在上周，我回到东周市后，第一时间联系了他，但他似乎状态欠佳，没说两句，便语气粗暴地挂断了我的电话。

今天正好是周末，我又给他打了电话，却无人接听。

我就直接去了他居住的41号楼3单元1302室。

当我按下门铃的时候，却发现防盗门并没有锁住，我试探性地推开了门，然后看到了血腥恐怖的一幕……

想到这里，我坐起身，走进了浴室。

我轻轻打开花洒，热流从头顶浇下，那血腥的一幕在我的脑海中缓缓拉开：

我推开门之后，一眼便看到了倒在客厅中央的朱明东，他的脸侧向防盗门的方向，背上则插着一把水果刀。

我快步通过玄关，走到他身边，呼喊他的名字，但他没有任何回应。

他脸上和身上有数十处伤口，几乎就是血肉模糊了，身下淌出的大片血液也已凝固。

我试探性地测试了他的鼻息，心里咯噔一下：他死了！

几乎是同时，我看到了倒在厨房门口的季慧敏，她的左手握着一把菜刀，满身血污，伤痕累累，和朱明东一样，她也没有呼吸了。

而地上、墙上还有沙发桌椅上都是血迹。

当时，我没有看到朱梓棋，不知道他的存活状态，但当下的我能做的只有保持镇定，迅速报警。

我摸出手机，颤抖着拨出了吴岩的号码。

他在得知社区里发生了入室杀人案后，让我暂时离开现场，保证自身安全，他们会第一时间赶到。

挂断电话后，我忍不住向卧室的方向走去，我非常担心朱梓棋，我要确定他的安危！

虽然被恐惧钳制着，但我还是强迫自己低声呼喊着朱梓棋的名字。我小心翼翼地检查了主卧室和次卧室后，准备进入儿童房，不过房门已被锁住。

我猜测，朱梓棋就在房内。

我不清楚房间内的状况，朱梓棋是已经遇害，还是躲在里面？或者凶手没有离开，隐匿其中？

我不敢再猜，也不愿意再猜。

我快步离开现场，躲进楼梯间大口喘息，我试图用这种方式消解体内膨胀的恐惧。

直至半个小时后，吴岩和特案科的同事赶到，才有邻居意识到公寓里发生了案件，他们也随着上楼的民警匆匆追了过来。

随行法医确定朱明东和季慧敏早在我出现之前就已死去多时。

特案科的同事第一时间封锁了现场。

他们在细致检查公寓的同时撬开了儿童房的房门，最后在柜子里找到了环臂抱头、蜷缩成一团的朱梓棋。

见到警察的时候，他发出了惊恐的尖叫声。

随后，我和朱梓棋被带离了现场，吴岩将现场勘查工作安排完毕后，为我做了询问笔录。

他问了我很多问题，但我的脑海里始终反复出现那些血腥的画面，无法集中精力回答。

直到现在，我的心绪仍旧无法平静。

是谁杀害了朱明东和季慧敏夫妇?

他们都是善良厚道的人，凶手为何要对他们痛下杀手?

朱梓棋是意外逃脱还是凶手故意留下的活口?

他又为什么这么做?

我关掉了淋浴，披了一件浴袍，落寞地走出了浴室。

我坐在办公桌前，盯着屏幕若有所思。

往日忙碌的自己此刻竟然无所事事起来，我甚至不知道要做些什么来应付接下来的漫漫长夜。

我只记得天快要亮的时候，我才靠在沙发上，疲惫地睡了过去。即使睡着了，我还是会被那些血腥残忍的梦境纠缠。

醒来时已经是次日中午，我匆忙换好衣服，正准备去咨询中心，吴岩的电话就打了过来："你还好吗？"

"还好。"我调整了一下情绪，"怎么样，案件有进展了吗？"

"嗯。"吴岩应了一声，"杀害朱明东和季慧敏夫妇的凶手已经找到了。"

"找到了？"我暗暗感叹特案科破案神速，"凶手是谁？"

"这样吧……"吴岩并没有告诉我凶手的身份，只是略有犹豫地说，"如果你有时间的话，现在过来一下。"

随后，我驾车匆匆赶到东周市公安局。

吴岩已在办公大楼前等候多时，他没有带我去办公室，而是去了鉴定科的鉴定一室。

李曼荻见我们来了，嘱咐我们戴好帽子、口罩和手脚套，一并进了鉴定室。

她从储尸柜里抽出了朱明东和季慧敏的尸体，我不敢想象，曾经一起参加社区活动的他们如今和我阴阳两隔。

“老吴，”我极力克制着情绪，抬眼问道，“现在你可以说了吧，杀害朱明东和季慧敏夫妇的凶手到底是谁？”

“就是他们自己。”吴岩面色凝重地说。

“他们……”我一惊，“他们自己？”

“没错，杀害朱明东和季慧敏夫妇的凶手就是他们自己。”李曼荻解释道，“这并不是一起入室杀人案，他们夫妇是自相残杀致死的！”

“这……这怎么可能?!”我不敢相信，“我和他们很熟的，尤其是朱明东，他和季慧敏的感情特别好，结婚纪念日的时候还让我帮忙挑选礼物……”

说到这里，我意识到了自己的失态，便强行停了下来：“对不起，你们继续。”

“我理解你的心情，毕竟他们是你的邻居，但事实就是如此。”吴岩叹息道，“负责勘查的同事在现场只提取到了四个人的指纹和痕迹信息，分别是你和朱明东一家三口的，比对朱明东和季慧敏的死亡时间，此时间段前后，并无他人出入公寓，那么杀害他们的凶手只可能是他们的儿子朱梓棋。”

“但一个六七岁的孩子怎么可能同时杀害两名成人呢?!”我忍不住说道。

“因此，我怀疑朱明东和季慧敏是互相伤害！”吴岩应声道，“事实证明，我的怀疑是正确的！”

“特案科将尸体送到鉴定室后，我第一时间进行了尸检。”李曼荻补充道，“朱明东身上有三十七处刀伤，伤口分布在面部、颈部、胸部及其右臂，死因是利器割破颈动脉导致失血过多而亡；季慧敏身上有三十九处伤口，伤口分布在面部、双臂、腹部和右腿，死因是利器刺入脾脏，导致脾脏破裂大出血而亡，朱明东背上的水果刀和季慧敏手中的菜刀就是凶器，他们的死亡时间应该是昨天上午八点至十点。”

“我推测，当时朱明东和季慧敏发生了冲突，二人持刀互相残杀，最终导致惨案发生。”吴岩继续道，“而我们在朱梓棋平复了情绪之后，在他那里也得到了证实。”

“朱梓棋怎么说？”我追问道。

“他说朱明东和季慧敏经常吵架，每次吵架都非常激烈，甚至还动手，有两次，朱明东想要勒死季慧敏，而季慧敏也曾持剪刀试图扎死朱明东，不仅如此，他们还会对他大喊大叫，他通常吓得躲在房间里不敢出来。”吴岩稍做停顿，“昨天早上，他在睡梦中被惊醒，便下床去看，发现他们正在吵架，并厮打。他关上房门不敢出去，直至听到朱明东的怒吼和季慧敏的惨叫，他拉开条门缝，看到满脸血污的季慧敏正拿着菜刀在疯狂追砍朱明东，而朱明东也手持水果刀猛烈还击，他吓得不轻，就锁上了门，直接躲进了柜子里，直至警方赶到。”

“据我了解，朱明东和季慧敏都是性格开朗、脾气温和的人，当然了，夫妻之间发生争吵，这是再正常不过的事了，但上升到互相伤害，甚至是砍杀的地步，这其中必然有极具刺激性的矛盾！”

“具体原因我们仍在积极调查，但想要一个确切的答案还是比较困难的，毕竟杀人双方都已经死亡。”

“那朱梓棋呢？”我又问。

“他之前是从市第三福利院被领养的，现在出了这种事，我们和院方联系了一下，暂时将他送了回去。”

由于临时有事，吴岩先回了特案科，李曼获送我下楼离开，我让她留步，转身离开的瞬间，她突然叫住了我：“喂！”

我回头看了看：“还有事吗？”

李曼荻咬了咬嘴唇："没什么，你路上注意安全。"

我应声，落寞地走出了市局大院。

我本想去咨询中心的，但一时没了心情，便驱车回到了社区。

经过社区活动中心的时候，我看着空荡荡的活动室，那些和朱明东夫妇一起做活动的画面仍历历在目。

"王老师，你做的是什么啊？"朱明东笑盈盈地问我。

"当然是戚风蛋糕了！"我略显骄傲地说。

"戚风蛋糕？你这哪是戚风蛋糕啊！"朱明东指着我面前的糕体，"这完全就是戚风蛋饼吧！"

"那你做的是什么啊？"我看着瘫软的蛋糕，也笑了。

"我们做的是夫妻饼，这块是老公饼，另一块是老婆饼，取名'执子之手与子偕老'。"朱明东得意扬扬地说。

"你这是赤裸裸地撒狗粮！"我撇嘴道，"我不用吃蛋糕，就已经饱了！"

"哈哈哈……"

到底发生了什么呢，恩爱有加的夫妇会突生嫌隙，举刀互残？

这像一块巨石，悬在了我的心中。

第二章 忽然怨恨的夫妻和福利院的交锋

案发一周后，我在报纸上看到了关于朱明东和季慧敏案件的通报，他们夫妇二人确系互相残杀致死。

下班的时候，我听到前台两名咨询员在聊天。

A 说："这得是多深的积怨啊，要夫妻互相残杀！"

B 说："这年头真是什么事情都有可能发生。"

A 说："听说这个朱明东连续五年被评为德艺双馨优秀教师，他的妻子也是分行的年度优秀员工呢！"

B 说："俗话说，'虎豹不堪骑，人心隔肚皮'，即使是夫妻也不例外，越是看起来和善温柔的人往往越是恐怖。"

A 说："谁说不是呢，我前几天还在网上看到一条新闻，说一个男人和妻子发生口角，就将妻子杀了，分尸藏于单位的冰柜中三个月。这期间，他像什么事都没发生一样上下班、吃饭睡觉、参加朋友聚会，后来事发，同事们都说不敢相信，说他性格外向，对人和善。”

B说：“快别说了，太恶心人了。”

那天晚上，我约吴岩吃饭。

问及案件进展，他夹了一口菜：“我们走访调查了朱明东和季慧敏的亲朋好友，他们对于朱明东夫妇的评价都是伉俪情深、恩爱有加，不过他们也都不约而同地提到，大约三个月前开始，朱明东夫妇的状态就变得有些古怪了。朱明东的同事说，他上课走神，课后精神恍惚，总是躲在角落里自言自语，有同事想要邀请他们夫妇吃饭，他突然情绪失控，大骂季慧敏是贱货婊子，和很多男人睡过，等等，而且案发前，季慧敏曾找到学校，试图捅伤朱明东，后来朱明东的同事问他是怎么回事，他说自己非常厌恶季慧敏，甚至想要杀了她！”

“他的同事问他为什么了吗？”这个信息让我吃惊。

“问了，但他没说，同样的情况也发生在了季慧敏身上，季慧敏的朋友说，她的精神状态也不好，她们数次看到季慧敏无缘无故地大骂朱明东，骂对方人面兽心，玩女人吸毒，还有很多污言秽语。巧的是，案发前，朱明东也曾持刀攻击过季慧敏。社区的邻居也多次目睹二人当众争吵冲突，不过谁也没有多想，只不过认为是夫妻闹矛盾而已，总之在命案发生前，他们的关系突然且迅速恶化，由此分析，他们在家中发生争吵，互相砍杀，甚至杀死彼此也在情理之中。”

“关于朱明东玩女人吸毒、季慧敏和多人保持不正当关系这些信息，你们核查过了吗？”

“我们深入调查过了，朱明东和季慧敏品行端正，并不存在这些行为，这很可能是他们夫妇之间的恶意中伤。”

“这是案发之后，朱明东的同事在其办公桌内找到的笔记本。”这时候，吴岩取出一沓照片交给了我，“鉴于是物证，我只能拍了照片给你看。”

我轻轻地翻看，照片中每一页纸上都写满了字：杀了你，杀了你，杀了你……

那一刻，我仿佛能透过照片看到写下这些文字的朱明东，他一边写，一边低声念叨："杀了你，杀了你，杀了你……"

"看来，他早就想要杀了季慧敏了。"我将照片交还给吴岩，"但是因为什么呢？"

"这也是困扰我的问题。"吴岩轻轻喝了一口汤，"如果说关系恶化是导致二人互伤的根源，那又是什么导致了二人关系恶化呢？"

我没有再说什么。

这世界上没有无缘无故的爱，也没有无缘无故的恨，他们之间一定发生了什么！

随着时间推移，朱明东和季慧敏夫妇的命案逐渐退去了热度，但那颗悬在我心里的石头一直都在。

命案发生的一个月后，我去第三福利院探望了朱梓棋。

接待我的负责人叫作冯智，大家都称呼他为智哥。

智哥说，朱梓棋是一年前来到福利院的，当时是派出所民警送来的，说是有好心人在路上遇到了这孩子，孩子操着外地口音，说自己流浪很久了，后来就被转送进了福利院。

智哥点了一根烟："那孩子挺懂事的，虽然只有六七岁，但什么都可以做，带他的阿姨也挺喜欢他的，不过他话不多，也不怎么合群，除了吃饭睡觉学习玩游戏，就是一个人坐在角落里发呆，一副心事重重的样子，那样子很有意思，就像一个小大人。"

我问智哥朱梓棋被送回这里后的状态。

他叹了口气："他被送回来的时候，是我接待的，当时他的状态很差，似乎是受了很大惊吓，蜷缩在角落里，瑟瑟发抖。我问他什么他都不回答，不愿意吃东西，晚上睡觉也会被莫名惊醒，醒了就大哭。不过最近一段时间，他的状态有所好转，也愿意和我们交流了。”

在智哥的安排下，我见到了朱梓棋。

他拿着一个红色玩具车，怯生生地站在智哥身后。

我蹲下来，笑盈盈地招手道：“小棋，你还记得我吗？我是王朗叔叔，我们在社区活动上见过的。”

他仍旧用惊恐的眼神看着我。

我从包里摸出一套漫画书，递给了他，他先是看了看智哥，在得到眼神授意后，才踱步过来，接过漫画书，低声道：“谢谢。”

我干涩一笑：“不客气。”

这时候，智哥躬身对他说：“好了，你回房间看书去吧。”

朱梓棋又看了看我，我向他摆摆手，他才转身离开。

我缓缓站起身，看着他远去的背影，暗暗感慨：孩子永远是这么纯洁简单。

我将带来的水果和营养品交给了智哥，并拜托他照顾好朱梓棋，他点点头，说：“你放心吧。”

本来，智哥要送我离开的，但我知道他很忙，便让他止步办公大楼门口，我独自走出了福利院的大院。

当我走到停车场的时候，突然听到有人叫我：“喂，你是朱梓棋的朋友吗？”

我转头，看到一个小男孩躲在我车子的后面。

他皮肤黝黑，身材瘦削，看上去只有十一二岁，眼神里却透着这个年龄少有的锋利。

我耸耸肩，说：“我不是朱梓棋的朋友，我是他爸爸妈妈的朋友。”

小男孩阴郁地说：“不管你是谁，最好离他远一点！”

我反问道："谁？"

小男孩回道："当然是朱梓棋了！"

我笑笑说："为什么呢？"

小男孩继续道："我只是好心警告你，他没有你看到的那么简单！"

我突然来了兴致："能具体说说吗？"

小男孩转身就要离开。

我赶紧道："小弟弟，如果你不说清楚就离开的话，我会认为你在诬陷朱梓棋。"

小男孩冷哼一声："随你怎么想吧！"

我叫住了他，语带威胁地说："你就不怕我把你警告我的话，告诉朱梓棋吗？"

小男孩突然停下脚步，转头道："喂，你真是狗咬吕洞宾，不识好人心！"

在我的"邀请"下，我们去停车场旁边的长椅上坐了坐。

他说他叫谷小帅，今年十一岁，五年前来到福利院，不过他的言谈举止却有一种远超他年龄的成熟感。

我递给他一瓶饮料："你为什么要我远离朱梓棋呢？"

谷小帅接过饮料，咕嘟咕嘟喝了一气。"因为他根本就没你看到的那么简单，焦姨说了，那个孩子是一口井，深不可测！"

我追问道："焦姨是谁，福利院的员工吗？"

谷小帅解释说："焦姨是我们的教管阿姨，自从我进入福利院后，她就一直照顾我，不过后来她出事了，我怀疑她坠楼就和朱梓棋有关！"

坠楼？

这又是什么事件？

我又问道："你慢慢说，这个焦姨坠楼是怎么一回事，为什么会和朱梓棋有关？"

谷小帅似乎有些犹豫，我连忙说：“你放心吧，今天的对话只有我们两个知道，我绝对不会外泄。”

谷小帅叹了口气，说：“大约一年前吧，朱梓棋来到了福利院，他年纪小，就被分到了幼年组，他呢，不喜欢说话，也不合群，除了每天的集体活动，基本是独来独往。”

直至有一天，焦姨找到谷小帅，让他帮忙观察朱梓棋，当时谷小帅还不太明白，只是听从焦姨的嘱咐，小心留意朱梓棋的一举一动。

起初，他也没在意，时间久了，他竟然意外发现了朱梓棋的奇怪举动。

我问他：“奇怪举动，比如呢？”

谷小帅抬眼看看我，略有迟疑地说：“他在偷偷抽烟喝酒，半夜还去院长办公室用院长的电脑看不健康的电影。”

抽烟喝酒看不健康的电影？

我无法将这些和一个六七岁的孩子联系在一起！

我一惊：“你说什么？！”

谷小帅斩钉截铁地说：“没错，这都是我亲眼看见的！他半夜的时候偷偷离开了寝室，去了一楼，打开了值班室的门。”

我刚来这里的时候，最先去了综合楼一楼的值班室。

值班室的门是防盗玻璃门，即使是成年人，也得费力才能推开，一个六七岁的孩子根本无法打开！

谷小帅看出了我的疑惑，连忙解释：“我知道你不相信，但我说的是真的，他确实把那扇门推开了，看起来毫不费力。”

我保留了意见，话锋一转：“你说他抽烟喝酒？”

谷小帅继续道：“值班室的管理员周叔不仅爱抽烟，还是酒鬼，每次值班都喝得醉醺醺的，喝醉了倒头就睡，一觉睡到大天亮。那天半夜，我跟着朱梓棋离开寝室后，看他溜进了值班室，跳上椅子，从烟盒里抽出香烟，又在柜子里拿出半瓶酒，一边抽烟喝酒，一边骂脏话，完全就像一个大人。”

我追问道：“那他半夜去院长办公室用电脑看不健康的电影又是怎么回事？”

谷小帅解释道：“每个周末，院长的小孙女都会来福利院，他办公室的抽屉里有很多高级零食，我和一个朋友约好轮流去偷拿，那天轮到我了，半夜的时候，我偷偷溜进院长办公室，正准备偷拿，却发现门再次被打开，我以为院长来了，吓得立刻钻到了沙发下面，没想到朱梓棋进来了。他进来之后，就坐到院长的办公椅上，熟练地开机，戴上耳机，然后登录 QQ，和一个网友开始聊天，还看那种不健康的电影。那时候，我才意识到，焦姨让我观察和注意朱梓棋的原因。”

说真的，我并不相信谷小帅的话，但我还是选择听下去。“你发现这些后，都告诉焦姨了吗？”

谷小帅应声道：“我告诉了焦姨，焦姨也很吃惊，还说让我远离他，这家伙很古怪，也很危险。”

我又问：“后来呢？”

谷小帅叹息道：“有一天晚上，我有事去找焦姨，却发现她和朱梓棋在楼顶的天台上聊天，我不知道他们在聊什么，当时也没在意，就匆匆下楼了，但是第二天早上，我就听到有人呼叫，焦姨坠楼了！”

我一惊：“坠楼，她死了？”

第三章 身份不明的夫妇和不请自来的记者

"死了。"谷小帅落寞地说，"有人报了警，也叫了救护车，但焦姨还是死了。"

"后来呢？"

"后来我听福利院的其他阿姨说，焦姨被发现的时候已经死了很久了，大概是前一天夜里坠楼的，由于天黑，时间也晚了，所以才没人发现。就在她出事的那一晚，她和朱梓棋聊过天！"

"所以你认为这一切和朱梓棋有关？"

"虽然我没有证据，但我知道这事和他脱不了干系！"

说到这里，谷小帅站起身，将饮料瓶子丢进垃圾桶。"反正，我将自己知道的都告诉你了，信不信由你，如果你愿意继续和他联系，我也不会阻拦。"

那一刻，我竟然在他的倔强和高冷之中感到了一丝陌生的暖意："哦，谢谢你！”

离开福利院之后，我直接回了咨询中心。

工作之余，我总是忍不住想起谷小帅所说的关于朱梓棋的故事，虽然我并不相信，但有些事情总不会空穴来风。

我给智哥打了电话，问起了焦姨和谷小帅的事情。

智哥解释说：“这已经是一年前的事情了，当时焦姐从六楼坠落摔死了，警方介入调查后，确定这是一起意外。至于谷小帅，焦姐生前对他不错，自从焦姐死后，他就变得神秘兮兮的，还总说焦姐是被人害死的，我们对他教育过很多次了，也没什么效果。”

我又拜托吴岩帮忙了解一下那起案件的情况。

他提供的信息和智哥的说法基本一致，警方在认定为意外坠楼后，就由福利院和死者焦雁琴的家属私下协调赔偿事宜了。

随后，我辗转找到了焦雁琴的丈夫，并说明了来意。

他回忆道：“老焦是个好人，我们结婚三十多年，从来没有红过脸，她对我好，对子女们好，对福利院的孩子更好，她甚至把那些孩子当作家人一样照顾和牵挂，只是好人没有好报，最后却落了这么一个结局。”

我问他焦雁琴出事之前，有没有向他提及过什么。

“那段时间，她有点神秘兮兮的，有一次吃饭，她跟我提起福利院有一个新纳入的孩子很古怪。”他想了想，“说句不好听的，纳入福利院的孩子大多是弃儿、残疾儿或父母双亡的孤儿，多多少少都有点问题，当时我也没在意，就继续吃饭，她又说那孩子只有六岁，在大家面前就是一副童真无邪的样子，背后却偷烟偷酒看黄色电影，完全一副成年人做派。我当然不相信，这根本不可能嘛，她也没和我辩白，只是默默地吃饭，不说话了。”

“后来呢，她又提过那个孩子吗？”

“没有了。”他耸耸肩，“再后来，我去北京出差，其间接到福利院的电话，说她意外坠楼死了，我当即从北京赶了回来处理后事，虽然我对此表示过怀疑，但警方给出的调查结论就是意外坠落导致死亡，加上院方主动协调各种事宜，我也就慢慢接受了这个事实。”

说到这里，他突然像想起了什么：“对了，我在她的遗物里还找到了三张照片！”

照片？

随后，他将照片取来交给我：“照片是翻拍冲洗的，我是在她的工作本夹层里发现的。”

三张照片里是三对不同的男女，看上去应该是三对夫妇，一张是在景点照的，一张是在家里照的，还有一张是自拍照。

虽然是翻拍照，但仔细分辨，第一张照片中男女的穿着和照片画质有一定的年代感，感觉至少也有二三十年了。

我翻过照片，发现照片后面都标注着名字：

贾世杰、莫丹（年代风景照）；陈冠宇、舒雅（家庭照）；徐宝瑞、虞梦丽（自拍照）。

“你认识照片中的人吗？”

“不认识。”他摇摇头，“我也问过两边的亲友，他们也都说不认识。”

“焦姐生前也没有和你提过这些吗？”

“在我的印象里，她是没有提过。”他似有犹疑地看着那些照片，“也可能提过吧，只是我没有在意而已。”

我用手机将三张照片拍了下来，向他道了谢，他客气地说：“以后如果有需要帮助的地方，还可以再来找我。”

回程路上，我反复看着那三张照片。

我不知道焦雁琴为何会收集它们，但直觉告诉我，这些照片背后绝对有故事!

随后，我将照片和背面的姓名发给了吴岩，希望他能帮我确定照片中人的身份。

转眼两个多月过去了，朱明东和季慧敏夫妇案件已经彻底退出了大家的关注视野，我的工作也忙碌起来。

这期间，我又去福利院探望朱梓棋。

智哥说有一对华裔夫妇在新闻中看到了朱明东和季慧敏夫妇的新闻，专门来到福利院看望了朱梓棋，还提出了收养他的请求。

在征得朱梓棋的同意后，福利院第一时间为那对华裔夫妇办理了收养手续，就在上个周末，他们将朱梓棋带回了北京。

智哥感慨道："我们全面核实过那对华裔夫妇的信息，性格不错，家庭条件优渥，夫妇二人已经收养了四五个孤儿了，希望朱梓棋能够融入那个大家庭，从此幸福生活吧!"

我感叹道："但愿如此。"

离开之时，我又看到了谷小帅。

他似乎早就知道我会来，等到智哥离开后，他将一个塑料袋交给了我。

我很好奇："礼物?"

他没说话，只是强行将袋子塞给我，我打开一看，里面都是纸灰，还夹杂着些许没有燃尽的纸片。

"这是什么?"我侧眼问他。

"这是你送朱梓棋的礼物，你忘记了吗?"

"你是说……"

"没错，就是你送他的那套漫画。"谷小帅狡黠一笑，"那天晚上，我看他偷偷离开房间，便悄悄跟他出去，发现他把你送他的漫画拿到后院烧掉了，一边烧，一边骂白痴漫画。”

虽然谷小帅这么说，但我还是认为这是他的恶作剧，他拿了我送给朱梓棋的漫画，然后烧掉，最后将这一切归咎到朱梓棋身上。

即便如此，我也没多说什么，只是让他好好学习。

就在我感觉这件事尘埃落定之时，吴岩突然找到了我。

那天下午，我刚刚结束一起咨询，就接到吴岩的电话，他说有急事让我过去一趟。

当我赶到特案科，推开接待室的门时，除了吴岩，我还看到一个年轻女孩。

见我来了，吴岩笑着介绍道：“这位就是特案科的特别顾问王朗老师，我市有名的心理咨询师。”

年轻女孩笑着和我握了握手：“你好，王老师，我叫丁婕，三海市《都市快报》的副刊记者。”

“你好。”我回以微笑。

“丁记者这次是专门为了朱明东和季慧敏夫妇案件来的，准确地说，是为了朱梓棋来的。”吴岩招呼我们坐下，向我说起了事情原委。

“为了朱梓棋？”我一惊。

“没错，就是他。”这时候，丁婕从包里拿出一份报纸，递给了我。

我接过报纸，头版头条的标题写着：入室杀人案惊人反转，竟是夫妻互杀！

标题下面便是一组打了马赛克的现场照片。

夫妻互杀？

“这是怎么回事？”我倏地抬起头。

“这是三年前的一起案件了。”丁婕解释道，“那年秋天，在三海市的御府江春社区发生了一起杀人案，被杀的是一对夫妇，丈夫叫作高越，妻子叫作李玉楠，他们夫妇系被利器砍杀失血过多而死，现场惨不忍睹。高越的同事和他失联后报警，警方发现他们的时候，人已经死去多时，而在家中的儿童房内，警方找到了惊吓过度的高氏夫妇的儿子高冬冬。当时警方怀疑这是一起入室杀人案，凶手杀害高越和李玉楠后逃跑，高冬冬因躲入儿童房的衣柜逃过一劫，但警方接下来的调查却证实这并非入室杀人案，杀害高越和李玉楠夫妇的不是别人，正是他们自己，高冬冬也证实他们夫妇发生了争吵，后持刀相向。这起案件是我入职后第一次独立报道的大新闻，因此我非常重视。”

我瞄了吴岩一眼，心想：这和朱明东夫妇的案件如出一辙。

“我在走访中发现，高越和李玉楠夫妇虽然多年无子，但感情还算不错，虽然也有吵闹，基本隔天就会和好，后来他们在朋友的建议下，在孤儿院收养了一个小男孩，改名为高冬冬，之后一家三口其乐融融，谁也没想到会发生这种惨案。虽然朋友们说案发前他们的关系很差，多次大吵，但没人知道其中原因，我试图寻找真相，甚至多次去孤儿院采访高冬冬，也是无功而返。半年后，我因为采访任务又去了孤儿院，顺便问起了高冬冬，院长却说那孩子被送来后不久就失踪了。”

“失踪了？”我感觉不可思议。

“没错，失踪了。”丁婕应声道，“一个六七岁的小孩子在孤儿院里离奇失踪了。”

“院方报警了吗？”我又问。

“院方报了警，警方在监控视频中发现高冬冬是独自走出了寝室，去向不明，要么他就是凭空消失，要么他就是避开了楼外的所有监控逃离，但无论哪一种推测都不合理。”丁婕耸耸肩，“虽然三海警方一直在寻找，但始终没有任何线索。”

“确实离奇。”我感叹道。

“后来，我转去了评论副刊工作，但每当闲暇时，我总会想起那起案件，也会想起那个天真无邪的高冬冬。”丁婕调整了一下情绪，“直至一周前，同事说他在手机新闻上看到了一起案件信息，与三年前高越和李玉楠夫妇一样，也是夫妻互杀，儿子幸存，我立刻联系了案发地的东周市警方，接听我电话的就是吴岩警官。”

“丁记者联系我之后，我也感觉不可思议，就为她提供了更为详细的案件细节。”吴岩补充道，“我们竟然有了一个惊人的发现！”

我的视线在吴岩和丁婕之间游移，心猛地紧张起来，不知道他们接下来要说什么。

这时候，丁婕取出一张照片，缓缓推到我面前：“这是高越一家的合照，最中间的孩子就是高冬冬！”

“你说……”那一刻，一股凉意爬满了我的脊背，“你说这孩子是高冬冬？”

“你吓坏了吧。”丁婕笑了笑，“当我在吴岩警官那里看到朱梓棋的照片时，也是同样的反应。”

第四章

奔赴北京的求证和越挖越深的井

没错，高冬冬和朱梓棋长得几乎一模一样。

吴岩打断了我的沉思："我感觉这件事情很蹊跷，因此才让你过来。"

我若有所思地说："如果高冬冬和朱梓棋真的是同一个人，那么这两起案件似乎就没有那么简单了。"

丁婕表示同意："其实，最让我感觉邪门的是如果他们两个是同一个人，为什么三年过去了，他一点变化都没有，还是六七岁的样子，没有长高，没有长胖，更没有长大！"

我干涩一笑："我怎么越听越感觉这像是恐怖故事了！"

这时候，丁婕又取出了一个血液样本："这是我在高冬冬曾经待过的孤儿院拿到的入院样本，如果你有机会拿到朱梓棋的血样，可以找正规的机构进行比对。"

我看了看吴岩，伸手接了过来。

丁婕耸耸肩，说："说真的，关于这些东西，我本来不想细想的，也不愿意细想，我总感觉这件事就像一口井，会让我越陷越深。现在，我把这些告诉你们，也算对这件事有一个交代了。至于验证结果和后续调查，你们也不必告知我了，我不想因为这件事打扰到我平静的生活。"

她看了看时间，起身道："时间不早了，我先回去了。"

我和吴岩送她离开，看着她坐上车子离去后，我问吴岩："你怎么看？"

"如果证实高冬冬和朱梓棋是同一个人，那这个小孩确实是邪门，不过邪门归邪门，我们也没有证据证明两起夫妇互杀案件和他有关。"

"如果有关系呢？"

"能有什么关系？难不成他们是被朱梓棋控制了，才做出了杀人的举动？"

"我们之前遇到的离奇案件还少吗？"我淡然一笑，"至于你刚才说的，虽然无法确定，但也不能完全排除这种可能。"

"无法确定，也不能排除。"吴岩感叹道，"就像一只薛定谔的猫。"

丁婕的出现让我已经平静的内心再起波澜，也让之前从谷小帅和焦雁琴丈夫那里得到的信息重新翻腾了起来。

我思忖再三，终是抵不过好奇心的怂恿，通过智哥拿到了朱梓棋的血液样本。

送检鉴定机构的DNA比对结果证实：高冬冬和朱梓棋确系同一人！

那一刻，这个孩子突然变得神秘且诡谲起来——

当年，他为什么要从三海市孤儿院离开，他来到东周市第三福利院之前经历过什么，他只有六七岁，又是如何在"流浪"中生存下来的？

最诡异的是当年只有六七岁的他为何过了三年却没有任何变化？

在丁婕离开的半个月后，我通过智哥联系到了朱梓棋现在的养母Michelle（米歇尔），朱梓棋也改名为Frankie（弗朗基）。

本来我以为她会拒绝，毕竟我的造访也算是某种意义上的打扰，绝大多数领养孩子的家庭是不喜欢这种打扰的，让我意外的是 Michelle 爽快地答应了。

我们见面的地点在一家星巴克咖啡店。

人不多，我们选了一个靠窗位置坐下。

她很漂亮，虽年过五十，却风韵犹存。

我礼貌地说："其实，我考虑了很久要不要联系您，我知道这可能会打扰到你们平静的生活，但我感觉有义务将朱梓棋，也就是你现在的儿子 Frankie 的某些信息告诉你。"

随后，我将三年前发生在三海市的夫妻互杀案以及高冬冬与朱梓棋系同一人的信息告诉了她，她听后也直呼不可思议："天哪，这是真的吗？"

"没错。"

"如果不是你找到我，告诉我这些，我也不知道要和谁说这个秘密。"Michelle 思忖了片刻，"其实，我领养了 Frankie 之后，也遇到了一些奇怪的事情。"

"比如呢？"

"我和我丈夫领养孩子并非不能生育，而是他不想要我承受生孩子的痛苦和风险，因此我们选择了领养，在回国之前，我们已经领养了三个孩子，最小的一个也已经上了大学。"Michelle 喝了一口咖啡，继续道，"回国后，我丈夫在东周市投资了房地产公司，而我则是北京和东周两地跑，当时我正好看到那起夫妻互杀案的新闻，知道 Frankie 是被领养的孩子，又被送回福利院，我就和丈夫商量，想要收养他，整个过程也很顺利，然后我们就带着 Frankie 回了北京。"

"Frankie 比较内向，话也不多，但很懂事，我们相处得也不错。我还为他联系了一家国际学校，准备过段时间就安排他上学。"Michelle 回忆道，"不过半个月之前，我在查阅书房监控的时候有了意外发现。"

这时候，Michelle 从手机里调出一段视频，视频中的朱梓棋行为举止根本不像孩子，更像一个藏在孩子皮囊里的成年人：

他走进书房，熟练地从抽屉里拿出香烟，点燃抽了起来，他一边抽，一边爬上电脑桌，打开电脑，竟然看起了限制级电影。

在整个观影过程中，他还时不时地骂人，声音低沉又沙哑。

在视频结尾处，他似乎是听到了什么声音，突然关掉了电脑，迅速清理了桌面杂物，打开窗户，快步离开了书房。

那一刻，我忽然想到了谷小帅对我说的那些话。

他说朱梓棋并没有我看到的那么简单，他曾看到朱梓棋抽烟、喝酒、看不健康电影，那些根本不可能发生在一个六七岁孩子身上的行为，此刻全部在视频中得到了印证！

Michelle 关掉了视频，我们陷入了诡谲的沉默。

“你是不是也吓坏了？”良久，她才打破这怪异的气氛。

“在你们领养他的福利院里，有一个年龄稍大的孩子也发现了这些。”我若有所思地点点头，“当时他跟我说起这些，我以为他只是想要引起我的注意，没想到这竟然是真的！”

“其实，我之所以安装监控，是因为在之前的领养过程中，有过孩子偷窃东西的情况，所以我就在隐蔽处安装了监控，没想到却发现了这些。”

“之后呢，你又有其他发现吗？”

“没有了。”Michelle 无奈地说，“在你联系我之前，我也很苦恼，不知道要和他摊牌还是装作什么都不知道，我感觉我领养的不是一个孩子，而是……”

她抬眼看了看我，声音突然压低了许多：“而是一个成年人！”

那一刻，我心里咯噔一下。

我决定和朱梓棋见面。

虽然他只是一个六七岁的孩子，但我想要听听他对此的解释。

在 Michelle 的安排下，我见到了朱梓棋，就在他的儿童房内，他抱着玩具熊，惊恐地躲在角落里。

我微笑着和他说话："你好，还记得我吗？我们之前见过的，就在东周市的福利院里，我还送了你一套漫画书。"

我没有提及朱明东和季慧敏夫妇，而是将那次福利院见面作为开端。

朱梓棋机警地点点头。

我继续道："现在叔叔有几个问题想要问你，你可以如实回答吗？"

朱梓棋继续用点头作答。

我暗暗松了口气，然后从手机里调出高越一家三口的合照："你认识他们吧，这照片中的人是你吗？"

朱梓棋看了看照片，又抬眼看了看我，眼中充满疑惑。

我追问道："你能说一下你们的关系吗？"

朱梓棋摇了摇头。

我语气和缓地追问道："你不认识他们吗？"

朱梓棋终于开了口，低声道："是。"

这个回答几乎封死了我接下来的问题，但我还是不放弃，取出丁婕提供给我的三海市孤儿院的照片："那你对这里有印象吗？"

他仍旧摇头。

我有些气馁了。"那你回忆一下，在来到东周市第三福利院之前，你在哪里生活，和谁一起生活，又为什么会流浪？"

朱梓棋忽然变得无助起来，他将头深深埋了下去。

我有些急了："你好好想想，你到底是怎么离开三海市孤儿院的，又是怎么来到东周市的，这中间又发生了什么？”

听我这么追问，朱梓棋突然就哭了出来。

本来，我还想要问他监控视频的事情，但见他哭了，我一时也没了办法。

虽然他身上疑点重重，又有很多怪异举动，但说到底，我们也没有直接证据证明他就是有问题。

一直在客厅等待的 Michelle 听到朱梓棋的哭声，立刻推门进来，她先是看了看我，然后轻轻将他揽进了怀里。

或许是见到他哭了，Michelle 示意我停止谈话。

正巧吴岩给我打来电话，我转身走出儿童房。

吴岩问我调查得怎么样了，我将在 Michelle 那里看到的视频内容告诉了他：“我刚才和朱梓棋谈话了，但他说什么都不记得了，包括高越和李玉楠，包括三海市孤儿院，包括他是如何离开三海来到东周的……”

“好了好了。”吴岩打断了我，“你先听我说。”

“你有什么发现吗？”

“上次你交给我的，就是从那个坠楼的焦姐那里拿到的照片和姓名，我已经调查出结果了。”

“真的？”

“贾世杰和莫丹、陈冠宇和舒雅、徐宝瑞和虞梦丽，他们是三起杀人案的死者，巧合的是这三起案件都是夫妻互杀案件！”

“天哪，这太疯狂了吧！”

“还有更疯狂的呢，这三对夫妻都收养过同一个孩子。”吴岩突然压低了声音，“就是朱梓棋！”

“你……”我倒吸一口凉气，“你确定？”

“我确定。”吴岩的语气忽然冷峭起来，“那孩子绝对有问题！”

第五章 越挖越深的井和镜子迷宫梦象

说真的，挂了电话后，我的身子都还是抖的。

我转身看到了 Michelle 和稍稍平复情绪的朱梓棋，便谎称还有事，匆匆下了楼。

那一刻，我恍然感觉那个小小的朱梓棋化成了一个巨影，散发出妖艳诡谲的光，无论我怎么跑、跑多快，都逃不开他的视野。

回到东周市之后，我第一时间赶到了特案科。

见我来了，吴岩将一沓资料递了过来："这是我们花费了大量精力，在全国公安网注销人口信息库查到的信息，在确定他们的身份后，我们联系了当地公安机关，没想到真的查出了问题！"

9·14北航市贾世杰、莫丹夫妇杀人案

贾世杰，男，1951年3月22日出生，1990年9月14日去世，初中学历，北航市人，生前是北航市开发区第二棉纺厂的副厂长。

莫丹，女，1950年12月13日出生，1990年9月14日去世，小学学历，北航市人，生前是北航市开发区第二棉纺厂的车间主任。

贾世杰和莫丹于1973年结婚，婚后未生育子女，1989年5月于北航市第二孤儿院领养一名孤儿，后取名贾鹏。

1990年9月14日，警方接到报警称，某民居内发现两具尸体，后确定是贾世杰和莫丹夫妇，警方结合现场勘查和排查走访，确定夫妻二人系互杀致死，互杀原因归结为积怨太深。案发后，二人领养的孩子贾鹏去向不明。

鉴于案发年代较早，具体信息已不可查。

6·13舟曲市陈冠宇、舒雅夫妇杀人案

陈冠宇，男，1959年4月9日出生，1999年6月13日去世，大专学历，舟曲市人，生前是舟曲市城市规划院的规划员。

舒雅，女，1962年11月19日出生，1999年6月13日去世，高中学历，舟曲市人，生前是舟曲市某商场柜组主任。

陈冠宇和舒雅于1983年结婚，婚后育有一子，后夭折，1998年于舟曲市某民政福利机构领养一名男孩，后取名陈潇。

1999年6月13日，警方接到报警称，某居民楼内发生杀人案，死者为陈冠宇和舒雅夫妇，其子陈潇幸存，警方初步怀疑为入室杀人案，后排除这种可能，确定为夫妻互杀，后警方认定为夫妇二人因无法生育孩子产生积怨引发惨案。

案发后，陈潇被送回了民政福利机构，后走失。

9·12 西敏市徐宝瑞、虞梦丽杀人案

徐宝瑞，男，1964 年 11 月 28 日出生，2005 年 9 月 12 日去世，高中学历，西敏市人，生前是西敏市金逸家具商场的楼层经理。

虞梦丽，女，1967 年 5 月 3 日出生，2005 年 9 月 12 日去世，高中学历，西敏市人，生前是西敏市城市发展银行的大堂经理。

徐宝瑞和虞梦丽于 1989 年结婚，1992 年虞梦丽遭遇车祸，丧失生育功能，2004 年于西敏市孤儿院领养一名男孩，后取名徐天赐。

2005 年 9 月 12 日，徐宝瑞的朋友报警称，徐宝瑞和虞梦丽失联，后被发现死于居住的公寓内，后经过警方确定，二人死于互相残杀，生前关系恶化，原因未知。

案发后，徐天赐被送回了孤儿院，后走失。

吴岩在每份卷宗内都找到了当时警方调取的被害夫妇的家庭照，三个不同年代，三个不同城市，三个不同家庭，收养的却是同一个孩子！

最诡异的是在长达二十多年的时间跨度中，这个孩子竟然没有长大，自始至终都是六七岁的样子！

每起案件的案情都非常明晰，确实是夫妻互杀，且三个案发城市分属南北方，又因为年代因素，案件并未引起足够重视，形成串并联。

"每一对领养他的夫妻都死于互相残杀，而案发后，他不是走失就是失踪，这已经不单单是巧合能够解释的了。"吴岩叹息道。

"谁会想到贾鹏、陈潇还有徐天赐都是朱梓棋，或者说贾鹏、陈潇、徐天赐和朱梓棋都是 Frankie！"看到这里，我的后脊已被冷汗浸透。

"从 1989 年他被领养，也可能是更早的时候，一直到现在，二十多年过去了，这孩子竟然一点变化也没有，太邪门了！"

"我感觉，他根本就不是一个孩子，而是一个异类！"

“他确实是一个异类。”

“谷小帅跟我说过，焦雁琴生前一直在观察朱梓棋，这些照片也是在她的笔记本中发现的。”我话锋一转，“或许这些照片的来源就是朱梓棋，焦雁琴发现了照片和照片背后的秘密，谷小帅还说焦雁琴坠楼前夜曾经单独和朱梓棋谈话，次日就坠楼而亡了，虽然被认定为意外，但现在想想，或许和这个异类也有关系。”

“我在想，除了包括朱明东夫妇在内的五对夫妻，是否还有其他夫妻也领养了朱梓棋，最终死于夫妻互杀。”

“我简直不敢想了！”

“如果我们推测属实的话，那么现在收养他的 Michelle 夫妇是不是也面临着危险？”吴岩提醒道。

“最好通知 Michelle 夫妇提前做好防范。”

“如果朱梓棋是始作俑者，他的真实身份到底是什么？”吴岩走到窗前，缓缓拉开百叶窗，“他是如何做到的呢，又为什么要这么做？”

“既然在现实中无法找到答案，那我们就只能潜入他的梦境里一窥究竟了！”

得知“真相”的那天晚上，我失眠了。

我躺在床上，满脑子都是那些夫妻互杀的画面，他们或和善，或开朗，或怯懦，或张扬，最后全都拿起了冰冷的凶器，义无反顾地朝着最亲密的人砍去，目光凶残，鲜血四溅，而贾鹏、陈潇、徐天赐和朱梓棋就躲在角落里，安静地看着爸爸妈妈互相残杀。

我从未想过，这起看似平常的杀人案背后竟然隐藏了这么多秘密，就像一口根本挖不到底的井。

我再次联系了 Michelle，但并未急于告诉她我们掌握的信息，我想在潜梦找到线索后再找合适的机会说明。

我向 Michelle 说明了我潜梦者的身份，虽然她半信半疑，但还是答应帮助我们。

那天晚上，我、吴岩还有 Naomi 来到了 Michelle 夫妇居住的别墅，而此时朱梓棋已经安然入睡。为保证睡眠状态，Michelle 在朱梓棋的饭菜中加入了助眠药物。

看着睡相安静的朱梓棋，我实在不敢相信这孩子或许是一个异类。

Naomi 为我们三人佩戴好脑电波同步扫描仪，我和吴岩缓缓躺好，提前服用的助眠药物也在迅速起效。

我的身体在急速下沉，越来越快，直至一股冰冷的电流袭击了我。

我猛地睁开眼睛，发现自己躺在一个空荡荡的房间里。

我没有见到吴岩。

吴岩潜梦失败了，只有我自己成功潜入？

房间中央有一面竖镜，我起身走过去，发现镜子里竟然没有我的影像，我伸手想要触摸的时候，镜子里突然伸出一只手，一把将我拉了进去。

当我回过神来的时候，发现周围都是镜子，我竟然被拉进了一个镜子迷宫！

所谓镜子迷宫，即由数面成特定角度摆放的平面镜构成。当参观者进入通道时，其身体经多重镜面反射，形成无数镜像，参观者很难分清哪里是通道、哪里是镜面，犹如进入迷宫一样。

我尝试走出镜子迷宫，但面对无数个自己的影像，我的每一步都是徒劳。

就在我准备放弃时，突然感到身后有一股寒意袭来，我猛地转身，竟然看到吴岩举着一把铁锥朝我扎了过来，我本能地闪避，躲过了攻击。

吴岩直接钻进了对面的镜子，消失在了镜像之中。

我吓坏了。

那是吴岩吗?

他也成功潜入了吗?

为什么要攻击我?

如果他不是吴岩，那就是朱梓棋制造出来的人物，他为什么要制造吴岩的形象呢?

容不得我多想，我快步穿梭在镜子迷宫之中，试图寻找出口。

在这个过程中，那个吴岩数次手持铁锥从镜面中蹿出，伺机刺杀我，然后又迅速钻进另一扇镜面中，再度消失。

我一边逃跑，一边躲避着他的攻击。

在成功躲避了四十二次之后，我因闪避不及，被突然蹿出的吴岩刺中，铁锥直接贯穿了我的脑袋，剧痛瞬间麻痹了我的意识。

我只能看着吴岩微笑着，那笑容迅速晕染开来，然后他猛一用力，一下撬开了我的脑壳。

我倏地睁开了双眼，呼吸在那个瞬间将我从梦境带回了现实。

第六章 莫名其妙的梦境之后，我竟然对吴岩恨之入骨！

见我醒了，Naomi 低声问道："王老师，你还好吗？"

我有气无力地点点头，仿佛那场梦境的追逐耗尽了我的体力，我缓缓坐起身，此时，吴岩已经坐起来了。

"你潜入朱梓棋的梦境了？"我问他。

"应该是吧。"吴岩应声道，"只不过在梦里，你没有和我在一起。"

"我也是。"我连忙回道，"我也是独自进入了朱梓棋的梦境。"

这让我颇为意外。

通常情况下，在潜入的那一刻，被潜入对象的梦境状态是相对稳定的，如果成功潜入，我和吴岩是可以同时进入的，如果潜入失败，则会直接苏醒，极少会出现同时潜入，却互不相见的状况。

"你在梦境里看到了什么？"我又问。

“我是在一个空荡的房间里醒来的，我没有看到你，以为你潜入失败了。这时候，我看到房间中央有一面镜子，便起身走到镜子前面，那镜子里竟然没有我的影像，我挺意外的，伸手去摸镜面，结果……”

“结果镜子里伸出了一只手，将你拉了进去！”我突然开口道，“当你再回过神来的时候，发现周围都是镜面，镜面里都是你的影像，你进入了一个镜子迷宫！”

“你怎么知道？”吴岩一惊。

“因为这也是我看到的和经历的！”

“进入镜子迷宫之后呢？”Naomi 追问道。

“我被带入镜子迷宫后，吴岩突然从镜子中蹿了出来，手持铁锥，想要刺杀我，我及时闪避，躲开了攻击，而吴岩也迅速钻进了另一面镜子中，我一边躲避，一边寻找出口，这期间，吴岩不断从镜子里蹿出来，直至最后他再次从镜子里蹿出来，我躲避不及，被他用铁锥刺穿了脑袋，我就醒了过来……”

“我的潜梦经历和你一模一样！”听到我这么说，吴岩不可置信地摇摇头。

“一模一样？”Naomi 茫然地问道。

“我也是看到了无数镜面，王朗从镜面里蹿出来，手持铁锥向我袭来，我一边躲避，一边寻找出口，直至最后他手持铁锥刺穿了我的脑袋，我才苏醒。”吴岩回忆道。

“这也……”Naomi 感叹道，“这也太不可思议了。”

“你一共躲开了多少次攻击？”我问吴岩。

“四十二次！”

我的心里咯噔一下：我们连躲避攻击的次数都一样！

我侧眼看了看仍熟睡着的朱梓棋，忽然意识到那个梦境透出的诡谲。

我和吴岩同时潜入，却进入了两个相同场景的房间，相同的镜子，相同地被带入镜子迷宫，相同的刺杀和躲避，相同的苏醒时间，唯一不同的地方就是我们互为对方场景中的刺杀者和被杀者！

本来，我想要借助此次潜梦，潜入朱梓棋的第二层次梦境看一看的，或许那里有他隐藏的记忆和秘密，没想到却失败了。

Michelle 询问我们潜梦的结果，我耸耸肩，说没什么收获。

离开之前，我对 Michelle 说："谢谢你的帮忙，我想过不了多久，我们可能还会再过来，到时候可能还需要再进行一次潜梦。"

"没问题。"

"这期间，一旦你发现什么问题，或者说有任何需求，一定要第一时间联系我们。"我嘱咐道。

"好的。"

回程路上，我一直在想那个梦境，直至吴岩问我："你有什么想法？"

我摇摇头，说："我暂时也没有想法，或许下一次潜梦会有进展。"

我们没有立刻返回东周市，而是在附近的酒店住下，打算次日再走。

可能是潜梦的缘故，加之连日奔波，我感觉身心俱疲，简单冲了个澡就倒在了床上。

身体被柔软的大床包裹着，睡意循着被子散发的暗香汩汩而出。

我睡着了。

然后做了一个梦。

梦里，我走进了一间办公室。

吴岩就在那里，他背对着我，似乎在忙碌着什么，我叫了他一声，他没有回头，仍旧低头自顾自忙着。

我走过去，发现他面前的办公桌上躺着一个孩子，那孩子不是别人，正是朱梓棋！

此时此刻，朱梓棋的脑袋被打开了，吴岩的双手沾满了血和黏液。

我质问道："你在做什么？！"

吴岩一脸痴迷地说："这孩子的脑子里有秘密，你就不好奇是什么吗？"

我试图制止，却被吴岩打倒在地。

他一边按着我的头，一边将脑子送到我眼前，我无力反抗，只能看着自己离脑子越来越近。

我奋力挣脱后，起身逃离了。

当我逃进另外一个房间时，发现吴岩穿着屠夫的衣服，他的面前躺着赤身裸体的朱明东和季慧敏。

吴岩笑盈盈地对我说："来吧，我们一起找出这个秘密。"

我反问道："什么秘密？"

吴岩取来一把手术刀，轻巧地打开了他们的脑壳："当然是朱梓棋的秘密了，虽然他们夫妇死了，但脑子里一定有秘密。只要找到它们，一切就真相大白了！"

我想要逃开，却发现房门被锁死了。

他轻松抓住了我，然后将我的头按进那两个被打开的脑壳里，一种绵软黏稠的感觉包裹着我的脸。

"找啊，找啊，找啊！"吴岩厉声呵斥着，"我让你睁大眼睛，快点找！"

直至我脸上满是血肉，他才心满意足地放我离开，不，准确地说是带我离开了那里，将我丢进另一个房间。

这一次是谷小帅。

仍旧是熟悉的人，仍旧是被吴岩打开了脑壳，仍旧是强迫我面对那些脑子……

那一刻，我感觉我面对的不仅仅是令人作呕的脑子，还有翻腾汹涌的厌恶。

终于，怀抱着这种情绪，我从梦里醒了过来。

虽然明知道是梦，但我还是对吴岩在梦里对我做的一切耿耿于怀。

此时，天已经亮了。

我洗漱完毕，便去了一楼大厅等待吴岩。

他下楼之后，似乎心情也不太好，我们上车后，竟然像他的名字一样，一路“无言”。

说真的，当时我心里对他颇为不满，但想到长途奔赴北京，又经历了潜梦，精神状态不太好也可以理解，我也就没说什么。

我回到工作室之后，便投入了新的工作。

说来也奇怪，自那天开始，我的状态就变得不太对劲了，工作时间总是打瞌睡，只要睡着了，就会做一些稀奇古怪的梦，很短很碎：

有的场景，吴岩在性侵女孩，他一边施暴，一边强迫我睁大眼睛看着，还大骂那些女孩是婊子是贱货，我想要为那些女孩求情，他笑着对我说：“你和她们一样，都是贱货，哈哈，贱货，哈哈……”

有的场景，吴岩在分尸杀人，让我充当帮凶，我问他杀的是谁，他说就是路人，我问他为什么杀人，他说想杀就杀，接着就低头用电锯切割尸体，血肉喷溅了我一脸；有的场景，吴岩在被人性虐，他赤身裸体地跪在地上，戴着胶皮头套，脖颈上拴着狗链子，面对着女主人摇尾乞怜，然后对方将滚烫的蜡液浇到他身上，他兴奋地汪汪叫，恣意扭动着身体。

不仅如此，我晚上入睡后也会做类似内容的梦，怪诞荒唐，血腥暴力，都和吴岩有关！

起初，我也没有太在意，只是认为工作压力太大或过于疲惫，这些梦在纾解压力。

不过很快我就发现，这些琐碎肮脏的梦让我对于吴岩的态度也发生了变化。

或许是每天都梦到他和那些变态画面的缘故，我会在不知不觉间想到吴岩，肮脏，变态，残忍！

随后，我又会提醒自己不要再那么想了。

我减少了工作量，试图调节一下，但效果并不明显，只要我睡着，这些梦境就会持续袭来，内容变得更加肮脏癫狂，那些我想都不敢想的情节在梦境中淋漓尽致地展现出来。

这些梦境疯狂消耗着我的精力，我变得疲惫不堪。

它们明明是梦，却带着一种身临其境的逼真感。

我忍不住将那些梦境情绪带入了现实之中，对于吴岩也从厌弃变成了憎恶，憎恶变成了愤恨，我感觉自己之前接触的那个吴岩根本是在演戏，他实际上就是一个疯子、一个变态、一个混进警察队伍的杀人犯！

这期间，我接到过吴岩的电话，但是没说两句，我就忍不住和他吵了起来，甚至破口大骂，我感觉他说的每个字都在激化我心中的愤怒和恨意，他察觉到了我的情绪，对我也是蛮横无理，最后我们吵得不欢而散。

挂断电话的瞬间，我的脑海里竟闪过一个念头：吴岩该死！

随着那些怪梦的持续侵袭，这种报复甚至杀掉吴岩的念头越来越强烈，我对于他的愤怒和恨意逐渐累积成了一种杀意。

不管是咨询还是开会，吃饭还是洗澡，我都忍不住想起，然后咒骂吴岩。

有一次午间聚餐，如果不是 Naomi 提醒我，我甚至没有察觉自己在餐桌上写满了“吴岩该死”！

同事们也发觉我的情绪和行为有些异常，还劝我去医院看看，我却破口大骂：“你们这些家伙，是不是被吴岩那个变态收买了，明明是他的问题，你们却来说我！”

那之后，我也意识到自己的失态，但我发现自己根本不受控制，一旦想到吴岩，不论当下在做什么，都会情绪暴怒行为失控，我甚至认为吴岩在监视控制我的生活，而唯一的解决办法就是将他彻底消除。

有一天下午，我甚至买了一把水果刀去了东周市公安局，如果不是因为横穿马路被撞到，我应该直接去找吴岩了。

由于意外被撞，我住进医院，然而那些怪梦仍旧纠缠着我，那个杀人的念头也变得越来越强烈！

第七章　互为镜像和双人植梦孵化

那天晚上，我再次陷入了无止境的梦境。

我梦到了我和吴岩一起出门，在电梯运行过程中，他毫无征兆地用铁丝勒住我的脖颈，我哭喊着向他求饶，他却笑笑说："我带你去一个好地方。"

电梯降落至一楼，但没有停靠，仍旧急速下降着。

我看着电梯层数显示着负数，直至在负十八层那里停住了，他笑着将我拖出了电梯："十八层地狱到了。"

周围烟雾缭绕，阴气森森。

我竟然看到了影视剧中才会出现的小鬼，尖嘴凸目，张牙舞爪，他们发出怪叫，然后将我的衣服脱光，并用四根木桩固定住了我的身体。

这时候，吴岩手持一把电锯而来，我大骂他该死，要下十八层地狱，他却笑着说："这里就是十八层，接下来我就由裆部开始至头部将你锯开！"

我知道这是梦境，但不知道如何挣脱。

就在吴岩拿着电锯对准我裆部的时候，他突然停了下来，周围的一切都停止了。

这时候，我看到静止的吴岩脸上出现了裂纹，碎片随着那些裂纹剥落开来，让我意外的是，吴岩身体里竟然藏着一个人。

宝叔？

我既惊愕又惊喜，他随即将我从木桩上解救下来。

我追问宝叔为什么会出现，他没有说话，快步走到我面前，猛地挥拳击打了我的太阳穴，一根铁锥竟然带着血沫子从我脑袋里飞了出来。

那个瞬间，我从梦里醒了过来。

我再睁开眼睛的时候，一眼看到了坐在对面的宝叔，我们头上都戴着脑电波同步扫描仪，而 Naomi 就站在他身边。

“宝叔……”我不可置信地问道，“您怎么会来这里？”

“两天前，我接到 Naomi 的电话，她说你自从上次潜梦回来，便状态古怪，情绪和行为经常失控，和吴岩也发生了激烈争吵。后来她偷偷联系了特案科那边，特案科的同事说，也就是那次你们从北京回来之后，吴岩的状态也变得很怪，和你非常相似。听完 Naomi 说的这些后，我怀疑或许是那次潜梦出了问题，因此就第一时间赶了过来。”宝叔解释道。

“自从那次从北京回来后，不管是白天打瞌睡、午休，还是晚上睡觉，只要睡着了，我就会做各种各样的怪梦，内容肮脏恐怖。”我若有所思地说。

“就像刚才我在你的梦里看到的怪梦场景？”宝叔追问道。

“没错，反正不管什么内容，都是关于吴岩的，他在我梦里的形象不是疯子变态就是杀人犯。”我回道，“我因此产生了厌恶甚至憎恨的情绪，继而将这种情绪带入到现实中，再后来，我甚至有了杀掉他的想法，虽然偶尔我也会告诉自己不该这么想，但大脑好像失控了，满脑子都是这种恐怖的东西！”

“那你现在感觉怎么样？”宝叔凝视着我。

“嗯……”我迟疑了片刻，“虽然感觉很疲惫，但那些恐怖的念头不见了！”

“那就好。”他松了口气。

这时候，宝叔的电话响了，他接听电话后，我问他怎么了。

他淡淡地说：“其实，在来医院的路上，我已经联系了芮童，他说自打从北京回来后，吴岩的状态也变得有些古怪，时而恹恹的，时而很亢奋，工作连连失误，情绪也经常失控，甚至会不分场合地咒骂你，他和你的表现非常相似，刚才你苏醒后，吴岩也在同一时间醒来了。”

“这……这是怎么回事？”我追问道。

“现在，我还要去吴岩那里验证一件事情。”宝叔起身道。

我本想多问几句，宝叔却嘱咐道：“现在你只需要好好休息，明天我会给你们一个完整的解答。”

我只能点头说好。

送走了宝叔，Naomi 便安排我休息了。

她出门之前，我叫住了她：“Naomi？”

她转身道：“是不是哪里不舒服？”

我摇摇头，说：“谢谢你。”

她一愣，而后笑道：“早点睡吧。”

我安静地躺在床上，反复思虑着北京之行后的事情：我和吴岩回到东周市后，基本没有见面，为什么会出现相似的古怪表现呢？

我忽然想到了朱梓棋，难道真的是那次潜梦出了问题？

我辗转反侧，毫无睡意，一直挨到了天亮。

吃过早饭，就在我催促 Naomi 联系宝叔的时候，宝叔如期而至，吴岩紧随其后。

不知道为什么，看到吴岩的那一刻，我竟然心生愧疚。就在昨天，我的脑袋里还充斥着想要杀掉他的念头。

吴岩看到我，淡淡地问道："你还好吗？"

我点点头，说："你呢？"

吴岩耸耸肩，没说话。

宝叔招呼吴岩坐下，见我们二人都很尴尬，他笑笑说："我知道你们是因为对彼此产生了憎恨甚至杀人念头而心生愧疚，现在我就为你们揭开这背后的玄机吧。"

"老吴，你说说吧。"宝叔转头对吴岩说，"昨晚你做了一个什么梦？"

"我梦到我和王朗一起出门，在乘坐电梯下楼的过程中，王朗用铁丝勒住了我的脖颈，我大声呼救，他说带我去一个地方。电梯不断下行，到了一楼没有停下来，而是继续向下，最后竟然在负十八层停住，我问王朗带我去哪儿，他说去十八层地狱，接着电梯门打开了，周围鬼气缭绕，然后我看到了只有鬼片中才会出现的小鬼，他们帮着王朗脱光我的衣服，将我固定在四根木桩子上……"吴岩回忆道，"这时候，王朗拿着一把电锯过来，我问他要干什么，他说要由我裆部开始至头部彻底锯开，我吓死了，但他不顾我的哀求，执意动手，他真的将我锯成了两半，然后又用一根针，将我的身体一点一点缝合起来，直至老胡出现……"

"你……"听完吴岩的叙述，我差点惊掉了下巴，"你的梦竟然和我的一模一样，只不过在我的梦里，我们的角色互换了。"

"一模一样？"吴岩反问道。

"不过，我的梦境在即将被锯的时候就结束了，并没有后面被锯开、缝合的场景。"我困惑地看看宝叔，"这是怎么回事？"

"还记得在你的梦境最后，我给你的太阳穴那重重一击吗？"

"记得。"我点点头，"你打了我的脑袋，有一个铁锥子穿破了太阳穴，掉了出来，然后我就醒了。"

“其实，当时我并未离开医院，为了能够潜入你们两个的梦境，在对你潜梦之前，我已经联系了芮童，将吴岩运到了隔壁病房。”宝叔解释道，“我在潜入吴岩的梦境后，也重重击打了他的脑袋，同样有一根铁锥子蹿了出来，而问题就出在这根铁锥上面！”

“铁锥子？”我和吴岩一同望向宝叔。

“你们回忆一下，什么时候做过梦，梦到过铁锥子扎进了脑袋吗？”

“我记得潜入朱梓棋的梦境后，虽然我和吴岩都进入且成功潜入了，但互不相见，我们都进入了一个镜子迷宫，最后被对方用一个铁锥子扎进了脑袋。”我回忆道，“本来我们是想要潜入第二层次梦境的，却因为那个铁锥子的出现而意外苏醒。我们离开北京后，也计划安排第二次潜梦，在开始做那些怪梦之后，就将这件事搁置了。”

“其实，从那个铁锥子扎入你们的脑袋开始，你们就已经被植梦了！”

“被植梦了？”吴岩一脸惊愕。

“被谁植梦了？”我反问道，“朱梓棋？”

“没错，就是他！”宝叔感叹道，“你们对他梦境的观察结束了，他对你们的植梦却开始了。”

“这到底是怎么回事？”吴岩追问道。

“我怀疑这个朱梓棋是一个梦境高手，在你们潜入他的梦境进行观察时，他反而向你们的意识空间植入了梦境，让你们以为是梦境场景内容，根本不会察觉！”

“你是说我们做的那些奇怪的梦都是被植入的？”吴岩又问。

“没错。”宝叔点点头。

“通常情况下，潜梦者对于外界梦境的植入是有感知的。”我提出质疑，“即便吴岩没有察觉，我也会有感觉的。”

“普通人无法感知植梦，而潜梦者具备这个能力，但是这个被植入梦境的特殊之处就在于它被植入的时候，并不是一个完整成熟的梦，而是一个‘蛋’的状态。”宝叔解释道。

“蛋？”我一惊。

“是的，就是蛋。”宝叔继续道，“这个梦境如果想要发挥效用，就需要通过梦者不停做梦进行孵化，伴随着孵化，它会迅速侵蚀你们的梦境，释放各种场景，你们却毫无察觉，这在梦境学上有一个专有名词，叫作植梦孵化。”

“就算我们被植梦了，也没有任何察觉，我们怎么可能做内容相同的梦，毕竟我们是两个人？”吴岩又问道。

“这是镜像梦境，即同时在两个人的意识空间植入梦境，内容相同，梦境体验却是对调的，比如你们同时梦到自己被对方带入了十八层地狱，遭受锯刑，如其中一人进入（解除）梦境状态，另一人迟早也会进入（解除）同样的状态。”宝叔解释说，“这个梦境的恐怖之处在于它能产生双倍的梦境情绪，王朗在体验梦境的过程中产生的负面情绪会传递给吴岩，而吴岩的负面情绪也同样会传递给王朗，因此持续做梦会持续恶化梦者本身的身心状态，直至你们无法承受，做出疯狂伤害，甚至杀人举动！”

第八章 你到底是谁？我到底是谁？

听到这里，我忽然想到了朱明东和季慧敏夫妇，还有领养过朱梓棋却最终互杀致死的夫妻们，按照宝叔的推测，那些夫妻互杀案件和朱梓棋的关联就是被他植入了镜像梦境，就像我和吴岩一样。

这也解释了为什么朱明东和季慧敏夫妇在杀人前出现那些古怪状态。

不管是争吵、咒骂还是伤害，都源于那些恐怖肮脏的梦境，他们将梦境情绪带入现实之中，最终被无情吞噬，沦为互杀的工具。

不过，这只解释了其中一个谜团，朱梓棋的真实身份和他的动机仍旧成谜。

在宝叔的提议下，我们决定再次潜入朱梓棋的梦境。

有了宝叔同行，我和吴岩都放心了不少。

通过 Michelle 的安排，我们三人顺利潜入了朱梓棋的梦中。

与之前不同，这一次，我们同时在那个房间里醒来，房间中央有一张躺椅，朱梓棋就躺在上面。

躺椅轻轻晃动着，发出有节奏的吱嘎声。

我轻声唤道："朱梓棋？"

晃动的躺椅在那一刻停了下来。

他缓缓侧过脸，浅笑道："好久不见。"

虽然只是一句普通的招呼，却瞬间印证了我们心中的推测。

他明明是一个六七岁的孩子，声音却粗犷沙哑，仿若饱经风霜的老人。

我凝视着他："看来，你早就知道我们是潜梦者了。"

他淡然地道："从你们第一次潜入我梦里的时候，我就知道你们是潜梦者了，你们想要从我梦里寻找朱明东和季慧敏案件的线索，你们想要来打扰我平静的生活。"

我追问道："所以，你在我们的梦里植入了镜像梦境？"

他淡然一笑："本来以为你们会成功互杀的，没想到却解除了梦境，看来你们确实比我想象得要厉害。"

吴岩质问道："如果说你在我们的梦里植入镜像梦境是害怕我们调查你，那你为什么要在你养父母的梦中也植入镜像梦境，让梦境逐渐孵化成形，影响甚至操控他们彼此残杀，毕竟他们领养了你，对你也算有养育之恩！"

他冷笑道："他们确实对我有恩，但他们也发现了我的秘密。"

吴岩步步紧逼："你是潜梦者的秘密？"

他叹息道："你们都没有发现我是潜梦者，他们怎么会发现呢?！"

我补充道："我想，他们是发现了你不会长大的秘密吧？"

这时候，朱梓棋从椅子上跳了下来："看来，你们已经将我调查得非常仔细了。"

我继续道："从贾世杰和莫丹夫妇，一直到朱明东和季慧敏夫妇，在跨度长达二十多年的时间里，你多次变换身份，却始终没有长大！”

他解释道：“既然如此，我也没必要隐瞒了，他们确实是察觉到了异样，还商量说带我去做系统检查。我当然不能让这种事情发生，既然如此，我只能让他们乖乖闭嘴了。”

我追问道：“你到底是谁？”

他佯装茫然地自问：“我是谁？说实话，我也不知道我是谁。这六十多年来，我的身份太多了，我也一直在寻找自己是谁。”

我一惊：“你……你竟然六十多岁了？”

他仍旧笑着：“很惊讶吗？”

我们面面相觑。

“既然都说了，你也不妨多说几句。”这时候，宝叔开口道，“说说你的故事吧！”

“我的故事？”他轻蔑一笑，然后轻轻一甩，指尖便出现了一根烟，他似有犹豫，又若有所思，“我真的好久好久没有和成人这么对话了，久到我都快要忘记这种感觉了。”

“来吧，说说我的故事。”他吸一口烟，娓娓道来，“我姓周，五十年代生人，老家在东北。从我记事起，大概五六岁的时候吧，我就发现自己与众不同，我可以记住自己梦境的内容。我很害怕，又很兴奋，很快我就掌握了这种特殊的能力。我和父母说起过，但他们不相信，还说我胡思乱想。

“当时我也没有多想，就和其他孩子一样，吃饭睡觉，上学玩耍，只是他们不知道，在他们熟睡的夜晚，我可以在梦里为所欲为。除了记住梦境内容，我发现自己还能改变它们，我想让梦变成什么样子，它就会变成什么样子。

“不仅如此，我甚至可以进入别人的梦境，看到他们梦里的画面：守寡的邻家二婶梦里是一个纵情欲海的老鼠精，无休止地玩弄着男人；精壮强悍的生产队大队长在梦里变成了一头牛，耕着无穷无尽的地；精神有问题的傻子三哥在梦里钻进了大娘的子宫里，化成了一个无忧无虑的胎儿……”

我凝视着朱梓棋，推测他和我们一样，是天生的潜梦者。

“这种日子过了没几年，我就发现了一个很严重的问题，我的身体竟然不再发育了！”说到这里，他语气急促起来，“我明明已经十多岁了，身体却始终停留在六岁的模样，父母带我去看了医生，医生说是发育迟缓，我吃了很多药，却毫无作用。村里人都骂我是怪物，还让我滚出去，父母受不了了就带我离开了村子，我知道他们也很痛苦，但我才是最痛苦的。

“这种日子持续了六七年，直至有一天，我醒来的时候，发现父母不在，我以为他们出去了，就默默地等着，我等了一天一夜，也没见他们回来，当我翻看箱柜的时候，才发现已经空了，我这才意识到他们走了，抛下我，走了。”他叹息道，“听说在我之前出生的三个哥哥全部夭折了，我对他们而言就是宝贝，独一无二的宝贝，没想到有一天，他们将我这个宝贝抛弃了。”

那一刻，我的眼前恍然出现了他坐在空箱柜前绝望无助的表情。

孑然一身，自生自灭。

“你们能够想象那种被抛弃的感受吗？”他看向我们，自问自答，“当然不能，你们没有被抛弃过，根本无法想象！”

“我绝望极了，我从没想过我最亲爱的父母会抛弃我。”他感慨道，“也就是从那时起，我迷恋上了睡觉。我将自己丢进了另一个世界，因为只要睡着了，我就可以做梦，在梦里，我可以做任何事情，自由自在地成长，随心所欲地生活，吃想吃的食物，恨想恨的人，杀该杀的东西，放飞该放飞的心，我不断地练习，不断地创造，不断地探索，我在现实中无法做到的，全部在梦里一一实现，我在现实中无法控制的，全部在梦里一一掌握！潜梦、造梦甚至是植梦，我花了几十年的时间，逐一在梦中做到了，甚至炉火纯青！

“虽然我心智成熟，但身体却是我的缺陷，我只能将成年的自己畏缩在这个孩子的身躯中，我知道仅仅依靠自己无法过活，我必须依靠那些成人，而福利院和孤儿院是我最好的去处。”他吸了一口烟，“这些年，我去了很多地方，佯装成流浪儿童，被那些成人带了回去，继而被领养。当然了，我也遇见过坏人，遇见过人贩子，不过我还是找机会逃了出来。”

“这副孩子的皮囊给了你最好的掩护，让你可以自由穿梭在领养家庭之中。”我感叹道。

“确实是这副皮囊帮了我，让我可以受到庇护，受到关爱和照顾，但只是暂时的，一旦那些领养夫妇发现了藏在我身上的秘密，仍旧会抛弃我，甚至将我当成异类，公之于众，就像我的亲生父母一样可恶！”他冷漠地质问道，“你们会想要一个怪物生活在自己的家里吗？当然不想！”

“你用这种方式杀人是因为他们都发现了你的怪异？”我不放过任何一个追问的机会。

“有的是，比如朱明东和季慧敏；有的则不是，比如徐宝瑞和虞梦丽，他们并不是真心想要领养我，我只是一把试着解决他们婚姻问题的钥匙，不能用，就丢在了一边。既然如此，不如提前解决掉麻烦吧。”他语态轻松地说，“反正他们也是互杀，谁会将嫌疑放到我这个六七岁的孩子身上呢！”

“所以你不能在一个地方生活太久，你每解决一对养父母，就要假装失踪或者走失。”我冷峻地问道，“案件属性的原因，加上年代和地域等因素，你才能一直到今天都不被发现和怀疑！”

“没错！”他冷漠地凝视着我。

“那焦姨呢？她的坠楼也和你有关吧。”我仍旧不放弃。

他眼神死寂，没有说话。

“谷小帅说她生前一直在观察你，并且发现了你偷偷喝酒、抽烟、上网的怪异行为，在她坠楼的前夜也曾和你交谈，而她丈夫在她的遗物中发现了三张夫妇合照的翻拍照，我根据照片信息确定了他们的身份，贾世杰和莫丹，陈冠宇和舒雅，徐宝瑞和虞梦丽，他们都死于夫妇互杀，唯一的交集就是都收养过你，因此，我推测她发现了你的秘密，并且掌握了证据，她找你摊牌，你为了自保才解决了她！”我继续道。

“在这几十年里，由于四处流浪，烟酒成了我消磨时间的唯一途径。”他意味深长地笑了笑，“入住福利院后，每当烟瘾、酒瘾发作，我就习惯去值班室解决，有时候实在无聊了，也会偷偷去院长办公室上网看看电影，发泄发泄欲望，只是有些大意，被她盯上了。

“如你推测，起初我也没想到她会偷窥我。当我发现的时候，已经晚了，而且我还有一个习惯，每解决一对收养我的夫妇，就会带走一张他们的合照留作纪念。我将照片贴在小本子里，没想到被她偷看到了，她甚至想要调查那些人的身份。我害怕秘密败露，就在她的梦境里植入了一个场景，让她以为自己是在平地，最终坠楼而亡！”说完，他轻轻掐灭了烟头。

事已至此，隐藏在朱梓棋，不，准确地说是隐藏在周某身上的谜团逐一解开了，虽然感觉不可思议，但我们只能选择相信！

他问道：“好了，我把你们想要知道的、不想要知道的通通告诉你们了，你们打算怎么办呢？是举报我、告发我，还是说曝光我？”

我们没说话。

他笑笑道：“我想不管用什么方法，别人都不会相信吧！”

是啊！

谁会相信一个六七岁的孩子会是那么多夫妻互杀案的始作俑者呢？就算真的有人相信，又能拿他怎么办呢？

他见我不说话了，继续道：“我之所以选择告诉你们一切，不仅仅是因为我们都是潜梦者，你们会相信我说的，更多的是希望你们就此打住，不要再纠缠我了，否则，大家的日子都不好过！”

我质问道：“你觉得我们会同意吗？”

这时候，宝叔走到我的前面：“我们可以答应你，但你必须离开现在的领养家庭！”

他点了点头：“还是你这位小兄弟识时务。”

话音刚落，他轻轻打了个响指，梦境便结束了。

我们苏醒的时候，朱梓棋还在睡着，谁会想到那副单纯的孩童皮囊之下包裹的会是罪恶的成人灵魂。

Michelle 询问我们潜梦的结果，我犹豫了片刻，没有告诉她真相。

回程路上，我问宝叔为什么要答应朱梓棋。

宝叔意味深长地说：“如果不答应他，你又能怎样呢？是曝光他、逮捕他，还是杀了他，你要对警察和媒体说他不仅是成年人，还是潜梦者吗？你直接拒绝他，只会激怒他，引发更大的危机，倒不如就此打住，放他离开，起码还能保全 Michelle 夫妇。”

他抬眼看了看后视镜中的我，继续道：“我们是潜梦者，并不是万能的救世主，梦境世界弱肉强食，面对这种异类，我们唯一能做的只有任由他去，对于有些人、有些事，我们无法改变，只能旁观。”

潜梦结束的三天后，我接到了 Michelle 的电话，她说 Frankie 突然离家出走了，她已经报了警。我安慰了她两句，便挂断了电话。

那一刻，正在小吃街上的我突然感到一阵寒意，一个熟悉的身影一闪而过，但我还是认出了他。

是朱梓棋！

他对我笑了笑，迅速消失在了人群中……

第四卷　他人地狱

哪一个更惨——
是活着的怪物，还是死去的好人？
——电影《禁闭岛》

潜梦追凶笔记

第一章 阔别二十年重逢的同学却成了杀人案的凶手和死者

那是我初次见到莫启阳。

他面色苍白，身材瘦削。

他坐在审讯室内，不论吴岩和芮童如何讯问，他就是沉默。

他承认自己杀害了李吉峰的事实，但对于杀人动机却始终不说。

最后，吴岩叹了口气，起身离开审讯室，无奈结束了此次提讯。

吴岩点了一根烟："其实，我们最怕遇到这种情况，不论你问什么，他就是一言不发。"

我淡淡地说："起码，他认罪了，他承认自己杀害了李吉峰。"

吴岩无奈地说："这才是整个案件中最令我费解的，他既已承认了杀人罪行，为什么还要隐藏杀人动机呢，这背后到底有什么隐情？"

吴岩提及的莫启阳和李吉峰是7·17水榭花都社区杀人案的犯罪嫌疑人和

受害者。

三天前，也就是本月的 17 日，东周市公安局刑警二支队接到一起报案。

报案者莫启阳称他杀了人，被杀的是他的高中同学李吉峰，地点就在东周市曙光区水榭花都社区 41 栋 1 单元 1202 室。

接警后，办案民警第一时间赶到，抓住了留滞在案发现场的莫启阳，随行法医确定李吉峰已经死去多时，没有抢救的必要了。

在随后的审讯中，莫启阳承认自己杀害了高中同学李吉峰，关于杀人经过和杀人动机却只字不提。

吴岩看过详细的现场勘查报告，从现场的凌乱程度分析，二人应该发生过激烈争吵和肢体冲突，莫启阳用餐桌上的水果刀刺中了李吉峰的胸腔，随后又向对方腹腔补刺若干下，李吉峰因脾脏破裂导致大出血而死亡。

李吉峰死后，尸体没有被挪动的迹象，现场也未被破坏，莫启阳坐在沙发上报了案，随后办案民警赶到，控制了他。

虽然案情并不复杂，犯罪嫌疑人莫启阳也承认了杀人罪行，但他的作案动机一时成谜，这也成了办案民警亟待解决的问题。

由于李吉峰同时身兼大学教授和财经专家的身份，具有一定社会影响力，他被杀身亡引起了不小的社会关注，市有关领导亲自过问，要求尽快破案。

经协调，案件由刑警二支队转到了特案科。

吴岩和特案科的同事梳理案情之后，决定从莫启阳和李吉峰二人的关系深入挖掘，寻找杀人动机。

莫启阳，男，1971 年 5 月 14 日出生，余江市安龙县人，大专学历，先后做过广告公司策划、业务员和保险员，涉及多地，工作经历较为丰富。2010 年被查出癌症。现为东周市城市管理学院保安队的工作人员。

李吉峰，男，1970 年 3 月 25 日出生，余江市安龙县人，研究生学历，曾在东周市师范学院担任讲师，现为东周市财经大学教授。同时，他也是颇有名气的财经专家，经常参加各种电视节目。

莫启阳是普通保安，李吉峰则是大学教授，他们明明就只是重逢半年的高中同学而已，在这半年里，他们之间究竟发生了什么，以致莫启阳举刀杀害了李吉峰呢?

在走访中，警方基本可以确定莫启阳为人实诚、工作勤恳，他和保安队的成员们关系不错，李吉峰则更加清流了，对待工作兢兢业业，对待同事和学生亲近平和，也愿意提拔新人，在学校乃至东周市财经圈的威望都很高。

就是这样两个风评口碑都非常好的人，却成了一起杀人案的犯罪嫌疑人和受害者。

据李吉峰的妻子肖蓝说，李吉峰是半年前和莫启阳“重逢”的，就是在他们高中毕业二十周年的同学聚会上。在此之前，李吉峰从未提过莫启阳，至少在她的印象里是没有的。

肖蓝一边将同学聚会的照片展示给我们看，一边说：“那天，老李带我去参加聚会，我也挺重视的，还给每位同学都准备了礼物。在那次聚会上，我是第一次见到莫启阳，他干干瘦瘦的，虽然看起来身体不太好，但精神还不错。当时我只是和他们打了招呼，就被带到了隔壁的家属包间吃饭。”

照片中的李吉峰和莫启阳站在一起，他还将胳膊搭到莫启阳的肩上，两人笑得很开心，那时候的他不会想到，半年后自己会命丧身边人之手吧!

肖蓝继续说：“当天晚上，老李喝多了，离开的时候，他紧紧握着莫启阳的手说，放心吧，一切包在我身上，等我将他扶进车子里，想要追问两句的时候，他已经睡着了。第二天早上，他醒来后，我问他答应了莫启阳什么事，他说他想要帮助莫启阳。”

吴岩追问道：“为什么呢？”

肖蓝解释道：“当时我也这么问他，他说莫启阳这些年过得不如意，十多年前和妻子离婚后便一直单身，谈过两个女朋友，也是无疾而终。虽然去了很多地方，也换了不少工作，但一直没有太大发展。去年在公司上班时突然吐血，被同事送到医院后确定是癌症晚期，公司让他好好休养，其实是变相将他辞退了，出院后，他便一边打工，一边进行抗癌治疗，不过效果并不明显，再者他也没什么钱，因此就改为了保守的服药治疗。”

这和警方掌握的线索也是一致的：莫启阳确实是肺癌晚期患者，医生说如果继续采取服药治疗的话，他最多只有半年的生命。

肖蓝叹息道：“老李是出了名的热心肠，不管是家人朋友，还是同事学生，就算是陌生人找他帮忙，他能帮也一定会帮的，更别提莫启阳这种认识了二十多年的老同学了。”

吴岩又问：“后来呢？”

肖蓝回道：“聚会结束后不久，老李就通过一个做慈善的朋友帮莫启阳进行了募捐，还为他联系了医院，让他可以进行正规治疗，随后又为他安排了工作，就是在师范学院图书馆做保安，每天只工作六个小时，工作内容也很轻松。当时我还说，莫启阳已经是癌症晚期，没有心情工作了，老李却说工作能够给人带来存在感，这也是莫启阳最需要的。除此之外，老李还会经常邀请他来家里做客，或者周末一起去钓鱼，反正那段时间，他们走得很近。”

吴岩继续问：“那段时间，李吉峰的状态怎么样，他有没有说过和莫启阳发生了什么，或者他有没有什么奇怪的行为？”

肖蓝回忆道：“他的状态还可以，没什么特别的，莫启阳也时常来家里，我没听他们发生过什么矛盾。”

她想了想，又说：“不过，那段时间，老李曾经回过一次安龙县的老家，当时他说去外地出差，后来我在查看行车记录仪的时候，才发现他独自回了老家。”

吴岩反问道：“为什么你会觉得李吉峰回老家是奇怪行为呢？”

肖蓝解释说：“我的公婆在多年前陆续因病去世了，老李说每次回去都会想起过世的父母，因此每年除了清明节和二老的忌日，其他时间我们是不回去的，即使回去也会次日就返回，但老李那次却去了三天。”

吴岩又问：“后来你问他原因了吗？”

肖蓝点点头，说：“问了，他没说，还和我发了脾气，那是我们结婚十多年来，他第一次跟我大发雷霆，那样子简直不像平时的他，后来他跟我道歉了，说自己没有控制好情绪。”

吴岩认真记录着：“那之后呢，他的情绪怎么样？”

肖蓝伤感地说：“之后，他就一直忧心忡忡的，再也没有笑过。当时我以为是工作上的压力，也没有多问，没想到没过多久就发生了……发生了这种事情……”

后来，李吉峰的同事也证实，在案发前一段时间，他的精神状态不太好，甚至有些恍惚，学生们也证实，一向自我要求极高的他竟然在课堂上频频出错。

吴岩将这些信息做了重点勾勒，继续问道：“案发当天的事情，你了解多少？”

肖蓝思忖片刻，说：“那天我本来是在家休息的，但有病人突然出现并发症，需要做手术，我就回了医院。我离开的时候，看到老李在给莫启阳打电话，还说让他快点过来，当时我也没多想，就出门了，没想到那却是我和他的最后一次见面……”

随后，吴岩将一沓汇款凭证交给了肖蓝：“案发后，我们在调查莫启阳信息的时候，发现他的银行卡内有数笔交易记录，金额从三千、五千至五万、十万不等，共计二十余万元，通过调取汇入柜台的监控录像，确定汇款人都是你丈夫李吉峰……”

肖蓝一惊："你说什么，老李把钱汇给了那个疯子？"

吴岩追问道："李吉峰没有和你提及这些吗？"

肖蓝叹息道："出事之前，老李确实从家里陆续拿走了二十多万元，当时我问他原因，他说是借给朋友，没想到竟然给了莫启阳！我早就跟老李说过，不要对莫启阳这么好，对他太好了，他会感觉这种好是理所应当的，甚至会索求无度，没想到这一切都成了真的……"

说到这里，肖蓝情绪失控地骂道："莫启阳就是畜生，老李对他那么好，他竟然还杀了老李……"

其实，当特案科掌握了这条线索后，大家也感觉不可思议，李吉峰的汇款确实太频繁了，从开始的两周一次到后来的一周两三次，虽然都是三千五千，但累计下来也有十几万元了，最后一次甚至直接汇款十万元。

这一切真如肖蓝所说，莫启阳在接受李吉峰的帮助后，逐渐变得索求无度，求助变成了勒索，最后因财杀人？

但莫启阳要这么多钱做什么呢？

最让吴岩不解的是，那些钱一直趴在莫启阳的账户上，他从未取出使用。

如果不是索求无度的话，那李吉峰为什么要不停地给莫启阳汇款呢？

这和李吉峰被杀又有什么关系？

第二章 莫启阳的秘密调查和二十五年前的少女失踪案件

与此同时，特案科的调查有了新进展。

芮童根据保安队考勤表发现，莫启阳在案发前有多次请假记录，在随后走访中，莫启阳的同事张禄称，莫启阳曾多次借用他的车子外出。

芮童调取了行车记录仪后，发现莫启阳在上个月的21日、27日和本月11日三次回到了安龙县。

没想到在杀人案发生之前，莫启阳和李吉峰一样，也回过老家安龙县。

这让吴岩意识到，或许那个他们多年未曾亲近的小县城里藏着什么秘密。

根据行车记录仪，特案科基本确定了莫启阳回到安龙县后的行程：他初次回到安龙县，去的第一个地方竟然是安龙县公安局！

随后，吴岩联系了当地公安局，负责协查的民警证实当时莫启阳确实来过，他查询了一件陈年旧案的信息。

我一惊："陈年旧案？"

吴岩轻轻吐了一个烟圈："12·13蒋昕蕊失踪案。"

这是二十五年前发生在安龙县的一起失踪案件。

当时负责此案的民警叫作梁秋阳，现在已经是安龙县公安局的副局长了。

回忆起这起案件，他仍旧记忆犹新："1990年12月13日，那天是我和小刘值班，晚上十点多，一个中年男人匆匆跑到值班室，说他女儿不见了。"

梁秋阳掸了掸烟灰："他自称蒋亮，他说自己下班回到家，发现女儿小蕊不在，就去邻居家询问，邻居说没有见到小蕊，他又去了小蕊的同学家，大家都说下午放学后小蕊独自离开了，他找遍了小蕊可能去的地方，都没有找到。随后，我们介入调查，由于当时的侦破手段比较传统，网络也不像现在这么发达，我们能做的只有询问相关人，也一直没什么进展，小蕊就这么悄无声息地消失了。一开始，蒋亮还经常过来，慢慢地，他就不来了，我想他也知道吧，小蕊很可能找不回来了，不，是应该找不回来了。"

随后，梁秋阳将当年单薄的卷宗取了出来，指着一张女孩艺术照说："她就是蒋昕蕊，失踪时十四岁，在安龙县湖光中学读初二，学习成绩很好，还是班上的文艺骨干，生活里也懂事乖巧。"

我安静地凝视着照片里那个笑容灿烂的女孩子，心中五味杂陈。

吴岩简单翻阅了卷宗的内容，然后问道："后来，蒋亮又和你们联系过吗？"

梁秋阳叹息道："他啊，疯了！"

我一惊："疯了？"

梁秋阳点点头，说："在女儿失踪三年后，他妻子出车祸死了，肇事者也跑了，那件事给了他不小的打击，一个好端端的三口之家，一下子就剩下他一个人了。之后，他就一直在服用抗抑郁药物。有两次，我还在新阳路上见过他，他拿着女儿的照片追问路人，后来精神崩溃，蹲在路边大哭。半年后，我去他家里探望他，邻居说他患上了精神分裂症，被送进了精神病院。"

除了安龙县公安局，莫启阳还去了安龙康复院。

我看了看吴岩，问道："他不会去探望蒋亮了吧？"

没想到真被我猜中了。

在安龙康复院的上月访客登记表上，当时探望蒋亮的是一个叫作"刘明"的男人，在调取了相应时段的监控后，我们在视频里看到了一个戴着眼镜和帽子，疑似莫启阳的人。

当天值班的工作人员对于"刘明"的印象非常深刻："他是这些年来唯一一个来探望蒋亮的人。他自称是蒋亮的亲戚，给蒋亮买了一些水果，还问了问蒋亮的情况，最后在病房陪着蒋亮坐了很久才离开。"

我和吴岩站在病房外，看着满头白发、身形枯槁的蒋亮坐在窗前，心生悲凉。

除了公安局和康复院，特案科并没有在行车记录仪内发现更多线索。

我不禁问道："莫启阳为什么在蒋昕蕊失踪案发生的二十五年后，突然回到老家安龙县追寻案件进展呢，还去探望了已经精神失常的蒋亮？"

吴岩若有所思地说："或许，他掌握了某些案件线索。毕竟，能够让人对陈年旧案产生兴趣甚至探索欲望的只有新线索的出现了。"

随后，梁秋阳打来电话，他说当年失踪案发生后，他们曾走访了蒋亮和蒋昕蕊父女的亲友邻居，当时蒋亮的同事，同时也是邻居的李瑞海配合警方做了询问笔录。

这个李瑞海有一个儿子，正是李吉峰！

至于莫启阳，暂时没有发现和蒋氏父女有任何交集。

挂断了梁秋阳的电话，吴岩问我："你说，莫启阳杀害李吉峰一案会不会和二十五年前的蒋昕蕊失踪案有关系？"

"你什么意思？"

"李吉峰和蒋昕蕊曾是邻居，和莫启阳又是同学，在杀人案发生前，莫启阳和李吉峰都回过安龙县，在莫启阳最后一次从安龙县离开后，就发生了杀人案件，我实在无法将莫启阳的追查和李吉峰的被杀分裂开来。”

“那你打算怎么办？”

“潜梦！”吴岩抬眼看看我，狡黠一笑。

其实，在吴岩向我说明这起案件的特殊性之后，我就知道，想要追查莫启阳的作案动机，潜梦是最有效的途径！

随后，吴岩让芮童安排了一次新的提讯。

面对吴岩的审讯，莫启阳仍旧沉默不语，当吴岩提及二十五年前的蒋昕蕊失踪案时，我还是能够察觉到莫启阳眉宇间掠过的惊愕。

那是一种很复杂的情绪——惊讶、恐惧之中又带着隐隐的愧疚。

吴岩严肃地说：“你可以继续选择沉默，但我们已经找到了蒋昕蕊失踪案的新线索，真相不会一直被你隐藏，希望你好自为之！”

话音刚落，莫启阳便再也支撑不住，趴在审讯桌前睡着了。

随后，吴岩示意我进来，提前服用了助眠药物的我们立刻坐好，他一边戴好脑电波同步扫描仪，一边抱怨道：“这药物效力也太强了，如果不是偷掐自己，我想莫启阳还没睡着，我就先倒下了。”

对我们来说，潜入莫启阳的梦境显得轻车熟路。

漫长的等待之后，熟悉的触电感促使我睁开了眼睛——

晃动的视野说明有人在疯狂奔跑！

我定睛一看，那人正是莫启阳。

他衣衫褴褛，赤脚狂奔，一边回头，一边呼救。

他似乎是被谁追赶着，疯狂逃窜。

我和吴岩也快步跟上，直至随他跑进一处农场。

最先见到莫启阳的是一个老妇人，她问他发生了什么事，莫启阳哭喊道：“有人要杀我，有人要杀我……”

老妇人吓坏了，急忙叫来丈夫。

他在听了莫启阳的讲述后，安抚道："你先躲进仓房，我现在就去打电话报警。如果有人来，我们就说没有见到你。"

随后，他让老妇人带莫启阳去了仓房。

没多久，真的有一个蒙面男人追了进来，他进门后恶狠狠地质问老夫妇有没有看到莫启阳。

就在我和吴岩想松口气时，老妇人笑笑说："儿子，他就在仓房里！"

儿子？

他们竟是一家三口！

蒙面男人接过钥匙，转身走向仓房的一刻，场景发生了转换，我们瞬间被丢进了一条狭长的楼道。

我环视了一下，意识到这是安龙康复院。

这时候，莫启阳从我们身边经过，我和吴岩快步跟上，随他走进一间病房。

此刻，蒋亮就坐在靠窗的角落。

整个场景似乎不太稳定，总有一种随时会进入其他场景的跳台感。

起初，莫启阳只是远远地看着他，良久，他才缓缓走过去，坐到蒋亮对面，蒋亮只是痴然地看着桌子上的牛顿摆球。

我和吴岩分别站到他们两侧。

莫启阳犹豫片刻，开口道："叔叔，蒋昕蕊已经……已经死了……"

蒋昕蕊死了？

我侧眼看了看吴岩，他也是一脸惊愕。

那一刻，桌上的牛顿摆球突然停止了。

一股失重感袭来，我们跌进了一间昏暗的仓房。

此时此刻，莫启阳双手被反绑，跪在地上，他对面的铁椅子上就坐着那个蒙面男人。

这时候，蒙面男人起身走到莫启阳面前，一把抓住他的头："你不是想要逃吗？”

莫启阳哀求着：“放过我吧，我再也不逃了……”

他的话还没说完，蒙面男人突然将他的头朝着铁椅子猛击，鲜血和皮肉飞溅：“我叫你逃，我叫你逃，我叫你逃！”

蒙面男人越打越兴奋，速度越来越快，力量也越来越失控，直至将莫启阳的脑袋撞烂了才停手。

吴岩感叹道：“这梦，也太暴力了吧！”

我只是凝视着倒在地上的莫启阳，没有说话。

这时候，蒙面男人拎起莫启阳，直接拖到门口。

仓房门被打开的一刻，一束光射进眼里，我和吴岩再抬眼时，发现我们离开了仓房，来到了李吉峰居住的公寓。

场景仍旧充斥着不稳定的跳台感。

此时此刻，李吉峰正气急败坏地抓住莫启阳的衣领：“你知道你在对谁说话吗？老子将你从死亡线上拉回来，给你工作，给你钱，现在你却来威胁我！”

在高大壮硕的李吉峰面前，干瘦的莫启阳仿佛缩小了，他试图挣脱李吉峰的控制，但挣扎只是让他显得笨拙且可笑。

吴岩走到他们面前，转头问我：“你有没有感觉，莫启阳比李吉峰小很多，好像一个小孩子。”

我没说话，只是安静地看着眼前的一切。

莫启阳被提了起来，身体也越来越小：“老李，你是我的恩人，我一辈子也不会忘记，你放心吧，虽然你杀了人，但我不会说出去的……”

杀了人？

我的呼吸不由得急促起来：事情果然没有那么简单！

李吉峰一把将莫启阳甩开：“去你妈的，你凭什么说老子杀了人，你有证据吗？！”

莫启阳趴在地上，虚弱地说："我知道你把尸体埋在了……"

话没说完，李吉峰便给了他一巴掌："你真是贴心啊，竟然跑回去找尸体，我真是低估你了！"

莫启阳啜泣道："她只是一个初中生，更何况还是你的邻居……"

初中生和邻居？

我瞬间就想到了失踪的蒋昕蕊。

这一切真如吴岩推测的一般，蒋昕蕊的失踪和李吉峰有关？

根据莫启阳所说，很可能是李吉峰杀了人，继而掩埋了尸体。

莫启阳又是如何知道这么隐秘的信息的呢？

眼前，莫启阳仍旧苦苦相劝，李吉峰并未否认，只是不断恐吓对方。

就在李吉峰掐住莫启阳脖颈的时候，我和吴岩也感到了一阵窒息。

那一刻，我们再次回到了那个莫启阳被施暴的场景，他被蒙面男人拖了出去，一路拖到了仓房后面的空地。

他将莫启阳丢在一边，然后拿起铁锹开始挖掘。

这时候，莫启阳竟然动了。

吴岩一惊："他没有死！"

没错，莫启阳还活着。

他艰难地向前爬着，当蒙面男人挖好土坑，转身找人时，莫启阳只挪动了可怜的一两米。

蒙面男人一把抓住莫启阳的脚踝，轻松地将他丢进坑内。

莫启阳奄奄一息："放……放过我……"

蒙面男人重拾铁锹，一边哼着小曲，一边将沉重的泥土埋到他身上，直至将土坑彻底填平。

莫启阳被活埋了！

就在此时，场景再次出现变化，我们被吸入了一间包厢……

第三章

虚实梦境解构和重回二十五年之前

眼前的杯盘狼藉让我意识到这是一场即将结束的饭局，而饭局的参与者就是莫启阳和李吉峰。

李吉峰似乎喝醉了，一面剔着牙，一面给莫启阳讲着自己的辉煌人生。

从小一路开挂的学习成绩，大学毕业后的顺风顺水，人人称羡的教授和经济学家身份，贤惠的妻子，优秀的儿子，他的人生堪称完美。

那一刻，坐在他对面，不，准确地说，是坐在人生下游的莫启阳显得凄惨不堪。

更有意思的是，伴随着李吉峰的讲述，莫启阳再次“缩小”了，直至缩成了一个孩子。

这时候，李吉峰突然笑了笑：“我告诉你一个秘密，你不能告诉别人啊，就只有咱俩……咱俩知道。”

莫启阳唯唯诺诺地应声道："好。"

李吉峰打了一个饱嗝："我啊……杀过人……"

莫启阳一惊："你说什么呢？"

杀过人？

站在旁边的我和吴岩也很吃惊，没想到喝醉的李吉峰竟然说自己杀过人。

李吉峰仍旧用醉醺醺的语气说："我说……我说我杀过人，我杀过人……"

包厢里的空气陡然冷峻起来。

莫启阳颤颤巍巍地说："老李，你不要胡说了，你喝醉了，我送你回家吧！"

李吉峰继续说着："你是不是不相信……哈哈哈，我就是一个杀人犯……杀人犯……"

他在笑，笑着说自己是杀人犯。

莫启阳突然就不说话了，他茫然无措地看着李吉峰。

李吉峰仍旧喋喋不休地说着："其实，我喜欢她很久了，很久很久了……那天下午放学，我约她出去，乘她不备就打晕了她……本来我只是想要和她亲热的，学学黄色录像带里面的情节……没想到，没想到她突然醒了，还说要报警……我抄起石头砸了她的头……一下，两下，三下……"

虽然是在梦里，虽然是他的醉话，但我仍旧被一种阴冷感侵蚀着。

那一刻，我恍然听到石头砸击脑壳的声音，带着骨头碎裂和血肉交杂的闷绝声。

说到这里，李吉峰就趴在了桌子上。

莫启阳低声问道："然……然后呢？"

李吉峰听到莫启阳在问他："然后我把她埋了……埋在了山里……"

莫启阳缓缓地靠近，他应该听到了具体的埋尸地点。

这时候，莫启阳问了最后一个问题："老李，你说的杀掉的人……是谁啊？”

李吉峰低声道：“蒋……蒋昕蕊……”

蒋昕蕊！

虽然在之前的场景中，莫、李二人提及的被害者信息直指二十五年前失踪的蒋昕蕊，但当这个名字从李吉峰口中说出来的一刻，我还是感到了莫大的震撼！

莫启阳的身体失去重心，直接跌坐在地上。

那一刻，我们脚下的地板抖动起来，我们只感觉脚下一空，相继醒来。

此次潜梦持续了三十分钟。

我和吴岩苏醒后，身体出现了非常严重的反应，不过我们观察到了丰富的梦境内容，可以为案件提供参考。

“你对他的梦境怎么看？”吴岩一边喝着功能饮料，一边感叹。

“这是一个焦虑梦。”我兴奋地说，“既平常又特殊，非常值得解构！”

“来吧，详细说说。”吴岩活动了一下筋骨。

“他的梦境用四个字形容，就是虚实结合。”我总结道。

“莫、李二人的场景是实，莫启阳被施暴活埋是虚。”

“没错。”我点点头，“通常情况下，当梦者在现实中接收到某种刺激，他在进入梦境后，会大概率出现或反复出现与刺激相关的场景（片段），梦境作为现实的回放和延伸，虽然会夸大某些梦象（符号），但场景（片段）内容还是具有参考价值的。比如之前潜入李麒麟的梦境，看到他灭门的画面，又如此次看到莫启阳探望蒋亮、与李吉峰对话和冲突等，都具备现实原型，也就是所谓实。与此同时，我们还交错看到莫启阳逃跑、被蒙面人施暴和活埋的场景，这些场景（片段）是梦境基于现实内容做出的反应，也就是所谓虚，当梦者在现实中受到某种刺激，刺激让其产生了极度焦虑，梦境就会出现虚实结合的情况。”

“我们先来说一下实的部分。”我继续道，“通过这三个场景，可以做出以下分析：二十五年前，发生在安龙县的蒋昕蕊失踪案件，蒋昕蕊很可能被人杀害并掩埋藏尸。杀害蒋昕蕊的很可能是邻居李吉峰。李吉峰在和莫启阳重逢后，在一次醉酒席间，向对方说出了他的杀人过往，莫启阳很可能在信息真假难辨的情况下，亲自去藏尸地寻找。李吉峰得知莫启阳在暗中调查，恐吓对方，他被杀很可能与此有关。”

“在这三个场景中，还有一个非常有意思的现象，就是莫启阳缩小了，他变成了小时候的样子。”我说道，“这是现实焦虑的梦境投射。”

“现实焦虑的梦境投射？”吴岩反问道。

“焦虑是种令人不愉快的情绪，人不可能长时期忍受这种痛苦的折磨。弗洛伊德提出，人的心理发展到某个阶段时，可能会因为恐惧而倒退到早期阶段。倒退是不能应对现实的挑战，是对现实的逃避。”我解释道，“如果将这种焦虑投射进梦境中，也会出现相似的倒退情况，比如退化成小一号的人物或退回孩童时代，甚至变成小动物，等等。从这个场景中分析，现实中李吉峰释放的压迫感让莫启阳本能地在梦境中弱化了自身存在。”

“你继续。”吴岩若有所思地说。

“我们再来说说虚的部分，虽然是交替出现，但这算是一个连贯场景，既然没有现实原型，我们就从梦象上来解析，我挑选逃跑、施暴和活埋这三个典型梦象来说一下。”我分析道，“跑，逃跑，努力想要逃离是最常见的焦虑梦象；梦到被施暴通常象征着梦者的内疚感和自我惩罚，可能是生活中在意的人即将死亡（或已经死亡），或者一段重要关系即将结束（或已经结束），他在面对现实生活时感到无能为力，只能屈服；至于埋葬，更多象征着梦者在进行自我压抑，他在压抑内心的焦虑或恐惧，不让它们外泄或表露出来。结合刚才所说的现实焦虑的梦境投射，莫启阳被无法消解的焦虑困扰着，困扰很可能来自他知晓了李吉峰的秘密，即对方杀害了蒋昕蕊！”

这一切是基于潜梦观察所做的推测，信息源于并不可靠的第一层次梦境。因此，我们必须找到实在的证据，而眼下最重要的就是确定李吉峰口中的“杀人真相”！

与此同时，芮童的调查也有了新进展，他在恢复莫启阳手机中删除的照片里发现了多张安龙山的照片。

安龙山就位于安龙县和临县的交界地带。

联系到梦境中李吉峰曾说将尸体埋在了山里，吴岩推测有可能就是安龙山。

当然，我们也无法确定蒋昕蕊的尸体就藏在安龙山中，加之安龙山的面积太过庞大，如果没有指向性线索，我们的搜索无异于大海捞针。

因此，在吴岩的安排下，我们决定进行第二次潜梦，时间安排在三天后。

提讯之后的莫启阳仍旧保持沉默，吴岩将最新的调查进展告知了他，并称警方已经知晓当年蒋昕蕊可能被李吉峰杀害藏尸，尸体就被埋在安龙山！

听到这些的时候，莫启阳显然慌了。

我甚至能够感到他的身体在微微颤抖。

吴岩知道，他的话已经扎进了莫启阳的软肋，然后莫启阳的眼神由惊恐变得涣散起来，最后倒在了桌上。

我们也趁着这个空隙，再次潜入了他的梦境。

我睁开眼睛的时候，吴岩已经先我一步在梦境中醒来。

周围一片黑暗，只有不远处有一束光亮。

我们缓缓靠近，发现光亮源于强光手电筒，而那束光线之下，我们隐约看到了一个正在努力挖掘的人影。

吴岩低声道：“是莫启阳。”

没错，眼前这个正在疯狂挖掘的人就是莫启阳！

他在挖什么？

尸体吗？

莫非，这里就是藏尸点？

不过，周围太黑了，我们无法做出任何分辨。

这时候，莫启阳似乎是挖到了什么东西，立刻停了下来，他凑过去看了看，然后发出了尖叫，手里的强光手电筒摔到地上。

那一刻，我们看清了半隐半现的挖掘物：那是一颗骷髅头！

吴岩激动地说："你说得没错，我们真的看到了这些！"

我点点头，说："看来你的言语刺激起了作用，他以为警方真的在搜找尸体，因此在第一层次梦境中不断回忆相关内容，场景也更趋于稳定。"

紧接着，光线消失了，我们遁入了无尽的黑暗，然后我嗅到一阵香气，抬眼的瞬间，我和吴岩出现在了李吉峰居住的公寓。

眼前，李吉峰和缩小的莫启阳扭打在一起，很快，莫启阳就被李吉峰制住了。

李吉峰骑在莫启阳身上，扼住对方脖颈："你知道什么叫作好奇害死猫吗？有时候对别人的秘密太过好奇的话，是会害死自己的！"

莫启阳一边挣扎，一边哀求："老李，我会永远保守这个秘密的！"

李吉峰冷漠地看着他："你知道吗，只有死人才可以永远保守秘密！"

莫启阳惊恐地问道："你想做什么？"

这时候，李吉峰抽出一把水果刀，直接扎向了莫启阳的胸腔，没想到在那个瞬间，莫启阳竟然缩身避开了攻击。

不过，李吉峰仍旧压制着莫启阳的身体，他占据着绝对优势！

李吉峰再次发起进攻，莫启阳再也没有了逃脱机会，就在刀子抵住胸口，快要刺入的瞬间，莫启阳突然用力折向了李吉峰的手腕。

李吉峰紧握水果刀的右手失去平衡，在惯性的作用下，直接刺入了自己的胸腔。

画面在那一刻极度逼真起来，我知道梦外的莫启阳正在全力回忆！

此时此刻，莫启阳抽出了那把水果刀，再次用力刺入，然后抽出，再刺入……

当他回过神来的时候，李吉峰已经倒在了他身边。

莫启阳颤颤巍巍地推了推对方，低声道："老李……老李……"

我推测道："如果这是梦境对于案发当日的回放，当时是李吉峰想要杀害莫启阳，莫启阳出于自卫，才意外将李吉峰反杀。"

吴岩点点头，说："这个场景呈现的信息和案发后技术人员所做的现场复原基本一致。也就是说，这基本就是案发现场的还原了。"

我若有所思地说："案件似乎越来越明晰了。"

莫启阳跌跌撞撞地起身离开，我们随他出去的瞬间，跌进了深邃的黑暗中。

周围是此起彼伏的虫鸣，然后我听到了莫启阳的抱怨："他妈的，竟然把胳膊划伤了！"

这时候，远处传来光亮，接着是一声呼喊："喂，谁在那里！"

莫启阳自语道："被发现了，我得快点下山了。"

紧接着，莫启阳的声音急促起来。

我推测，他就此慌张地下了山，而在一同下山的过程中，我和吴岩意外跌落，醒了过来。

虽然仍旧是在第一层次梦境内观察，此次潜梦，我们获知了更多线索：

1.莫启阳很可能找到了藏尸点，为避人耳目，他选择深夜进山挖掘，并挖出了尸骨；

2.莫启阳杀害李吉峰，很可能是李吉峰先动手，在整个冲突过程中，莫启阳出于自卫才意外将李吉峰杀害；

3. 莫启阳在下山过程中，很可能有另一个人出现，他在逃脱过程中，意外划伤了自己，并遗失了强光手电筒。

梁秋阳在听了吴岩的叙述之后，推测那个深夜进山的人很可能是蔡忠生。

蔡忠生年逾七旬，本县人，独居，年轻时是个山农，后来年纪大了，就在家养老了，不过他还是经常进山闲逛。

在梁秋阳的帮助下，我们见到了蔡忠生。

当吴岩将梦里的场景简单地描述了一下之后，蔡忠生连连点头：“我知道你说的事情。”

第四章

第二具尸骨是孟星月，第三具尸骨是林瑾，第四具尸骨是……

“那段时间，我总是失眠，醒着也没事干，就想着进山溜达溜达。”蔡忠生回忆道，“那天晚上，我一个人进了山，走着走着突然看见不远处有光亮，好像是手电筒发出的光，呼喊了一声，结果那个光亮突然就消失了。”

“您没有过去看看吗？”吴岩问道。

“之前，我也遇到过这种事情，追过去发现是年轻情侣出来打野战，当时还挺尴尬的，因此我怀疑那也是来打野战的，就没有立刻过去。”他摆了摆手，“第二天进山时，确实在那附近捡到了一个手电筒，我想应该就是昨晚来的人丢下的。”

“您还有那个手电筒吗？”

“你们等一下。”随后，他取来一个手电筒，吴岩随即交给梁秋阳，让公安局技术人员进行鉴定。

“您还记得当时捡到手电筒的大致位置吗？”

“当然记得。”蔡忠生笑笑说，“我在这山里待了那么多年，闭着眼都能自由出入。”

在他的引导下，我们来到了当时他捡到手电筒的地方，然后吴岩对梁秋阳说：“我们就以此为中心进行地毯式搜查吧！”

虽然抱有疑惑，但梁秋阳还是调派了大量警力协助搜查。

搜查进行一个多小时后，有人在一棵大树下发现了挖掘又被掩埋的痕迹。

随后，搜查民警原地进行挖掘，发现了零散衣物，在接下来的深入挖掘中，竟然挖出了人的头骨和零碎尸骨！

当我看到在树下挖出的尸骨的时候，瞬间确定莫启阳梦里所呈现的一切是真实发生的：

他意外听到了李吉峰隐藏多年的秘密，又根据对方提供的信息来到山里寻找藏尸点，在挖到尸骨后，选择了再次掩埋，最后慌张逃离。

站在我们身边的梁秋阳更是一脸惊愕，他也没想到，在我们的“指引”下能够在安龙山里挖出尸骨！

那一刻，我忽然想到了郝嘉峰。

在邢鹏案件（参见《潜梦者》）中，郝嘉峰警官曾帮忙在民心河中进行打捞，对此抱有怀疑的他在打捞出装有尸骨的皮箱时，也是同样的表情。

这时候，天空忽然下起了雨。

我缓缓抬眼，雨滴掉进了我的眼睛里，我恍然听到林子里传来了低沉的哭声。

虽然未确定尸骨身份，但我认定那就是失踪了二十五年的蒋昕蕊！

那一刻，失踪了二十五年的她有了确定信息，不管是活着，还是死亡，她终于出现了。

梁秋阳招呼大家加快挖掘，并做好现场保护。

就在我为此松了一口气的时候，突然有人喊道："有发现！"

本以为根据莫启阳的梦境线索就此找到了蒋昕蕊的尸骨，没想到事情远没有我们想象的那么简单。

负责挖掘的民警在零散的衣物口袋中找到了一张社团证。

照片模糊不清了，隐约能够分辨出是一个女孩，证件上则写着"京南师范"和"吉他社"七个字。

京南师范和吉他社？

雨越下越大，我们只能带着挖掘出的尸骨暂时下山，回到安龙县公安局。

我站在鉴定室内，看着那具零散的尸骨，突然对她的身份产生了怀疑。

她到底是谁？

是蒋昕蕊还是社团证上的女孩？

负责此次尸检的是安龙县公安局的法医张剑：

受害者系女性，死亡时年龄在十五至二十岁，死亡时间超过十年，系钝器击打后脑致死，死后被肢解，凶手将分解的尸块埋在了树下。

由于受害者死亡时间太久，加之被肢解且化为了白骨，从尸骨上能够提取的线索并不多，但张剑提供的这些尸检信息，蒋昕蕊也在符合的范围。

随后，张剑提取了受害者尸骨的 DNA 和蒋昕蕊父亲蒋亮的 DNA，并将比对样本送去上一级司法鉴定中心。

与此同时，我、吴岩和梁秋阳一同前往了京南师范大学。

听闻我们的来意，校方负责人非常重视，立刻展开调查，很快就有了调查结果。

京南大学共有三个吉他社，据现任社长辨认，这张社团证属于京南师范大学文学与传媒学院吉他社。

十九年前，京南师范大学文学与传媒学院发生过一起失踪案件，失踪者叫作孟星月，当时她就是吉他社的第二任社长。

随后，我们找到辖区派出所，调阅了当年孟星月失踪案件的原始卷宗：

孟星月，女，1975年5月17日出生，京南市人，京南师范大学文学与传媒学院学生。

1993年5月19日，孟星月的母亲找到学校，说与孟星月失去了联系，而学校老师称，当时孟星月是请假回家了。

警方介入调查后发现，孟星月最后出现的地方是学校后门，当时她买了一盒冰激凌，就坐上了一辆黑色轿车，之后便失踪了。

不过，警方并没有查到车辆信息，案件无任何进展，之后一直被搁置，卷宗也被移至档案室，直至十九年后被我们翻阅。

“你怎么不说话了？”回去的路上，我见吴岩一言不发，就问他。

“我突然想到了一件事。”

“什么事？”

“李吉峰就是京南师范大学毕业的。”吴岩迟疑了片刻，“他算是孟星月的学长。”

“真的？”

那一刻，仿佛有一股无形的力量，不动声色地将所有人联系到了一起，邻居蒋昕蕊、高中同学莫启阳和大学同学孟星月，而核心就是李吉峰！

在辖区派出所的协助下，我们找到了孟星月年过七旬的母亲。

听闻是关于女儿孟星月的信息，孟母灰暗的瞳孔中瞬间生发出了一丝光芒。

随后，在吴岩的安排下，警方采取了孟星月母亲的DNA检测样本，送往司法鉴定中心同发现的无名女性尸骨进行比对。

由于破案需要，司法鉴定中心对检测样本进行了加急处理。

三天后，鉴定结果出来了。

在安龙山发现的无名尸骨并非二十五年前失踪的蒋昕蕊，而是失踪了十九年的孟星月，警方在用于包裹孟星月尸骨的衣物上发现的血迹则源自李吉峰!

至此，孟星月失踪被害一案已逐渐明晰：李吉峰就是杀害掩埋孟星月的重大嫌疑人!

当我们将这个信息告知孟星月母亲的时候，她先是一怔，而后笑了，像是悬而未决的谜题突然有了答案。

很快，她的笑容就化成了无尽的痛哭："终于……终于找到了……找到了……"

后来，我们了解得知，孟星月是独生女，从小成绩优异，多才多艺，她是父母眼中的骄傲。当年警方确定孟星月失踪后，孟氏夫妇彻底崩溃了。

女儿的失踪疯狂蚕食着这对可怜的夫妇，他们互相指责，互相伤害，互相推开。

在孟星月失踪的第三年，孟父终于抵抗不住这种痛苦，服毒自尽了。

他在遗书中这么对妻子说："我先走一步了，你好好活下去，千万别离开，没准儿哪一天女儿就回来了……"

如今，孟星月真的回来了，只不过成了一具冰冷的尸骨。

我们本想在安龙山寻找关于蒋昕蕊的藏尸点，却意外地发现了另一个失踪者的尸骨。

吴岩看着眼前的鉴定报告，若有所思地说："当时莫启阳挖出的尸骨是孟星月的，但他以为是蒋昕蕊的，那在掩埋孟星月尸骨的周围会不会还有其他人的尸骨，比如蒋昕蕊。"

我一惊："如果真的挖到了蒋昕蕊或其他人的尸骨，同时证明和李吉峰有关，那么他就是连环杀人犯了！"

吴岩面色凝重地说："或许吧，一切就要看我们接下来的挖掘结果了！"

连日阴雨给接下来的工作带来了不小阻力，不过梁秋阳还是全力协调各方力量进行挖掘。

正如吴岩推测的，在挖出孟星月尸骨一公里的范围内，警方又相继挖出了三具尸骨。

当看到挖掘人员挖出的尸骨后，我只能用"触目惊心"来形容。

阴冷的风在林子间穿梭，仿佛一种悲伤的低吼。

吴岩低声问我："喂，还好吗？"

我轻叹道："自从和你认识之后，我对尸体和尸骨完全免疫了。"

警方以挖掘到尸骨的先后顺序进行了简单编号，分别为一号、二号和三号。

法医张剑在进行尸检后，确定三名受害者均系钝器捶击脑后导致死亡，受害者死后被肢解掩埋。

挖掘人员在一号尸坑发现了一张银行卡，根据银行卡确定了持卡者身份：

林瑾，女，1977 年 12 月 28 日出生，东周市人，东周市海洋统计事务所的员工，2004 年 3 月 17 日失踪。警方介入调查后，案件一直没有进展，林瑾也无任何音信。

负责调查林瑾的芮童发现，李吉峰和失踪的林瑾也认识，他曾为该事务所进行过培训，当时负责和李吉峰对接的就是林瑾。

在李吉峰家里，也有他和该统计事务所员工的合照，其中林瑾就站在他身边。

在随后的 DNA 比对中，确定一号尸骨系林瑾，二号尸骨系蒋昕蕊，而三号尸骨的身份未能确定。

看着蒋昕蕊的尸骨，我突然感到一股悲伤：二十五年后，她终于被找到，却已物是人非。

警方已经确定身份的三名受害者均和李吉峰有交集，蒋昕蕊和李吉峰是邻居；孟星月和李吉峰是大学同学；林瑾和李吉峰是朋友。

虽然李吉峰已死，无法得到他的口供，三号尸骨的身份也未确定，但根据作案手法和尸体掩埋地点，吴岩和梁秋阳仍旧推测李吉峰是四起失踪杀人案的元凶！

其实，早在发现孟星月的尸骨后，我就怀疑李吉峰的另一重身份是连环杀人犯，最终调查结果也验证了我的想法。

我凝视着视频里侃侃而谈的李吉峰，无法想象那个人畜无害的笑容背后会是阴狠杀意！

大学教授和连环杀人犯，我忽然感到背脊一凉！

第五章 隐藏的真相和受害者的连锁风暴

吴岩再次提讯了莫启阳，对于我们的到来，他仍旧选择视而不见。

当吴岩说到已经在安龙山找到蒋昕蕊的尸体时，莫启阳先是一怔，而后缓缓抬起头，他的眼神复杂难解。

吴岩将挖掘现场和尸检照片逐一摊开："很意外我们找到了蒋昕蕊的尸体吗？"

莫启阳的呼吸明显急促起来，但还是极力克制着。

相比之前，此时的吴岩显得淡定从容："我想，这也是你苦苦隐藏杀人动机的原因吧？"

莫启阳仍旧不说话。

吴岩不急不徐地说："半年前，你在同学会上见到了多年未见的老同学李吉峰，由于他的热情帮助，你困顿的生活有了极大改善，你们的联系多了起来，感情也日益升温，在这个过程中，李吉峰意外透露了二十五年前发生在你们老家安龙县的一起失踪案件，当时失踪的女孩叫作蒋昕蕊，也是他的邻居，他说蒋昕蕊并非走失，而是被他杀害了，尸体就埋在安龙山！”

那一刻，莫启阳的瞳孔倏地睁大：“你……你是怎么知道的，当时包厢里明明……”

他说到这里的时候，意识到自己的失言，立刻停下了。

吴岩反问道：“明明什么？包厢里明明只有你们两个人吧。”

莫启阳再次沉默。

他不会想到那些他辛苦隐藏的秘密，我们已经在梦中窥探过了。

吴岩继续道：“得知这些之后，你非常惊恐，为了验证真伪，你还是去安龙山寻找了埋尸地点，没想到真的找到了尸骨，就此可以认定李吉峰就是杀害蒋昕蕊的凶手了，否则他为什么要说自己是杀人凶手，甚至还知道掩埋尸体的具体位置。”

吴岩稍做停顿：“我想，这对你来说是巨大的打击吧，自己的救命恩人竟然是一个隐藏了多年的杀人犯！”

这时候，莫启阳闭上了眼睛，身体剧烈颤抖起来。

吴岩知道，莫启阳的秘密已被戳破，他的心理防线即将崩溃。“你不能告发他，因为他救过你，但你也不能坐视不管，毕竟他是杀人犯，他可以醉后向你透露，也可能醉后向他人透露，为了保护李吉峰，你提醒了他，虽然他听后很生气，但为了保守秘密，他开始给你钱，案发当日，他将你约到家中，你们发生了争吵，他想要杀你，你出于自卫，反杀了他。案发后，你报警承认了杀人罪行，但始终没有说出杀人动机，就是想要隐藏他是杀人犯的秘密！”

莫启阳突然睁眼，呵斥道：“好了，不要说了，不要说了……”

他的声音逐渐变小，然后变成了啜泣：“为什么呢？我已经承认杀人罪行了，为什么要找杀人动机？杀人动机就那么重要吗……”

那一刻，站在门外的我知道，真相即将大白，不，真相已经大白了。

在莫启阳被捕半个月后，他终于说出了案发始末和隐藏动机：

我从没想过，我的生活会因为小川的一通电话而发生改变。

那是我终止化疗的第三个月，我接到高中同学小川的电话，他说他组织了一场同学会，定在当月十五日，地点在东周市憨神大酒店。我本不想去的，但不好意思拒绝邀请，最后还是应邀参加了。

高中毕业这些年，和我有联系的同学也就只有小川了，由于混得不好，之前的同学会，我都没有参加。

当时我想自己时日不多了，或许这次不见，以后也就没有机会了。

我如期参加了同学会。

赴约的同学挺多，三十几个人吧，有的是国企干部，有的是私企老板，有的是事业单位领导，当然了，也有混得一般的。

大家聊了聊近况，也回忆起了当年的学生时代，他们帮我学习、参加活动的场景，聚会氛围挺好的，起码我感觉不错。

在聚会上，我也遇到了多年没见的同桌李吉峰。他现在是一名大学教授，还是东周市颇有名气的经济学家，上过很多电视节目。

他问起了我的工作和生活，我说自己十多年前就离婚了，之后一直单身，工作换了不少，也没什么成就。他从小川那里得知了我的身体状况，我告诉他，就在去年，我被查出癌症晚期，然后被辞退，之后一边打零工，一边化疗，出于积蓄原因，我在半年后就停止化疗，改为保守治疗了。

他听说了我的经历后，本来想要召集同学们募捐的，但被我拒绝了，我不想要得到大家的同情施舍。

聚会结束后不久，我突然接到李吉峰的电话，没想到他为我安排了医院，让我重新接受化疗，同时还给我找了一份图书馆保安的工作，工作强度低，待遇却不错，这让我在治疗的同时，足够负担生活开销。

也就是从那时候起，我们的交流多了起来，我们经常聚会，周末出去爬山或钓鱼，我的精神状态都好了起来。

…………

我从没想过，那次饭局会打破这种美好。

那天晚上，李吉峰约我吃饭，似乎是工作遇到了麻烦，他喝了很多酒，然后开始胡言乱语，好像变了一个人，暴戾又乖张，我只好耐心听着，等他累了再送他回去。

没想到他说着说着，就问我有没有杀过人，我当时愣了，以为他在开玩笑，就回说没有，他竟然说他杀过人，还是一个女孩子，然后断断续续说着杀人经过和藏尸地点，就好像是真的一样，即便他这么说了，我还是不敢相信，直至我问他杀的人是谁，他说是蒋昕蕊。

关于蒋昕蕊这个名字，我还是有些印象的，二十五年前，我们老家安龙县发生过一起失踪案件，失踪者好像就叫蒋昕蕊。

那天晚上，我送李吉峰回家后，心里一直在想着这件事，我不知道是他胡言乱语，还是他真的就是杀人凶手。

我试图装作什么都没听到，我不想因此破坏我和他的关系，但那些话就像一根刺扎进了我心里。

越扎越深，越想越疼。

思来想去，我决定拔掉它！

我请假，借了车子回了安龙县，去公安局问了那起失踪案的信息。

失踪者确实叫作蒋昕蕊，接待我的警官说案件一直没有侦破，人也没有找到。

我辗转去了蒋昕蕊家，才发现那里早已无人居住，邻居说蒋昕蕊失踪后，她母亲出车祸去世了，她父亲因为她的失踪精神出了问题，被送去了康复院。

按照李吉峰的描述寻找埋尸地点，我前后三次进入了安龙山，竟然找对了地方。

虽然当时天已经很黑了，但我还是努力挖掘，没想到真的挖出了一具零碎的尸骨，我吓坏了，急忙埋了回去。下山的时候我听到别人呼叫，甚至吓得丢掉了手电筒。

我知道那尸骨是蒋昕蕊的，她被人杀害，埋在了山里。

离开之前，我去康复院看望了蒋昕蕊的父亲蒋亮，我知道他已经精神失常，但我还是将蒋昕蕊的事情告诉了他。

我想在他内心某个清醒的地方，一定还挂念着女儿的行踪。

回到东周市之后，我犹豫了很久，还是去找了李吉峰，说起了这件事。

对于那天的醉后之言，他没有任何印象，他为此感到懊恼，听闻我去了安龙山，还挖出了尸骨，他怒不可遏地打了我，我说我没有想要告发他，只是提醒他保守秘密，他还是将信将疑。

从那之后，他就开始给我钱，起初是现金，后来是汇款，我问这是做什么，他说这是保密费，但我知道他的用意，他是想要把我们绑到一起，一旦事发，他会借这些钱将我拉下水。

不过，那些钱全部趴在银行卡里，我一分钱都没有用过。

自从挖出蒋昕蕊的尸骨后，我就没有睡过一天安稳觉，即使睡着了，也是做噩梦。

我既恐惧又内疚，恐惧的是李吉峰是杀人犯，内疚的是蒋昕蕊的尸骨可能一直要被埋在安龙山。

案发那天，李吉峰给我打电话，说有事找我。

见面之后，我们再次因为蒋昕蕊的事情吵了起来，他情急之下想要杀我，我出于自卫，意外将他杀死了。

莫启阳的供述基本符合我们的调查情况和推测分析，包括他与李吉峰的重逢，暗中追查蒋昕蕊失踪案件，多次前往安龙山寻找藏尸点，探望蒋亮以及与李吉峰摊牌等。

至于李吉峰给莫启阳的多次汇款也有了解释。

“你隐藏杀人动机就是想要保护他？”吴岩追问道。

“李吉峰是我的老同学，更是我的救命恩人，如果我说出杀人动机，就会扯出蒋昕蕊失踪案，到时候警方就会查出李吉峰是杀人凶手了。”莫启阳点点头，“我知道这对蒋昕蕊一家不公平，但我也不能忘恩负义。更何况他已经死了，一命抵一命，对于蒋昕蕊的死也算有交代了。因此，我选择了沉默，这个秘密只有我们两个人知道，我想只要我什么都不说，警方就查不到那些了，没想到最终还是难逃警方的调查……”

“莫启阳……”吴岩思忖了片刻，“我可以告诉你，当时你挖出的尸骨并不是蒋昕蕊的，而是另一名失踪者的。”

“另……”莫启阳一惊，“另一名失踪者？”

“她叫孟星月，李吉峰的大学学妹。”

“这到底是怎么回事？”

“我们在安龙山上，你挖掘尸骨位置的周围又挖出了另外三具尸骨，其中两具尸骨确定了身份，分别是二十五年前失踪的蒋昕蕊——李吉峰的邻居，和四年前失踪的林瑾——李吉峰的朋友，至于最后一具尸骨，身份仍旧是谜。”

“你说这些都是老李做的？”

“没错，我们在掩埋尸骨的尸坑内找到了包裹尸块的衣物，通过鉴定，衣物上的血迹除了受害者的，还有李吉峰的，综合杀人手法和埋尸地点，基本可以确定李吉峰就是杀人凶手，他是一个隐藏的连环杀人犯！”

这确实太震撼了！

莫启阳吓得说不出话了，他也没想到李吉峰是连环杀人犯，蒋昕蕊只是他的一个作案目标而已。

当我们离开审讯室的时候，留下的只有怔怔的莫启阳。

走出看守所的那一刻，吴岩深深吐了一口气，莫启阳供述了杀人动机和经过，整个案件算是圆满结束了。

谁也没有想到一起看似普通的7·17杀人案背后竟然隐藏着案中案，被害者李吉峰竟然是一名隐藏了二十多年的连环杀人犯！

那天晚上，我和吴岩开车来到了李吉峰家的楼下。

正准备上楼，我突然叫住了吴岩："明天再去吧。"

吴岩明白了我的意思，他抬眼看看李吉峰家亮灯的房间，没有说话。

那一晚，我失眠了，在同一时间里，吴岩也是辗转反侧吧。

这一夜似乎比我们想象的还要深邃漫长。

次日上午，当我和吴岩找到肖蓝，告诉她调查结果的时候，她惊恐地攻击道："你们疯了吗？我丈夫明明是受害者，怎么就被你们调查成连环杀人犯了！"

吴岩安抚道："肖女士，我知道你很难接受这些，但事实就是如此，虽然我们没有办法得到你丈夫的口供，但根据警方现在掌握的证据，已经可以认定他就是一个连环杀人犯。至于莫启阳始终没有供述杀人动机，他是想要隐瞒这一切，他知道事情一旦曝光，李吉峰的声誉将被彻底摧毁，你和你儿子也将陷入困境！"

肖蓝的攻击性言语最终变成了无助的哭泣："为什么……为什么会是这样……"

是啊，谁会想到那个温文尔雅的大学教授会是一个冷血残酷的连环杀人犯呢?！

她根本无法接受每天和自己吃饭、聊天甚至做爱的人是一个杀人犯，她也无法接受那双杀了很多人的手触摸她、触摸儿子、触摸他们的生活。

她感觉他们十几年的婚姻仿佛都沾染了血腥味!

这时候，站在门口的儿子跑了过来，哭着驱赶我和吴岩：“你们出去，出去……我父亲不是杀人犯，他是好人，他是好人……”

然后他抱着母亲，失声痛哭。

那一刻，我站在那里，忽然感觉自己很残忍。

对肖蓝母子来说，这仅仅是一个开始，一场吃人的风暴正在向他们袭来!

最先报道案件进展的是安龙县当地媒体，然后东周市的媒体也进行了转载报道，报道标题都非常震撼：“大学老师竟然是连环杀人犯”“二十五年四起杀人碎尸案，元凶一直隐藏在大学校园”“一面育人，一面杀人，大学老师的双重人生”，等等，杀了人的莫启阳反而被部分网友称为“重情重义”“为民除害”“杀人即救人”。

媒体很善于用大学老师和连环杀人犯做对比，引起大众的阅读欲望，但这种报道对于李吉峰一家却是毁灭性的。

在互联网的快速传播下，死去的李吉峰、肖蓝和他们的儿子迅速成了大众关注的焦点。

他们不仅承受着键盘侠的网络攻击，在现实生活中，李吉峰的亲友也开始对他们避而远之，很多之前和李吉峰关系要好的领导、同事和学生也纷纷与他们保持了距离。

与此同时，甚至有人跑到肖蓝的公司闹事，公司基于安全考虑，让她暂时回家休息，而李吉峰儿子的遭遇更加恐怖，他在被同学教训驱逐后，在回家路上被人泼了硫酸，烧伤了面部和手臂，后来警方控制了泼硫酸的人，正是受害者之一孟星月的母亲。

面对警方的讯问，她只说了八个字：“父债子偿，罪有应得!”

甚至有媒体邀请孟星月的母亲参加节目，面对镜头，她哭诉着：“李吉峰杀了我女儿，现在他死了，就这么一了百了吗?!”

李吉峰是连环杀人犯，他的死确实罪有应得，但这份罪恶和痛苦就应该延伸到他妻子和儿子身上吗?

有媒体追击到肖蓝母子，肖蓝愤怒又绝望地对着镜头说：“是不是只有我们死了，这件事才算彻底结束……”

我关掉手机上的视频，心情无比沉重。

强大而恐怖的受害者连锁反应正在发生!

7·17杀人案发生一个月后，莫启阳就因病情恶化被保外就医，医生说他的状况很差，最多还有一个多月的生命。

另一方面，肖蓝由于无法承受强大的媒体压力和受害者家属的攻击，带着受伤的儿子离开了东周市，目前下落不明。

第六章

你以为你看到的就是真相吗？其实他早就出现了……

7·17 杀人案发生两个月后，虽然案件热度已逐渐退去，但是它给每个与此相关的家庭带来的伤害仍旧持续着余威。

那时候的我还认为自己看到的、寻找的、经历的就是真相了，直至老韩找到我，告诉了我一件很奇怪的事情。

老韩是我们公寓的管理员。

那天上午，我去值班室取快递，他一边分拣东西，一边说："小王啊，我有一件事想要告诉你。"

"什么事？"

"7·17 杀人案的凶手叫作莫启阳，是吧？"老韩思忖片刻，问道。

"没错。"

"他来公寓找过你。"

“你说什么，莫启阳来公寓找过我？”

“没错。”老韩点头道，“大概半年前吧，有一天我在值班，一个中年男人在公寓外面转悠，我问他有什么事，他说找人，我问他找谁，他说找你，说想要找你咨询，我当时说让他去咨询中心找你，然后他就走了，前些天发生了那起杀人案，我在新闻上看到犯罪嫌疑人的画面，总感觉很眼熟，但就是想不起来，直到昨天，又有人来公寓找你，我突然想到了，他就是半年前来公寓找的人。”

“你确定？”我放下手中的快递。

“确定。”老韩应声道，“咱们公寓的监控内容保存半年以上，我找 [illegible] 天的监控，确实是他！”

随后，老韩给我看了当天的监控视频，对方确实是莫启阳！

但我对此没有任何印象，我确定自己是在 7·17 杀人案中初次见到并认识莫启阳的。

如果没有 7·17 杀人案发生，我并不会感觉这有什么问题，毕竟也有少部分咨询者会来公寓找我。但我参与了案件的侦破，我和莫启阳是有交集的，那我就有必要调查一下了。

老韩结合我的出入时间，梳理了莫启阳出现后的监控视频，又有惊人发现：在我回到公寓之前，竟然有一个不明身影在跟踪我！

虽然无法确定对方就是莫启阳，但这让我感觉事情似乎没有那么简单。

与此同时，我让咨询中心的同事联系了负责监控的技术人员，在他们的帮助下，我们又有了新发现：莫启阳还出现在了咨询中心的等候区！

视频中的莫启阳淡定自若地看着手机，当我走出咨询中心后，他也迅速离开了。

我没想到，早在半年前，莫启阳就出现在我面前了，只是当时的我根本没有察觉有人在跟踪和观察我！

他为什么要跟踪和观察我呢?

我将这件事告诉了吴岩，他听后也感觉不可思议："你确定他不是想要找你咨询?"

"如果想要找我咨询，我就应该见过他，起码在咨询意愿表上会有记录，但他只是多次出入咨询中心，并没有做任何咨询，最可疑的是，他还跟我去过餐厅和公寓。"

"这确实有问题，我记得莫启阳在讯问笔录中供述，他之前住在外地，是来参加同学会后才在李吉峰的邀请下暂居东周市的，但是在同学会之前的一个月，他已经在东周市跟踪和观察你了，这么说，当时他就是在说谎了。"

"仔细想想，这事挺恐怖的。"我若有所思地说。

"是啊。"吴岩叹息道，"他明明见过你，却装作不认识。"

"问题是他为什么要跟踪我呢?"

"这也是我想不通的地方，你们互不相识，也无交集，他跟踪和观察你有什么目的呢?"

带着这个疑惑，我和吴岩决定重新深入调查莫启阳，重点挖掘他来东周市之前的工作生活经历。

这个过程并不顺利，我们奔赴多地，进展甚微。

直到我们在杨岭市辗转找到了莫启阳的一个同事，他提到了一个非常有意思的细节，他说莫启阳有"神通"。

我问他："莫启阳有什么神通?"

对方神秘兮兮地说："他呀，会算梦。"

吴岩笑道："我只听过算命，这算梦是什么?"

对方也笑了："就是他知道你昨晚做梦的内容，还能预测你今晚做梦的内容!"

我和吴岩对视了一眼："真有这么厉害?"

对方连连点头："那是我刚来上班不久，大家一起吃午饭，主任让他给我算梦，他看了看我，说我昨晚做了春梦，梦到和老板娘做爱。大家都起哄，我当然不承认，心里却吓坏了，昨晚我确实梦到和老板娘做爱了，但我谁都没有告诉。他笑着看看我，说我今晚还会做春梦，但做爱对象是一头羊，你们猜怎么着，我真的梦到和一头羊……"

我感叹道："果然是奇人。"

对方回道："谁说不是呢！"

吴岩又问："除此之外，还有其他特别的地方吗？"

对方想了想，说："也没有特别的地方了……哦，对了，当时他经常在笔记本上涂涂画画的，好像是在画图。"

我反问道："画什么图？"

对方思忖了片刻，说："我也记不太清了，他画了挺多的，每天下班后，他都会闷在宿舍里画。有一次他去厕所，我还趁机看了几张，好像是连环画。"

吴岩也问："什么内容呢？"

对方回道："是一个人在挖东西。"

我很好奇："挖什么东西？"

对方继续道："好像是挖出了骷髅吧，反正看起来挺恐怖的。"

这时候，他又说了一句："我记得那些图上面还写着安什么山之类的字。"

吴岩试探性地问道："安龙山？"

对方一愣，而后点头："对对对，安龙山，就是安龙山，旁边还写着一个名字。"

我的呼吸陡然急促起来："什么名字？"

对方迟疑了片刻："孟……孟月星还是孟星月啊，反正好像是这么个名字吧。"

孟星月？

我和吴岩对视了一眼，意识到了问题的严重性。

我追问道："后来呢？"

对方耸耸肩，说："后来他就辞职了，我问他去哪儿，他说去办一件重要的事情，之后我们就没有任何联系了。"

告别了这个同事，我和吴岩心中的疑惑更加浓郁了：莫启阳竟然一直在撒谎！

其一，按照莫启阳所说的，他是从李吉峰口中得知了蒋昕蕊被害，尸骨被埋在安龙山，在此之前，他没有去过安龙山，更不知道蒋昕蕊被埋在山里，但事实上，他在和李吉峰重逢之前，就画出了疑似之后才会发生的"挖尸骨"画面。

其二，按照莫启阳所说，他在安龙山挖出无名尸骨后，认定那是死去多年的蒋昕蕊，因此才去找李吉峰的，提醒对方不要再胡言乱语，当时他以为李吉峰只杀害了蒋昕蕊一人，他是在警方再次提讯时，通过吴岩得知自己挖到的尸骨并非蒋昕蕊，而是他从未听说过的孟星月，当时他的反应也很真实，但事实上，早在他画出"挖尸骨"画面时，就知道了孟星月的存在，也知道孟星月死了，还有具体的埋尸位置。

很显然，莫启阳刻意隐瞒了信息，甚至让整个案件走向发生了变化！

那一刻，我突然冒出了一个恐怖的念头："如果李吉峰不是连环杀人犯，而莫启阳才是呢？"

吴岩反问道："你什么意思？"

大脑急速风暴着，良久，我才再次开口："我怀疑这一切很可能是莫启阳嫁祸于李吉峰，他才是真正的凶手！"

吴岩提醒道："这可是颠覆性的推测。"

此时此刻，我情绪激动，但还是极力克制："我一直有一个疑问，如果莫启阳才是真凶，那些人都是他杀的，他为什么要将这一切画出来呢，就在刚才，我突然想通了，或许，他是在做一种预演！”

吴岩一惊：“预演，什么预演？”

我凝视着吴岩：“梦境的预演！”

吴岩不可置信地摇摇头：“你到底什么意思？”

我解释道：“我怀疑他是一个潜梦者，当时他在本子上画下的内容全都是梦境场景的预演，也就是我们后来潜入他梦境观察到的场景。”

吴岩反问道：“你为什么认为他是潜梦者？”

我分析道：“那个同事说莫启阳可以算梦，能够知道他昨晚做梦的内容，还能预知他今晚做梦的内容，这对普通人来说确实很神奇，但对潜梦者来说并不是难事。”

吴岩接过我的话：“你怀疑莫启阳是潜入了同事的梦境，看到了对方的梦境内容，或者植入了自己制造的梦境场景。”

我点点头，说：“因此，我怀疑他是潜梦者。”

吴岩对我的推测产生了兴趣：“如果说我们在潜梦过程中看到的场景都是他制造的，那他就是在引导我们寻找真相了？”

我应声道：“准确地说，他是在引导我们寻找他想让我们认定的真相，我们正是在潜入他的梦境，看到那些场景后才知道了李吉峰醉酒说出杀人秘密，知道了莫启阳去安龙山寻找过藏尸地点，知道了李吉峰想要杀人灭口，后被莫启阳反杀，这些都是莫启阳希望我们看到的，他知道我们会看到这些，从中筛选线索，找到藏尸地点，并将矛头指向李吉峰！”

吴岩追问道：“那你所说的虚实结合的梦境分析……”

我意味深长地说：“我想，那才是莫启阳的高明之处吧！如果潜梦后就看到那些我们想要看到的，难免会让我们感觉太过容易，因此他还制造了一个充满暴力情节的场景，交替出现，让我们误以为他被焦虑困扰，也让整个梦境显得更加自然真实！”

听到这里，吴岩感慨道："真是环环相扣，步步惊心！"

我叹息道："当时我们认为莫启阳是普通人，那么他的第一层次梦境就具备参考价值，但多次潜梦的经验让我们大意了，毕竟第一层次梦境内容是可以任意修改和制定的。"

吴岩反问道："关键是莫启阳怎么知道我们会通过潜梦寻找线索呢？"

我无奈一笑："还记得我跟你说，莫启阳在跟踪和观察我吗？"

吴岩恍然道："你是说他早就知道你是潜梦者，也知道我们的合作关系！"

我若有所思地说："我想，他一定是通过某种途径知道了我们利用潜梦破案的事情，因此跟踪和观察我，想要确定我的身份。在此之前，他已经预设了所有环节，他知道一旦案发，他承认杀人罪行，又不说出杀人动机的话，我们一定会选择潜梦的方式寻找线索，那样正好可以看到他为我们准备的场景信息。"

吴岩回应道："如果这一切都是他精心设计的，最终目的就是让警方找到那四具尸体，确定李吉峰是连环杀人犯，那他的动机呢？"

我摇摇头，说："动机仍旧是一个谜。"

吴岩也说："之前警方在调查他和李吉峰的关系时，并没有发现他们有什么矛盾积怨，否则李吉峰也不会那么积极主动地帮助他了。"

他想了想，又说："还有一个人，或许可以给我们提供线索。"

我追问道："谁？"

吴岩严肃地说："莫启阳的前妻！"

第七章　绵羊的狞笑

随后，吴岩辗转找到了住在四川绵阳的莫启阳的前妻倪婧云。

听闻我们的来意后，她语带意外，却又在预料之中：“那个疯子还是将李吉峰毁了。”

看来，事情确实不简单。

倪婧云回忆道：“我和莫启阳是十八年前认识的，当时我们在一个农资公司上班，都是初出茅庐的业务员，由于工作上经常接触，他对我又非常照顾，我们彼此产生了好感，过了一年就结婚了。我从小跟父亲和继母长大，家庭生活不幸福，就想要早点结婚，有自己的家庭。我和莫启阳结婚后，日子过得挺平淡的，生活本来就是平淡的，不过，我感觉也挺幸福的，但这种幸福没有持续多久，我就发现了他的问题。”

吴岩打开笔记本：“什么问题？”

倪婧云叹息道:“他有家暴倾向,而且精神似乎也不太正常。”

我追问道:“可以具体说说吗?”

倪婧云微微颔首:“那是我们婚后半年左右吧,有一天下班,我正在厨房做饭,他回来就气冲冲的,吃饭的时候,他挑剔饭菜不好吃,我就说哪天你有钱了,我们就去吃大餐,本来只是一句玩笑话,没想到他突然就把桌子掀翻了,还骂我是贱货,骂我是不是觉得跟他委屈了,我骂他神经病,他就打了我,一边打,一边咒骂都是李吉峰害的……”

吴岩一惊:“他提到李吉峰了?”

倪婧云点点头,说:“当时我根本不知道他在说什么,后来他打骂够了,又哭着向我道歉,说自己工作压力大,心情不好,我选择原谅了他,也没有深究,以为他只是一时失控而已。没想到那只是一个开始,没过多久,我们再次发生了争吵,他又打了我,还骂我是不是看上李吉峰了,我根本不知道他说的那个人是谁,但从言语间,我能感受到他对李吉峰的恨意。再后来,我发现只要他心情不好或者喝醉了就会打我,每次打我都会提到李吉峰,有几次,我发现他做梦说梦话也会喊李吉峰的名字……

“李吉峰就这么突然闯入了我的生活,我开始偷偷调查这个李吉峰,发现他是莫启阳的高中同学,当时他是班长,在各方面都帮助过莫启阳,高中毕业后就各奔东西了,一直没什么联系。我不明白他和李吉峰之间发生过什么,又有什么矛盾,为什么每次打我都会提到李吉峰,但我知道,他非常憎恨李吉峰,已经达到深入骨髓的地步了……”

说到这里,倪婧云也沉默了。

我仿佛能从她的回忆中看到莫启阳邪魅疯狂的样子,这和案发后,我们走访了解以及莫启阳表现出来的胆小怯懦判若两人。

我试探性地问道:“还有其他的吗?”

倪婧云想了想,说:“还有一件事,有一次他喝得烂醉,然后砸了很多东西，我试着将他搀扶到床上，没想到他一把抓住了我的头发，狠狠撕扯，一边撕扯，一边骂，孟星月，谁让你喜欢李吉峰的，喜欢他就该死……”

听到这里，吴岩追问道：“他提到了孟星月？”

倪婧云应声道：“我记得很清楚，就是这个名字——孟星月！”

没想到早在多年以前，莫启阳就已经无意中向倪婧云透露过孟星月的名字了，或许他的醉话就是实话，在他看来，孟星月那么该死，他真的杀害了孟星月。

空气在那个瞬间冷峻了起来，浓稠的寒意渗入了我每一个毛孔。

我话锋一转：“后来呢，你又有什么发现吗？”

倪婧云叹了口气：“后来，我实在受不了他的家暴和疑神疑鬼，就和他离婚了。离婚后，他警告我不要乱说，然后我就回了四川老家，一直到现在也没有再婚，也不敢再婚。”

告别了倪婧云，我和吴岩心中的疑惑却因此消减了不少。

至少，此行确定莫启阳在十多年前就已经开始疯狂憎恨李吉峰，甚至可能因为憎恨李吉峰而杀害了孟星月。

我问吴岩：“我们走访了他们的高中同学，他们都说当年两人关系不错，莫启阳却说李吉峰害了他？”

吴岩感叹道：“是啊，李吉峰到底对他做了什么，让他对李吉峰如此憎恨，甚至波及喜欢李吉峰的孟星月？”

我们的重新调查逐渐丰盈起来，虽然仍旧没有任何实质性的证据，但至少给了我们更多的思考和可能。

我决定再次潜入莫启阳的梦境。

毕竟，我们的推论是建立在莫启阳是潜梦者之上的，确定他的潜梦者身份才是整个推论的关键！

就在此时，吴岩接到医院方面电话，称莫启阳病情突然恶化，已经陷入昏迷。

为了验证推论，我请求吴岩安排我潜入莫启阳的梦境。吴岩有些犹豫，此时莫启阳已处于濒死状态，一旦他死亡，我将会进入濒死梦境。

我执意道：“这次潜入太重要了，或许这是验证一切的唯一机会了，如果我们的推论是正确的，那么李吉峰就是被陷害的；如果我们的推论是错误的，那一切就到此结束了。”

吴岩说要和我一起潜入，被我拒绝了，虽然他也是潜梦者，但并没有潜入濒死状态之人梦境的经验，无法应对突发状况。

事不宜迟，在吴岩的安排下，我潜入了莫启阳的梦境。

助眠药物逐渐起效，熟悉的触电感告诉我已经成功入梦。

我睁开眼睛，发现自己来到了一个水族馆，周围布满了形态各异的鱼缸和琳琅满目的鱼种。我机警地朝水族馆的深处走去，然后看到了莫启阳。

他正蹲在一个鱼缸前面，全神贯注地看着缸内游动的鱼儿。

我缓缓走到他身边。

直到那一刻，我仍旧抱有疑惑，他开口道：“好久不见啊，王老师。”

他甚至都没有回头，就知道是我潜入了梦境。

我淡淡地回道：“好久不见，莫启阳。”

他站起身，转头对我笑笑。

这一切打消了我的疑虑，也证实了我的猜测：“你果然是潜梦者！”

莫启阳也笑了：“看来，你已经找到真相喽！”

我凝视着他，语气克制地说：“你，才是元凶吧！”

他没说话。

我继续道：“包括蒋昕蕊、孟星月在内的四个人都是你杀的，但是你巧妙地将这一切全部转嫁到了李吉峰身上，让他成了大众眼中的连环杀人犯！”

莫启阳突然露出满意的表情：“聊聊吧，我的计划如此精密巧妙，你是如何发现破绽，一步一步找到这里的？”

我淡定地说：“我所在公寓的管理员对我说，你在半年前就来公寓打听过我，如果我没有参与案件，并不会觉得有什么问题，但作为案件参与者，我不得不多想，后来我深入调查，发现你还出现在了我的咨询中心，还有我和吴岩常去的餐厅，这个发现让我感觉很意外，你既不是我的朋友，也不是我的咨询者，却频繁出现在我的周围，答案只有一个，你在跟踪和观察我！”

莫启阳微微颔首：“你继续。”

我不急不徐地说：“我很好奇你为什么会这么做，因此就找到吴岩，决定深入挖掘你，虽然此前也摸排过你的信息，但更多的是针对你和李吉峰的关系，其他的并没深究，这一次我们花费了大量的时间和精力，完整调查了你工作经历中有过交集的人，其中一个和你合租的同事提供线索说，你有神通，可以知晓甚至预测梦境内容，这让我感觉很特别。我是潜梦者，只有潜梦者才可能潜入他人梦境，获知梦境内容，只有潜梦者才能潜入他人梦境，植入梦境内容，所以，我怀疑你拥有潜梦的能力。”

莫启阳若有所思地说：“然后呢？”

我继续道：“那个同事还说，你喜欢画画，画了一整本，他趁你不注意还偷看过几张，是一个人在林子里挖掘尸骨的画面，上面还标注了安龙山和孟星月，这画面的内容和文字让我感觉很有意思，当时你供述说是根据李吉峰的醉话才去了安龙山挖尸，而且认为自己挖出的尸骨是蒋昕蕊，是吴岩告诉你，你才知道那尸骨是一个叫孟星月的受害者，你还说自己是第一次听到那个名字，但事实是，早在半年前，你就已经在画挖尸骨的画面了，那时候你和李吉峰还没有重逢，因此不可能是通过李吉峰获知这个信息的，那么就只剩一种可能，你才是杀害孟星月的凶手，准确地说，你是杀害了那四个人的连环杀人犯！”

莫启阳礼貌地说：“你继续。”

我步步推进：“其实，整个案件侦破的关键在于我和吴岩潜入了你的梦境，找到了所谓破案线索，逐步深入，通过安龙山的尸骨和包裹衣物上的血迹，案件出现重大突破，随后你供述动机和案件始末，最终警方认定李吉峰是杀人犯，你杀害李吉峰是正当防卫，你的解释合乎情理，又重情重义，就此，你成功地将杀人罪行嫁祸给了李吉峰，一个无法为自己申辩的死人，而我们的潜梦观察恰恰是你嫁祸阴谋中最重要也是最可怕的一环，因为我们充当了帮凶！”

莫启阳意味深长地说：“愿闻其详。”

我解释道：“想要完成这一环，需要具备两个条件。其一，我们必须潜梦；其二，你必须制造梦境。回到我最初说的，你跟踪和观察我，就是为了了解我和吴岩的合作模式，我会通过潜梦来为某些刑事案件提供线索，所以在7·17案件发生后，你三缄其口，因为你料定被作案动机困扰的我们会潜入你的梦境。这里就得说一下那本画册了，那应该是你在勾勒给我们看的梦境内容吧，就像漫画师做的分镜，你将那些画面全部在梦境里进行重现，包括挖尸还有和李吉峰的冲突等等，为的就是让我相信这些是真实发生过的，每个场景都提供了信息，但又提供得恰到好处，既让我们可以追查，又不会太过明显，怀疑梦境的真实度。你正是借用了警方的手，彻底将连环杀人犯的帽子扣在了李吉峰头上！”

莫启阳不禁鼓掌道：“噢，精彩，精彩绝伦的分析！”

我凝视着他。

莫启阳感叹道：“我在想，如果那个管理员早一点找到你的话，我的计划很可能就此被破坏了。”

我追问道：“你苦心经营了这么久，每一个环节都做了无数次的预演，甚至连警方都利用了，就是因为憎恨李吉峰吗？”

莫启阳有些意外：“你知道我恨他？”

我解释道：“我们找到了你的前妻倪婧云，从她那里得知你对李吉峰有一种积怨已久的憎恨。”

莫启阳冷笑道："你们的挖掘真是细致啊，我们都离婚十多年了，你们还能找到她！"

我回道："除了你的父母，只有她和你生活时间最久，因此她一定掌握着某些隐秘的线索。"

莫启阳咂了咂嘴："没错，我确实憎恨李吉峰，我做梦都想要毁掉他！"

我又问："据我们了解，你和李吉峰没有积怨，生活也无更多交集，你们高中时候关系也不错，你的恨意从何而来呢？"

第八章 那个夏天的微笑和那个夏天埋下的杀机

莫启阳邪魅一笑："从何而来？从那个夏天，他对我的微笑而来！"

我一惊："微笑？"

微笑也能带来恨意，还是这种绵延多年、翻涌吃人的恨！

以下为莫启阳的自述：

李吉峰是转学生，他是二十六年前的那个夏天转学过来的。

在他出现之前，我的生活是平静的，甚至是死气沉沉的。

我外貌平平，成绩平平，家庭条件平平，在学校里，老师不关注，同学不关心，在家里，父母不过问，亲友不在意。

在大家眼里，我就是一个边缘的存在。

不过，这正是我想要的。

我就喜欢这种不被打扰的感觉，我就喜欢一个人躲在角落里自由呼吸，做自己想做的事情的状态。

我就像蜗牛一样，缩进自己透明的躯壳，每天吃饭睡觉，上学放学，莫名放空，直至李吉峰出现，将这一切都打破了。

那个炎热的下午，他跟在班主任的身后，走进了班里。

当时，我坐在角落里，抬眼看了看，他的视线正好落到了我身上，然后对我笑了笑。

李吉峰很优秀。

优秀的学习成绩，优秀的人际关系，优秀的体魄，优秀的一切一切。在短短时间里，他迅速成了老师和同学眼中的完美学生。

不过，我并不羡慕，也不关心，那一切与我无关，我仍旧躲在自己的世界里。

我从没有想过李吉峰会盯上我，还想毁灭我平静的生活。

那个燥热的午后，班主任将我叫到办公室，说班上准备做一个结对帮助小组，组长就是李吉峰，成员是整个班委，他们会针对我的学习成绩、课后人际关系和家庭生活逐一帮助，帮我走出边缘，走出那种不被关注的状态！

当时我愣了，我想说——不要，但在班主任严肃目光的注视下，我不敢拒绝。

后来我得知，那是李吉峰向班主任提议的，他说他是班长，他有义务帮我走出边缘，走进大家的视野。

从我第一次站在讲台上，对着全班同学介绍自己的时候，我的世界就开始崩塌了。

他坐在台下，笑盈盈地对我说了一句“加油”，他说那句话的时候，像是一束寒光，刺进我的眼睛，狰狞而可憎！

他明明是毁灭者，却装作救世主一般对我微笑，那么轻松，那么关切，又那么高高在上。

也就是从那天开始，我被他们，尤其是李吉峰拉出了蜷缩已久的躯壳。

他帮我补习，带我完成团体活动，为了让我锻炼胆量，他和班委们强迫我参加各种比赛，将我推到众目睽睽之下，让老师同学甚至更多人重新注意到我！

在他的改变下，我成了他们想要改变的人。

因此，他还被学校推荐去了市里评选优秀学生，并最终获得第一名。

他以毁灭我为代价，获得了梦寐以求的荣誉。

可笑，可恶，可憎！

从那时候起，憎恨的种子就在我的心底生了根，发了芽，毫无顾忌地疯狂生长起来。

我憎恨李吉峰，憎恨和他有关的人和事，这种情绪在我的心里越长越快，越积越多，越压越深。

既然他毁灭了我的生活，我也要以牙还牙，毁灭他和他的一切。

毁灭不是杀了他，而是让他体会一种比死亡还要痛苦的感觉，就像当初他把我从躯壳里揪出来一样。

我一直在思考，要用什么样的方法毁灭他呢？

既不会伤害自己，又能将他完美毁灭。

直至我在爸爸的录像带里看到一部美国的连环杀人案电影，我突然有了一个想法，我可以将李吉峰打造成一个连环杀人犯，若干年后，让他在最辉煌的时候跌落，遭万人唾骂。

精彩！

神来之笔的精彩！

只是想一想，我就感觉很爽，我就感觉在自己灰暗的生活中有了一丝希望。

从那天起，我开始了自己漫长的毁灭计划。

我物色了很久，才选中了第一个目标，就是和他关系要好的邻居小妹蒋昕蕊。他经常帮助对方补课，每次看他们开开心心的样子，我就有一种无法言喻的恨。我提前预设了一切，然后以李吉峰的名义约她去了安龙山。她赶到后意识到被骗了，转身想走的时候，我用绳子勒死了她，又用石头砸了她的头，然后背到深山里，埋了。

后来李吉峰考上了重点大学，离开了我的视线，我则放弃学业去打工了。

我一边工作，一边暗中关注他，并继续物色目标，有他的大学仰慕者孟星月，有他刚刚工作时的同事顾晓，还有他的合作者林瑾。我杀掉这些人，埋在安龙山，甚至为了让这些罪行更像连环杀人犯所为，还做了精确的时间间隔。

为了这个计划，我苦苦花费了十多年，甚至设计拿到了他穿过的衣服和血液样本，全部埋在了安龙山的尸骨坑，只为有一天警方找到这一切后，确定他的杀人犯身份。

没想到就在此时，我的身体突感不适，后被查出得了癌症，医生告诉我时日无多，我很挫败，但也必须接受化疗。

就在我准备点燃嫁祸的引线时，没想到在接受化疗之后的一天，我突然发现自己能够在梦境中保持清醒，甚至可以潜入他人的梦境进行窥探，或者在梦境中制造自己想要的场景。

这太神奇了，太不可思议了！

我不知道这是怎么回事，但我知道我掌握了一种神秘的能力。

后来，我辗转得知我成了特殊的潜梦者。

按照我之前的计划，就算最后将一切引到李吉峰那里，他肯定会辩解，难保警方不会重新调查，最后难以板上钉钉。当我意外看到你的访谈，我就怀疑你可能也是潜梦者，我辗转找到了你经手案件的当事人，确定了你的潜梦者身份。

那一刻，一个新的计划在我的脑海中成形，我可以杀死李吉峰，通过梦境引导你们寻找线索，最终将嫌疑归到李吉峰身上，认定他是连环杀人犯。

而那时李吉峰已死，再也无法辩解了！

这么一来，我不仅消灭了他，还让他背上了警方给他的连环杀人犯的罪名，永远无法消除。不仅仅是他，他的家庭也会因此破裂，再难修复！

有了这个新计划后，我一边打零工，一边画画，然后在梦里构建这些场景，为了有一天能为你们“所用”。

在我制造好“梦境”之后，一切准备就绪，我也开始了整个计划中最激动人心的部分：我主动联系了高中同学小川，我知道他每年都会组织聚会或者同学会，那里是我和李吉峰重逢的最好场合。

当晚的交流中，我婉转地向李吉峰表达了想要被帮助的意愿，就像高中时代被他帮助一样。这一切正中他“慷慨”的下怀，然后我一步一步实施计划，直至成功！

听到这里，真相终于大白。

一切如我推测的，莫启阳的计划确实堪称绝杀，堪称完美的毁灭！

我追问道：“既然你的计划如此完美，你承认了一切，就不怕我帮李吉峰翻案吗？”

莫启阳笑笑说：“翻案？就算你知道了真相，也再难更改了，我马上就要死了，到时候一切都将成为过去，你们自己给李吉峰定下的罪名永远无法更改！”

我不可置信地摇了摇头。

他继续说：“反正我已经快死了，也想找人分享一下这个精彩绝伦的计划，你知道吗？你不是我第一个分享这些的人，李吉峰才是第一个。案发那天，我就这么告诉了他一切，从高中他毁灭我生活的那一刻起，一直说到了现在，他听后就失控了，拿刀想要杀了我，结果被我反杀！”

这时候，突然起风了。

他缓缓抬眼看了看天空，乌云翻腾，就像我曾在郭学民的濒死梦境中看到的一样（参见《潜梦者》）。

我知道，这个梦境将要进入失控的状态，莫启阳的生命即将终结。

他若有所思地说："多想在这个世界里多停留一会儿呢……"

我想要追问更多，没想到李吉峰忽然跳进了鱼池，他化成了一条食人鱼，疯狂捕食池内的鱼类。

接着，我感觉脚下一空，失重的瞬间，我醒了过来。

睁开眼睛的时候，我看到莫启阳的身体突然抖动起来，监控器上的数据疯狂地跳动着，医生试图对他进行抢救，但很快，他的心跳就化成了一条平稳的直线。

嘀——

医生摘下了口罩，无奈地对吴岩说："很抱歉，病人抢救无效，已经死亡。"

在那个阳光明媚的下午，莫启阳因为癌症病发去世了。

病房内，芮童和医生在处理相关事宜。

病房外，我和吴岩站在楼道尽头，他问我潜梦的结果。

我将和莫启阳的对话内容告诉了他，他听后感慨地说："没想到他对李吉峰的恨意这么深，为了毁掉对方，真是煞费苦心啊！"

我淡淡地说："有些帮助就像太阳，可以照亮一个人；有些帮助却像大火，可以烧毁一个人。当年的李吉峰以帮助之名，强行让莫启阳走出了边缘，这在外人看来是一种施助，但在莫启阳看来却是毁灭，他强行改变了莫启阳的生活轨迹，甚至是整个人生。只是我没想到莫启阳为了这场报复计划了那么久，甚至利用警方的破案手法帮他完成绝杀。"

吴岩点点头，说："确实疯狂。"

我若有所思地说："我突然想到了一句话，他人即地狱，对莫启阳来说，李吉峰是他的地狱；而对李吉峰来说，莫启阳又是他的地狱。"

吴岩叹息道："只是莫启阳死了，李吉峰的案件想要翻案确实非常困难。"

见我没有说话，他又安慰我道："不过请你放心，我们会尽力挖掘更多线索，我们不放过任何一个坏人，也不能冤枉任何一个好人。"

我无奈地笑笑："我总是说，梦境可能帮我们寻找真相，也可能将我们引入歧途，我们自信不会被梦境迷惑和欺骗，如今潜梦却成了别人犯罪计划中的一环。"

吴岩拍了拍我的肩膀："别太自责了，打起精神来，我们还要继续调查。"

想到之前自信的调查，对于李吉峰的定罪和他妻子儿子承受的暴力，我突然感觉鼻子一酸："没错，我们寻求真相之路还很长，为逝去的人，也为活着的人！"

第五卷　兔子杀局

如果不能恨某个人，自己就会感觉更糟。

——电影《步履不停》

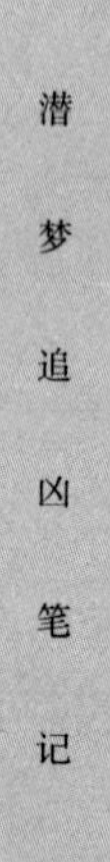
潜梦追凶笔记

第一章　不请自来的尸体

那是一个冬日的午后，我独自在家整理文件。

由于流感肆虐，我已经休息了一周时间，没想到吴岩突然打来电话，他带来了短暂的问候，也带来了一具奇怪的尸体。

虽然身体抱恙，但我还是第一时间赶到了东周市公安局。

我随吴岩和芮童去了鉴定一科，李曼荻见我们来了，从储尸柜里抽出了那具吴岩口中的奇怪尸体。

原来是一具碎尸。

“三天前，指挥中心接到一起报案。”吴岩介绍道，“报案人叫作孙明悦，她称下班回到公寓，公寓管理员说有一个快递员送来了快递，收货人是她，但她并未网购。由于箱子很大，不便搬运，她就直接打开了，是一个储物箱，里面竟然装满了尸块！”

“一整箱的尸块？”我不禁感叹，“这也太疯狂了！”

“孙明悦吓坏了，当即报了警。”吴岩走到尸体的一侧，“后来经过李曼荻的鉴定和拼接，确定来自同一具尸体，死者除了头部，身体其余部分都被切割成了小碎块，一共五百多块。”

“手段确实够残忍的。”我走到吴岩对面，“如果凶手不是变态杀人狂，就是和死者有着深仇大恨了。”

我从未想到，那个最初见到尸体都会呕吐的自己，现在竟能如此淡定自若。那一刻，我竟然有一种自己像专业法医的感觉。

我仔细地观察着尸体，发现破碎塌陷的尸体表面隐约爬满了一种特殊的黑色斑纹：“死者身份确定了吗？”

“死者盛海韬，他是发生在十五年前的7·21强奸杀人碎尸案的嫌疑人。”芮童解释道。

“7·21强奸杀人碎尸案？”我抬眼看了看他们。

“1998年7月21日，我市发生了一起强奸杀人碎尸案，案件性质非常恶劣，受害者是明德女中的女学生尹小玫。案发当晚，尹小玫去同学家帮忙补习功课，在回家路上，被人拖入一间废弃厂房强奸杀害。被杀之后，凶手将其尸体肢解并掩埋。尹小玫的家人发现女儿失踪后报警，警方迅速破案，锁定了犯罪嫌疑人盛海韬，他是尹小玫的高中老师。与此同时，盛海韬性侵尹小玫未遂的新闻也被曝了出来，据尹的闺密称，盛海韬性侵尹小玫未遂，尹小玫威胁他要报警，因此他才痛下杀手。当警方找到盛海韬的家人时，确定他已逃逸，虽然警方展开追逃，但十多年过去了，案件仍旧毫无进展。”芮童话锋一转，“最重要的是，此次的报案人孙明悦就是盛海韬的妻子！”

“没想到警方没有抓到的人，有人替我们抓到了。”吴岩面色凝重地说，“还将他杀掉碎尸，寄回给了他的家属！”

“当年尹小玫被杀害并碎尸，现在在逃十多年的犯罪嫌疑人盛海韬也被杀并碎尸。”我若有所思地说，“有种‘以其人之道，还治其人之身’的意思。”

“我们调阅了公寓监控，确定是一个穿快递制服的中年人将箱子放在了公寓管理员那里，公寓管理员称当时正忙于其他事情，加之对方戴着眼镜和口罩，并未看清对方容貌。”吴岩继续说，“我们通过公寓外的监控进行了追踪，他进入监控盲区后便消失了。至此，没有任何可追查的线索了。”

“既然他来公寓送还盛海韬的尸体，说明已经做好了准备，是不会让警察追到任何线索的。”我将视线重新放回尸体上，那不动声色的黑色斑纹似乎有一种隐秘的魔力，吸引着我的注意。

“你注意到盛海韬身上的黑斑了吗？”吴岩低声问道。

“注意到了。”我点点头。

“虽然他死后被肢解，尸体表面却布满了黑色斑纹，目前可以排除尸斑。”李曼荻解释道，“我也找皮肤科的朋友咨询过了，他说黑斑包括老年斑、黄褐斑、雀斑等，且多见于手背、脸上和身体局部区域。虽然斑纹会逐渐变大，但像盛海韬这种全身大面积存在黑斑，确实极为少见。”

“最让人费解的是，盛海韬的骨头上也有这种黑斑。”李曼荻轻轻拨开了脆弱拼接的尸块，我看到了盘踞在骨头上的黑色斑纹。“我询问过在骨科工作的同学，他们也无法解释这种情况。”

“所以我才找来了王朗。”吴岩说道。

“你见过？”李曼荻一惊，抬眼看看我。

“我……”我一愣，继而摆了摆手，“我没有见过，不过我听说过这种案例。”

“那这是什么病？”李曼荻追问道。

“这很可能不是一种病。”我犹疑了片刻，“而是由于长期潜梦引起的。”

“潜梦可能引起全身性黑斑？”李曼荻一惊。

“我之前在美国交流学习的时候，宝叔在梦境学课程上分享过这种案例。”

我回忆道，“他提到，如果潜梦者长时间且持续性地潜入（或处于）梦境状态，那么潜梦者的身体上就可能出现特殊的黑色斑纹，潜入（或处于）梦境的时间越长，黑色斑纹就会越多，颜色也会逐渐加深，不仅仅是皮肤表层，这种黑斑也会出现在潜梦者的骨骼上。”

“人可能长时间潜入（或处于）梦境状态下吗？”芮童提问道。

“通常情况下，人是不可能长时间潜入（或处于）这种状态下的。”我回道，“不过有两种特殊情况，一种是偶发性状态，另一种则是实验性状态。”

“说来听听。”吴岩说道。

“宝叔曾和团队接触过相关案例，偶发性状态是一个迷失于梦境半年之久的印尼裔潜梦者，他苏醒之后，身体上出现了不明黑斑；实验性状态则是美国某科技公司进行的潜梦项目实验，多名潜梦志愿者在长达三个月时间处于梦境状态后，也出现了类似的情况。”我继续道，“宝叔和多名国外医生进行过交流讨论，但并没有找到合理的解释，他就将这种情况称为梦境黑斑综合征。”

“这么说，盛海韬死前曾长时间潜入或处于潜梦状态了？”芮童又问。

“没错。”我走到尸体前端，轻轻拨开死者的头发，“他的头部有明显的、由于长期被某种器械禁锢或钳制而引起的毛发缺失及皮肤损伤，这说明他很可能长时间佩戴了类似脑电波同步扫描仪的仪器。”

“我在对他进行尸检的时候，发现他的脏器多处处于衰竭状态，通常情况下，多脏器功能衰竭是在严重感染、创伤、大手术等之后，同时（或顺序）发生两个或两个以上器官功能衰竭的临床综合征，但盛海韬的多器官衰竭发病并不在这个范围内。”李曼荻补充道，“同时，我发现他身上还有很多输液造成的静脉曲张，情况非常严重，说明他在死前长时间处于输液状态。”

“如果是这样的话，一切就可以解释通了。”在李曼荻的指引下，我也注意到了尸块上的溃烂点，“我刚才所说的美国科技公司进行的潜梦类实验是利用仪器让实验者处于梦境状态，为了保持这种状态，需要在安全范围内向实验者的身体输送营养液。根据盛海韬的尸体状况推测，他在死前应该是被仪器困于梦境状态，且无法苏醒，他的皮肤和骨骼才会产生大量黑斑，但长时间保持这种状态，身体是无法承受的，因此他死前很可能被长时间输入了营养液！”

“那么杀害盛海韬的凶手可能是潜梦者或者懂得潜梦规则了？”李曼荻追问道。

“没错！”我凝视着盛海韬被拼凑起来的尸体。

“如果凶手真想杀死盛海韬，大可以直接杀了他，或选择各种酷刑，何必将他困在梦里呢？”芮童表示不解。

“有时候，梦里才是最恐怖的！”我感慨道，“最重要的是，这种恐怖是无穷无尽又无法解除的！”

第二章 恭候已久的重逢

“现实世界尚有法律和道德可以约束，梦境世界则完全是丛林法则，弱肉强食。”我继续道，“如果凶手想要报复盛海韬的话，当然可以选择想象范围内的各种手段，但必须以盛海韬的身体状况允许为前提，还要把握限度，一旦他死了，整个报复也就结束了，但在梦境之中，只要盛海韬能够保持梦境清醒，凶手可以成千上万次、肆无忌惮地杀死他，反正他死了也会自动重启，最重要的是，这种伤害完全不受时间和空间限制，能最大限度地发泄仇恨。”

“确实很恐怖。”听完我的话，芮童感叹道。

“很多时候，想要摧毁一个人呢，肉体的伤害往往是最低级、最无趣的，精神的凌虐才是真正的毁灭！”吴岩意味深长地说，“如果盛海韬真的被凶手困于梦境中，那真是求生不得，求死不能了。”

“或许，这就是凶手想要给予他的感觉吧！”那一刻的我不会想到，这具爬满黑斑的碎尸仅仅是一个开始，他带给我们的是一个深邃漫长的噩梦。

那天晚上，我以特别顾问的身份参加了特案科的案审会。

会上，对于盛海韬的失踪和死亡，吴岩分析了两种案件走向：

第一，匿名执法者的存在，即所谓社会判官，他与尹小玫不存在社会关系，他的行为完全受自身“正义感”和“是非观”的驱动，进行所谓公正执法。

第二，凶手与尹小玫存在社会关系，他可能是尹小玫的父母、生前朋友或其他有特殊关系的人，他们的动机就是复仇，这也是现阶段最有可能的一种方向。因此，尹小玫一家的人际关系是调查重点。

案审会结束后，我见吴岩脸色不好，就主动留了下来。

他站在窗前，默默地点了一根烟。

“怎么了，有心事？”我问他。

“你知道吗？”沉默良久，指尖的香烟燃掉了半截，他才说道，“我有点害怕。”

“害怕？”这话让我感觉有些费解，“怕什么，怕破不了案？”

“我怕……”吴岩似有犹豫地说，“我怕破了这个案件。”

“为什么呢？”

“你知道尹小玫的父亲和我的关系吗？”吴岩继续说，“尹小玫的父亲尹文灏，我和他还有胡三宝当年是同一个寝室的，不过他小我们一届，一直称呼我为吴师兄。”

“哦……”原来是警校同学，我暗自感叹。

“警校毕业后，他没有进入公安系统，而是成了一个普通的上班族，没多久就结婚了，婚后有了一个可爱的女儿，就是尹小玫。”吴岩缓缓拉开窗子，清冷的夜风呼呼而入，“那时候，我们经常见面，每次谈到女儿，他都有说不完的话，用现在的话说就是‘女儿奴’，当时他还开玩笑说，等到小玫长大了，还要送她出国留学，结果呢，却出了那件事。”

“你是说尹小玫被强奸杀害吗？”

“十五年前的那个晚上，他突然给我打电话，说小玫不见了。”吴岩落寞地点点头，“当时我还安慰他说，小玫不会有事的，结果没多久，就有人报案发现了尸块，确定受害者就是小玫……”

说到这里，吴岩再次沉默了，他陷入了深邃的回忆。

良久，他才再次开口道：“我记得当时是我通知老尹过来认尸的，他跌跌撞撞地推开了停尸间的门，当看到小玫支离破碎的尸体时，他没有哭，也没有歇斯底里，只是怔怔地站在那里。直至我唤了他一声，他才回过神来，踉跄地走到停尸床前，看着小玫凌乱松散的头发，默默地为她整理起来，最后将外套也脱了下来，盖在了凹凸不平的尸体上，他说小玫怕冷，他给她添件衣服……”

又是一阵沉默。

“后来呢？”我试探性地问道。

“后来啊……”夜风汹涌地灌了进来，灌进了会议室，也灌进了我们的心。“他们一家就毁了。”

“案发后，我向老尹承诺一定会抓到凶手，后来确定犯罪嫌疑人就是尹小玫的体育老师盛海韬，但他已经负案在逃，这些年都没有音信。”吴岩落寞地说，“老尹来找过我几次，每一次，我都信誓旦旦地保证会抓住凶手，我也确实拼尽了全力，但追捕始终没有任何进展，中国那么大，想要藏住一个人太容易了……

“再后来，老尹就不来了。”香烟燃尽，他抖落了指间的烟头。

“那他？”我沉默了片刻，“还好吗？”

“小玫死后，老尹的妻子患上了抑郁症，熬了两年，割腕自杀了。”吴岩又点了一根烟，“至于老尹，也从原先的单位辞职了，每天借酒消愁，人不人鬼不鬼的。我不能看着他这么消沉下去，就找到了他，希望他能振作起来，他却骂我，那一刻，我知道他再也变不回我认识的那个老尹了。”

“之后你们还有联系吗？”

“很多年没有联系了。”吴岩深深吐了一个烟圈，“准确地说是我不敢联系他了，我感觉欠他一个结果，我没帮他抓到盛海韬，也就没脸见他。”

我凝视着吴岩，没想到他心里还藏着一片深邃的海，海的中央困着尹文灏，他无法泅渡，只能隔海相望。

我也明白了吴岩为何会说他不希望案件侦破了。

或许，在他心里已经设想了各种可能，而第一种可能就是尹文灏即元凶！

次日一早，我和吴岩就来到了尹文灏居住的社区。

当然，我们也只是抱着试试看的态度。

妻女都已不在人世，尹文灏可能早已搬离。

吴岩站在社区门口，感慨道：“有两次，我从这里经过，想要上去看看，却始终没有那个勇气。”

四楼 402 室。

防盗门上贴满了小广告。

我和吴岩对视了一眼。

尹文灏很可能已经搬走了。

吴岩敲了敲门，直至住在对面的邻居开门，提醒道：“你别敲了，老尹已经很久没回来过了。”

吴岩和那个邻居聊了两句，他说老尹离开很多年了，好像去了北京。不过，老尹离开的时候，将房子钥匙留给了他，拜托他帮忙照看。

吴岩调出了尹文灏的电话，拨过去才发现号码早已注销。

尴尬之余，他又问那个邻居有没有尹文灏的联系方式，对方点头告知。

我和吴岩下楼离开，他抬眼看了看 402 室的窗户，我站在他身后，能感受到那片刻凝视中透出的隐隐落寞。

随后，吴岩拨通了尹文灏的号码，短暂的彩铃之后，我听到了那个低沉的声音：“你好，请问哪位？”

吴岩听出了对方的声音：“老尹，是我，我是吴岩。”

对方迟疑片刻：“吴岩……哦哦，老吴啊，好久不见！”

简单寒暄了几句，吴岩说想要和他见面，他并未推辞，爽快地告知了吴岩他现在的住址。

我们即刻动身，前往北京顺义，抵达之时已是傍晚。

我和吴岩站在公寓门前，他轻轻按下门铃。

门开的一刻，我看到了一个精神饱满的中年人。

吴岩感慨又惊愕地说：“老尹……”

多年不见，再次见面时，尹文灏并非吴岩描述的失去挚爱亲人穷困潦倒的模样，反而给人一种中年精英的感觉。

尹文灏邀请我们进屋，精致简约的装潢透着一种隐约的冷冽。

吴岩向他介绍了我，尹文灏笑着给我们倒了两杯水。

虽是老友相见，两人之间的聊天却略显尴尬。

吴岩问他是什么时候离开的东周市，最近过得怎么样？尹文灏说他离开东周市十多年了，现在定居北京，目前是一家培训公司的负责人。

吴岩感慨地说：“看到你现在这个样子，我挺开心的，真的。”

尹文灏回以微笑：“我现在过得挺好的，再说了，很多事情过去了就是过去了，人总要生活下去的，不是吗？”

他说话的语气充满阳光，但我总感觉那阳光耀眼得有些不真实。

随后，吴岩跟他说起了在逃十五年的盛海韬已经死亡的消息。

尹文灏淡然地说：“从他害死小玫的那一刻起，我就知道早晚有一天，他会有这么一个结局的，如今，他的结局来了。”

他的反应完全超出了我的预料。

对于盛海韬被杀碎尸并被寄给其妻子的行为，他既没有感到震惊，也没有喜悦，脸上只有冷静和克制。

在回复吴岩的时候，他更像一个旁观者，字斟句酌地进行着客观评点。

吴岩并没有追问下去，而是说："盛海韬已经死了，小玫在天有灵的话，也算有所慰藉了。"

尹文灏抬眼看看吴岩，意味深长地说："老吴，你不远千里来到北京，不单单是为了通知我这个消息吧。"

吴岩一愣，而后问道："你什么意思？"

尹文灏无奈地笑笑："大家都是老朋友了，就打开天窗说亮话吧，你是想要问我是不是杀害盛海韬的凶手吧？"

吴岩并未回避，既然已经被他看透了此行的目的，正好省去了无谓的试探："既然你挑明了，我也很严肃地问你，盛海韬是你杀的吗？"

尹文灏凝视着吴岩，礼貌地回道："我没有杀人，也不知道谁是凶手，如果你们找到凶手的话，请务必转达我的感激之情。"

对话至此，已然没有了继续下去的必要。

离开之前，尹文灏叫住了吴岩："老吴，明天我就要出差了，有时间的话，晚上一起吃饭吧。"

吴岩淡淡地说："我还有案子，等忙完了这段时间，我们有机会再见面的。"

离开尹文灏的公寓，我和吴岩坐在街边的长椅上休息。

七月的北京，夜风里竟透着隐约的凉意。

"你也没想到吧，你的老同学走出阴霾了，还成了一个精英培训师。"我递给他一杯咖啡。

"我确实没想到，不过从我看到他的那一刻起，我就知道事情绝对没那么简单。”吴岩低头喝了口咖啡。

“就因为他不再绝望堕落，摇身一变成了成功人士？”我婉转地反驳道，“人不可能一直沉溺于过去的悲伤吧，他自己也说了，人总要生活下去的。”

“我也相信他可以走出过去，重新开始。”吴岩若有所思地说，“但重新开始不代表忘记过去，我了解他对妻女的感情，如果他知道盛海韬被杀，一定会有反应的，而不是像刚才一样云淡风轻，完全像一个旁观者。”

“也可能是他不想在你面前表露情绪吧。”我推测道。

“今天见到尹文灏，不管怎么说，都让我大吃一惊。”吴岩不禁感慨，“既然现在也没有其他可追查的方向，不如就先从他身上找找线索吧。”

“尹文灏也知道我们怀疑他是凶手，他自己也会多做防范吧。”我提醒道，“想要查到线索恐怕会更困难。”

“要不要试试潜梦？”吴岩问我。

“且不论是否符合办案程序，就算符合，如果尹文灏真是幕后元凶，那他也是一个梦境高手。”我耸耸肩，“试问你潜入一个梦境高手的梦中探寻线索，有多少成功率呢？就算你看到了什么，又能保证多少真实性呢？”

“那我们就只能扒一扒他这些年的故事了。”吴岩苦涩一笑，“看看他是否禁得住挖掘和推敲。”

“事情已经过去了那么久，谁还会记得呢？”我有些担忧，“毕竟，他也不是什么大人物。”

“我们没看到，不代表别人也没有看到，他不可能脱离社会独自生活，对很多人来说，他的事情就在记忆里面。”吴岩语气坚定地说。

吴岩决定深入挖掘尹文灏。

我只能说，虽然他只是东周市公安局的一个普通科长，但人脉隐秘又广泛，几乎每个地方公安或相关部门，都有认识的人，且还有一技之长。

那一刻，我倒是感觉他挺恐怖的。

第三章

冯金泷、受害者家属聚集以及另一起高调的黑斑碎尸案件

此次，吴岩找到了他的警校学长丁秉宽。

丁秉宽之前在东闽市公安局情报大队任职，工作三年后下海经商，现在开了一家调查公司。

虽然不是什么正大光明的职业，多是一些婚外恋调查，游走在法律和道德边缘，但他们的工作人员在调查和信息整合方面的能力堪称专业。

这些年，他的公司做得很不错，在“业内”也有口皆碑。

不过，丁秉宽很讨厌别人叫他们调查员或私家侦探，他更喜欢“追踪师”这个名字。

吴岩说，他之前也会拜托丁秉宽帮忙调查某些信息，当然都是办案需要，因此两人一直都有联系。

我们和他是在一处公园见的面。

听闻了来意，丁秉宽笑笑说：“这个忙我一定要帮，不过你们也要帮我介绍客户。”

吴岩指着我说：“他是一家心理咨询中心的老板，他们那儿有很多做婚恋情感咨询的，到时候让他给你多多介绍资源。”

丁秉宽接过吴岩递过去的资料：“那我就提前谢过了。”

之后，我去了杭州出差，回来后又一直忙着案例咨询，当我再接到吴岩电话的时候，黑斑碎尸案已经过去了半月有余。

吴岩在电话里激动地说：“有进展了，事情有进展了！”

就像他说的，任何人都是禁不起推敲的，丁秉宽在拿到尹文灏的资料后，便着手开始调查，以下为他的调查信息：

2001 年至今年的十二年间，尹文灏的经历大致可以分为三段：

东周市部分（2001 年至 2002 年）2001 年 6 月，尹文灏的妻子因抑郁症自杀，同年 9 月，他辞职待业在家。2002 年一整年，他几乎每天去楼下的一家棋牌室打牌，大家都知道他是那个女儿被奸杀的父亲，因此对他很有印象。

据棋牌室老板说，当时他和一个叫“龙哥”的男人走得很近，不过没人知道这个龙哥的真实信息，只是知道“龙哥”很有钱。

南尧市部分（2003 年至 2004 年）2003 年年初，尹文灏离开了东周市，前往南尧市。虽然他住在南尧市，但丁秉宽并未打探到有关他的信息，也就是说他这一年的信息是空缺的。

北京市部分（2005 年至今）尹文灏离开南尧市后，直接去了北京。据他身边的人称，当时他的精神状态很好。他来到北京后不久，就开设了一家培训中心，主要是针对青少年的口才和演讲能力的提升。

这些年，他定居北京，始终是单身，情感上没有进展，生活上也没有新的朋友。

看完这些后，我有些失望："这些信息里有参考价值的不多，第一，和他走得很近的龙哥；第二，尹文灏在南尧市的一年经历了什么；第三，他在南尧市的经历很可能和后来精神状态改变有关系。"

"普通调查公司差不多也就是这些了。"吴岩笑了，"但你别忘了，丁秉宽自称追踪师。"

"还有别的线索？"我一惊。

"老丁毕竟做过刑警，他的很多追踪并不是简单的信息搜找，更重要的是他会通过信息进行整合分析，由于涉及三市，加上人际关系流动，丁秉宽能挖掘的并不多，因此他将调查重点放在了尹文灏来到北京之后的信息。"吴岩交给我一份报告，"据丁秉宽调查，培训中心的法人代表并非尹文灏，而是一个叫作闫佩娜的女人。"

"这个女人和尹文灏有关系吗？"

"巧的是，闫佩娜的丈夫叫作冯金泷。"

"冯金泷？"我一惊，"难道是那个龙哥？"

"老丁也是这么想的。"吴岩点点头，"他辗转拿到冯金泷的照片，随后去了东周市，找到那家棋牌室老板进行辨认，虽然老板也不能完全确定，但基本可以认定当时的龙哥就是冯金泷。"

"也就是说，这些年尹文灏和冯金泷一直有联系。"我说道，"且关系匪浅。"

"没错，我认识的尹文灏非常内向，他的朋友很少，且这个冯金泷不是本地人，他们为什么能够突然成为朋友呢？"吴岩卖了个关子，"老丁辗转打探后得知，这个冯金泷出过事！"

现年五十一岁的冯金泷曾是庆余市一家私企的老板，家庭很美满，妻子闫佩娜是一名中学老师，他们有一对龙凤胎子女，但在十七年前，他的两个孩子遭人绑架，虽然绑匪最后拿到了钱，但孩子们却没能回来，绑匪不仅将两个孩子杀害，还给他们化了非常可爱的妆容。

孩子们死后，冯金泷便一蹶不振，企业破产，妻子也出了车祸，成了残疾人。之后，他带妻子离开了庆余，人间蒸发了。

“这么说来，他和尹文灏的经历很相似了，都是因为子女去世而引发了重大家庭变故。”我分析道，“或许是因为有着相似的经历，他们才成了朋友！”

“不仅如此，那个培训中心还有更大的问题！”

“说来听听。”

“老丁在查出冯金泷夫妇后，细致调查了培训中心每一个工作人员的信息，又有了重大发现。”吴岩继续道，“培训中心的两名骨干员工焦思捷（河南商丘）和杨奥（山西长治）家中都发生过重大变故，焦思捷的孩子和杨奥的妻子被人杀害，遭遇变故后，他们先后辞去工作，来到北京，来到了尹文灏这里。”

“另外五名工作人员呢？”

“老丁暂时还没有查到他们的信息，不过我怀疑他们和焦思捷、杨奥一样，都是受害者家属。”

“何出此言呢？”

“尹文灏的这家培训中心很特别，表面上说是针对青少年的口才和演讲能力的提升，实际上只对会员开放，具体培训内容和行程也非常保密，外人根本没办法打听。”吴岩话锋一转，“不过，老丁另辟蹊径，还是找到了缺口，他通过培训中心订购外卖的信息，辗转找到了当时给培训中心送餐的送餐员。”

“这个老丁还真是厉害！”

“据那个送餐员回忆说，那是他第一次被投诉，那一次他送餐送晚了，打对方电话打不通，就慌慌张张地上了楼，他意外地推开了会议室的门，发现里面坐满了人，当时尹文灏就站在台上讲课，讲得慷慨激昂的，说的好像是找什么人。然后就有人来到会议室门口，接过他送的外卖，就让他离开了。会议室门关闭的时候，他看到了电子屏上的字幕——‘受害者家属联谊会’。”

“受害者家属……”我不敢置信，“联谊会？”

“那个送餐员说得非常肯定。”吴岩推测道，“我怀疑这个培训中心或许就是幌子，那些所谓培训会员都是受害者家属。尹文灏和冯金泷开设这个地方就是为了召集各地刑事案件的受害者家属！”

“这么多受害者家属聚集到一起做什么呢？”

“那个送餐员不是说了吗，尹文灏在给他们上课，让他们找人！”吴岩思忖片刻，“他们需要找人吗？当然需要了，对他们来说，生命中最重要的事是寻找伤害他们家人的凶手！”

“就算我们知道了尹文灏和冯金泷在联络其他刑事案件的受害者家属，甚至在寻找凶手，也完全说得通！”我反驳道，“这是个人自由，他们这么做并不违法。”

“你说得没错。”吴岩感叹道，“不过，老丁能够给我们提供的线索就这么多了，我也拜托了当地警方帮忙调查尹文灏的情况，他们反馈的信息也非常有限，可供参考的更是寥寥。”

我们似乎是触碰到了这个案件的重要缺口，缺口很大，却让人无从下手。

虽然吴岩决定从培训中心的其他工作人员身上深挖线索，也找人监视着培训中心，但案件始终没有更新的进展。

转眼又过了半个月。

那天下午，我正在家休息，突然接到吴岩的电话，他说又有新线索出现了！

五分钟后，芮童的车子就开到了公寓楼下，我甚至来不及换好衣服，就匆匆上了车。

吴岩简单向我介绍了情况：

两年前，南疆市公安局南城分局接到报警，报警人称她收到了自己丈夫的尸体，尸体身上同样出现了大量黑色斑纹，在尸体头部也有被长期佩戴某样东西引起的勒痕，与盛海韬不同的是，他没有被肢解碎尸，但舌头和生殖器不见了。

报警人叫作叶倩，南疆市人，今年四十二岁，是某网络公司的人事总监。

叶倩的丈夫，也就是受害者叫作胡青峰，他本是南疆市明和高中的一名高级教师，三年前（当时他四十七岁）秋天的一个周末，胡青峰说去学校加班，但离开后就再也没回来。虽然叶倩报了警，但警方能够查到的只有胡青峰坐上了一辆无牌照黑色轿车离开了南疆，他究竟去了哪里，又是和谁离开的，是生是死？无人知晓。

直至他失踪三年后，尸体被寄回家里，才“重见天日”。

盛海韬案件发生后，南疆市警方在协查平台上看到了吴岩发布的信息，第一时间联系了东周市警方。

我们抵达南疆市后，负责办案的民警周漾飞提供了当时留存的胡青峰尸体的照片，确实和盛海韬的尸体及骨骼上的黑斑几乎一样。

随后，我们见到了当时给胡青峰做尸检的法医，他也提到在胡青峰的双臂上有多处由于长期输液造成的溃烂点，而在尸检过程中，他也找到了大量营养液残留，证明了他的推测，胡青峰在死前一至三年内，依靠不间断地输入营养液或其他营养物质维系生命。

除此之外，在尸体头部两侧，还有多处溃烂点，推测为长期佩戴金属物质引发的皮肤溃烂。

由于胡青峰的尸体保存得比较完整，所以他的尸检报告有较高的参考价值。

这让我和吴岩感到既兴奋又担忧，兴奋的是我们找到了同类型案件，盛海韬和胡青峰两起案件就成了系列案，更多线索的出现将为案件侦破提供新的可能，担忧的是胡青峰案件将系列案件发生的时间提前了至少五年，也就是说，这种疑似通过“潜梦”杀人的案件在五年前就已经隐秘发生了。

也许还有比胡青峰更早的案件，只是我们不知道而已。

我本来还有些犹豫，毕竟向对方解释尸表和骨头上的黑斑与长期潜梦有关，会让人感觉我很像疯子，但吴岩说周漾飞是他的好朋友，可以说出我们的推测。

我提出，胡青峰极有可能遭受了长期的梦境虐待甚至虐杀，最后因身体状况恶化无法继续，死后被寄回给家人。

第四章 点与线，线与网

听完我的“潜梦”推论，周漾飞感叹道：“自从这起案件发生后，我咨询了不少医生，他们都说没见过这种情况，对此我也是耿耿于怀，现在听完你的解释，虽然挺玄乎的，不过既然岩哥也认可，那就说明这是真实可信的。”

随后，周漾飞介绍了更多关于胡青峰的背景信息：“他执教履历丰富，学生们也都很喜欢他。他失踪后，我在调查走访中得知，就在八年前（他失踪的三年前），他执教的班上有一个叫袁冰娴的女孩自杀了，而袁冰娴和胡青峰的女儿胡柠是好朋友。当时的调查结果是袁冰娴不堪学业压力自杀，但袁母并不认可这种说法，她说女儿曾在自杀前同她哭诉，说她恨胡老师，但未说明具体原因。袁冰娴自杀后，袁母认定女儿的死和胡青峰有直接关系，为此，她还去学校闹过，但这一切仅仅是她的个人推测，并无证据，因此在胡青峰失踪后，我们重点调查了袁母，她表现得很淡定，还说恶有恶报，现在就是报应来了。”

“那在胡青峰的尸体出现后，你们又找过她吗？”吴岩追问道。

“我们试图与她联系，但她已经离开了南疆市，加之警力有限，我们也就没有继续跟进。”周漾飞无奈地叹息道，“不过，当时我们在走访中意外获知，胡青峰的女儿胡柠患上了抑郁症，自从袁冰娴自杀后，她也辍学在家，据其母亲称，她的精神状态每况愈下，后被诊断患上了抑郁症，现在依靠药物控制，当时我只是试着和她聊了聊袁冰娴，没想到胡柠精神崩溃，还吐露了一个惊人真相！”

我和吴岩一齐看向周漾飞：“胡青峰诱奸了袁冰娴，而她目睹了这一切，这也是她罹患抑郁症的原因！”

“诱奸？”

“据胡柠供述，起初她并未发觉父亲与袁冰娴有什么异样。那段时间，她经常带袁冰娴回来，后来她发觉父亲不对劲，观察后发现父亲诱奸了袁冰娴，只不过她没说，一直到袁冰娴自杀。”

“诱奸很残酷，我曾接触过这方面的咨询案例，那个受害者被父亲的同事诱惑，继而发生性关系，后来被对方抛弃，她也试图自杀，虽然被阻止，但至今仍活在阴影之中，那不仅仅是对身体的伤害，更多的是精神凌虐！”我感叹道，“在袁冰娴自杀后，只有袁母坚持女儿的死与胡青峰有关，但并无任何证据，而胡柠的话却证实了袁冰娴的死确实和胡青峰有关，她被胡诱奸，又被抛弃，在被不断地打击和否定之后，她只能选择自杀。”

“这么说来，胡青峰的失踪也并非毫无缘由，很可能同对袁冰娴的诱奸及自杀有关，也同袁母有关！”吴岩补充道。

“我也是这么认为的，毕竟当时袁母将此事闹得很大，还因为寻衅滋事蹲了看守所。”周漾飞回忆道，“只不过诱奸这件事极为隐秘，只有当事人知道，即便是胡柠，也只是在袁冰娴求助时才知道的，且她没有告诉过警方之外的任何人，如果袁母也知道这些，她又是怎么获知的呢？”

“或许，是在梦里吧！”我若有所思地说，“在没有任何证据的情况下，两个当事人的证词是最重要的，袁冰娴已死，只有胡青峰知道唯一真相，虽然他将此事藏在心底，藏在意识深处，但只要潜入他的梦境，还是可能掌握这个秘密的。”

“这么说，袁母也是潜梦者了？”周漾飞追问道。

“有这种可能，不过我更倾向于有人在帮她。”我耐心地解释道，“如果她真是潜梦者，早在袁冰娴死后，她就可以寻找甚至掌握真相，一个母亲知道女儿被诱奸，很可能当下就进行报复了，不可能等到女儿死后三年才对胡青峰实施复仇。”

“或许，她就是在女儿死后三年才成为潜梦者的。”周漾飞反驳道，“毕竟，这是需要时间的。”

“如果她是潜梦者，在没有他人的引导和训练下，是不可能成为梦境高手的，因此她很可能是在女儿死后的三年内，通过他人帮助得知了真相。”我淡淡地说，“或许，这是对她最有利的选择了，在刑法中，并没有诱奸罪这个罪名，鉴于袁冰娴自杀年龄是十四岁，她被诱奸的年龄是十四岁或者更小，那么可以按照强奸罪论处。如果袁母选择报警，在掌握有力证据的情况下，胡青峰受到的最高刑罚是三至十年有期徒刑；如果无有力证据，胡青峰是可以轻易否定的，甚至可以反告袁母诬陷。如果袁母选择杀人，或杀人成功，以自己的后半生自由为代价，或杀人失败，不仅不能报仇，反而功亏一篑，这么看来，通过梦境复仇，不仅可以让胡青峰承受千万倍的惩罚，还不会自涉险境。”

“如果一切如你推测，那对方为什么要帮助她呢？”周漾飞又问。

“我想，这个帮助她的人或组织中的成员也都有类似的经历吧！”吴岩看了看我，我也是第一时间想到了尹文灏和他的培训中心。

“还有一点，”我补充道，“胡青峰的尸体被送回的时候，被切掉了舌头和生殖器，这是否也暗合了对于诱奸行为的惩罚呢？”

“以彼之道，还施彼身。”吴岩意味深长地说。

虽然警方认定袁母有重大作案嫌疑，但并无任何实质性证据。

吴岩知道，就算找到了袁母，她也不会提供任何有价值的信息。

当周漾飞将袁母王学萍的照片交给我们的时候，我和吴岩一眼就认出了她，她就是在尹文灏的培训中心工作的员工之一！

本来，我们还想调查她和尹文灏的关系，没想到就在这一刻，两起案件突然紧密联系了起来！

她果然也是受害者家属。

这也进一步证实了我们关于受害者家属集结的推测，两起黑斑碎尸案件和他们绝对脱不了干系！

如此说来，帮助王学萍的人有可能就是尹文灏或冯金泷，或者是任何一个受害者的家属，也可能是他们的集体杰作！

线索似乎越来越多，也越来越明晰。

零碎的点勾勒出了复杂的线，交错的线索织成了细密的网。

与此同时，芮童在全省执法办案系统中搜寻相关信息时，发现王学萍除了作为受害人家属出现在袁冰娴自杀案件的笔录中，还有另外一条搜索记录。

不过是已撤销案件。

两年前，在清河市发生了一起失踪案件，报案人田瑶称其父田广明失联三天，在她提供的信息中，其父与一个叫王学萍的女人联系密切。就在警方立案侦查时，田瑶突然说父亲回来了，并称这是一场误会。随后案件被撤销，进入撤销案件信息库。

芮童在得到这条信息后，立刻联系了清河警方，请求协助调查田广明和田瑶父女的信息。

调查结果让人意外：他们也是一起刑事案件的受害者家属！

田广明的妻子于四年前在下班回家的途中，被一个外地务工人员尾随强奸，其妻反抗，后被杀害抛尸，该务工人员在案发后潜逃，始终未被抓获。

吴岩推测，田广明与尹文灏等人一样，他们与王学萍相识是因同为受害者家属。

在随后的调查中，虽然警方找到了田广明父女，但并未在他们口中得到更多信息，至于提及的王学萍，田广明也解释说已经记不清了。

与尹文灏一样，在田广明身上也没有那种悲伤的受害者家属气息，有的反而是一种诡异的朝气，仿佛他在妻子死后豁然开朗，返老还童了。

“如果你是田广明或者田瑶，什么能让你产生这种感觉？”回程的车子里，吴岩这么问我。

“手刃仇人吧！”我若有所思地回道。

吴岩请求清河警方协助监视田广明父女，希望能找到蛛丝马迹。

在盛海韬案件发生两个月后，在北京培训中心负责盯守尹文灏的特案科刑警最终因案件无进展、办案经费有限被叫了回来，盯守也就此结束。

清河警方也发来信息，由于警力有限，将停止对田广明父女的监视。

“如果不是经费有限，我真想让人在北京一直盯下去！”吴岩感叹道。

“尹文灏也是这么想的吧，他虽然没做过警察，但其出身警校，也知道你会派人调查和监视，只要他们按兵不动，我们这边迟早会因为案件无进展而放弃盯守的。”我点点头说。

与此同时，特案科也确定了尹文灏、王学萍、焦思捷和杨奥之外的三名培训中心员工的身份，他们来自山东、湖南等地，无一例外都是受害者家属，而伤害他们亲人的凶手们也都负案在逃。

虽然有当地公安机关的协助，但特案科并未在他们身上找到有价值的线索。

至此，案件再次陷入僵局。

虽然明明知道尹文灏、王学萍以及田广明父女等人身上藏有线索，也找到了那些受害者家属之间的联系，但是那个和“梦境复仇”有关的组织仍旧隐匿在人海之中。

我由于咨询中心的工作暂时离开了特案科，然而心里仍旧惦记着这起案件，直至我接到那起咨询。

我意识到，或许找到了隐藏的线索！

第五章 冰山一角的恐怖兔子

咨询者加入传销组织，并将女朋友也带入其中，虽被家人救了出来，但固执地认为，家人在阻止他的发财之路。

家人希望我能说服他，改变其想法，而他的一句话却无意中打开了我的思路："他们说我有病，说我害了自己不说，还把女朋友拉进了苦海，你给评评理，这是赚钱的好机会啊，有这种好事，我当然要第一个想到亲人，自己的女朋友了……"

没错，人有好事首先会想到亲人朋友，将这种好机会和体验散播出去，这是再正常不过的心理了。

在尹文灏、王学萍甚至田广明父女等人的眼里，梦境复仇是他们能掌控的好事，如果掌握了这种方法，他们首先会想到的也是亲友中有类似经历的人吧！

我第一时间将这个想法告诉了吴岩。

他听后直拍大腿："我怎么就没想到呢，你小子真是有做刑警的潜质啊！"

根据我的提醒，特案科利用一周时间，对尹文灏、王学萍等培训中心工作人员和田广明父女等人的人际关系进行了梳理，终于找到了新线索：

王学萍的表姐于文娟家的儿子颜渤在去年夏天死于一场意外，但于文娟认为儿子是被同寝室友折磨虐待致死，虽然警方在调查后认定两名室友确有欺辱颜渤的事实，但无法认定他的死和两名室友有直接关系。

于文娟对警方说，在儿子死后，她接到过儿子两个室友的电话，他们在电话里承认了杀死颜渤的事实，还说颜渤在死前不断哭喊着"妈妈，救命"，于文娟事后报警，两个室友的家人却称是恶作剧，办案民警只是批评教育就放了人。

在颜渤死后三个月，两个室友的家人报警说，他们突然离家，再也没了音信。

考虑到颜渤的事情，两个家庭随即联系了于文娟。

于文娟的情绪很平静，她说了一句意味深长的话："我想，他们应该是在某个地方赎罪吧，放心吧，待罪过赎清了，自然就会回来了。"

吴岩推测，如果贸然找到于文娟或其丈夫颜宗海，只会让他们起疑，最后什么线索都拿不到。

我建议可以找一个和颜家关系不错的人进入其家庭关系中。

打探得知，颜渤死前有一个好朋友，叫葛小宁。

他既是颜渤的发小，又是颜渤的邻居，颜渤死后，他一直和颜家走得很近，时常去探望于文娟和颜宗海。

这个葛小宁去年考上了刑警学院，我们利用假期约见了他。

在葛小宁保证保密的情况下，我们向他说明了案件的基本情况和推测，他听完也是一脸惊愕。

其实，我们的这个做法还是非常有风险的，一旦葛小宁拒绝或泄密的话，整个计划将提前失败。

幸运的是葛小宁在认真考虑之后，表示会全力配合。

按照吴岩的计划，葛小宁只需要继续以朋友身份关怀颜渤的父亲颜宗海，找准机会寻找线索即可。

虽然这个计划有点旁门左道，还有欺骗他人感情之嫌，但为了破案，阻止更多罪案发生，吴岩还是坚持执行。

在计划进行的第五天，葛小宁给吴岩打来电话，说颜宗海约他吃饭，吴岩说只要在他们吃饭期间，将微型摄像机保持开启状态即可。

吃饭地点就在颜宗海租住的公寓里。

视频里，颜宗海显得苍老而疲惫，同样是受害者家属，他却没有尹文灏和田广明的意气风发。

四样简单的小菜，两个人相对而坐，葛小宁喝了一口酒："叔叔，这么久没过来看您，您的身体还好吗？"

"还好……"颜宗海淡淡地喝了一口酒。

"之前我也去探望过阿姨，她说你们离婚了。"葛小宁叹了口气，"我本想过来看您的，但学校事情太多……"

"我知道你们学业压力大，不过说真的，我接到你的电话后挺开心的。"颜宗海摆摆手，"你还能想起我，还能来看看我，我就心满意足了。我还记得颜渤活着的时候，你经常来家里找他的……"

"如果他现在还活着的话，也和你一样上大学了……"说到这里，颜宗海不禁悲从中来。

"叔叔，您别难过了……"

“我还对他承诺过，只要考上了大学，就奖励他一台平板电脑，其实电脑我早就买好了，一直藏在他的书房，却永远也送不出去了……”

这时候，颜宗海哭了。

他轻轻擎着额头，放肆又克制地释放着眼泪。

坐在电脑这边的我一度想要中止这种监视，但吴岩低声对我说：“破案需要，我们必须这么做！”

“叔叔，颜渤的案件有进展了吗？”葛小宁适时追问道。

“警方始终没找到更多证据。”颜宗海摇摇头，“两个室友坚称与自己无关，疑罪从无，我们也没有办法。”

“可恶，明明是他们害死了颜渤！”

“小宁啊，你知道我和你阿姨为什么离婚吗？”颜宗海的酒越喝越深，话也越说越多，连同这些年的辛酸一饮而尽。

“因为颜渤的去世吧？”

“颜渤去世后，她每天除了哭就是和我吵架，无休无止地争吵和咒骂，她骂我是窝囊废，不能替儿子报仇。我也觉得自己就是废物，儿子死了，我却什么都做不了……”他又给自己倒了一杯酒，“直至有一天，她突然对我说，可以替颜渤报仇了！”

“为颜渤报仇？”葛小宁一惊。

坐在电脑这边的我们也惊恐地对视了一眼。

“小宁啊，告诉你一个秘密，你千万……千万不能告诉别人，明白吗？”

“您说吧，叔叔。”葛小宁点点头。

“你知道那两个室友吧？”颜宗海低声道。

“我知道，他们好像失踪了吧。”葛小宁顺势说道，“或许他们早就死了，这就是恶有恶报吧。”

“你错了，他们没死！”颜宗海越说越昏沉。

“没死？”那一刻的葛小宁和坐在电脑前的我们一样充满疑惑，为什么颜宗海会知道两个失踪的室友没死。“您……您是怎么知道的？”

“我当然知道了。”颜宗海轻蔑又无奈地说，“他们被抓起来了，现在正经受着酷刑呢！”

被抓？

酷刑？

是梦境复仇吗？

我突然想到了于文娟的那句话：我想，他们应该是在某个地方赎罪吧，放心吧，待罪过赎清了，自然就会回来了。

线索在那一刻豁然明朗起来。

坐在电脑前的吴岩立刻给葛小宁发出指示：“小宁，你装作什么都不知道，诱导他说出真相。”

“您说他们被抓起来了？”虽然只是刑警学院的一名学生，但葛小宁在诱导问答上做得非常出色，“是被警方抓起来了吗？”

“当然不是！我刚才不是说了吗，警察没有证据是不能抓人的，但这不代表他们就可以逍遥法外，继续若无其事地过人生！”说到这里，颜宗海突然气愤起来，“他们害死了颜渤，必须加倍受到惩罚！”

吴岩再次发出指示：“小宁，试着把话题拉回来。”

“叔叔，您刚才说这两个室友被抓起来了，他们被谁抓了，又被关在哪里了？”葛小宁追问道。

“你为什么要问这些?！”颜宗海突然盯着葛小宁，迷离的眼神倏地锋利起来，那眼神就像要把葛小宁撕碎一般，“你是不是来套话的?！”

那一刻，我和吴岩都屏住了呼吸。

“叔叔，如果您认为我是来套话的，那就是侮辱了我和颜渤的感情，我无时无刻不想为他伸张正义！”葛小宁淡定地说。

或许是这句话打消了颜宗海的疑虑，他借着酒意向葛小宁说明了真相。

“颜渤死后，我们夫妇的矛盾越来越多，虽然我也很悲痛，但我还是想要带她走出来，她执意不肯，还说她不能走出来，也不想走出来，如果走出来了，就是对颜渤的背叛……”颜宗海回忆道，“直至半年后，有一天我回家，见到了久未见面的表妹王学萍……”

我和吴岩对视了一眼：王学萍终于出现了！

“然后呢？”

“几年前，她家也出过事情，她女儿说是抑郁症，跳楼自杀了。那段时间，我们夫妇还经常去安慰她，劝她走出悲伤，重新开始。当时我们还挺自以为是的，直至颜渤出事，我才知道丧子之痛有多么深刻。”颜宗海悲伤地说，“其实，在此之前，我们也好久没见了，之前颜渤葬礼的时候，她也参加了，状态很差，看起来就跟行尸走肉似的。没想到这一次来她竟然容光焕发，这倒是挺让我们意外的！

“那天晚上，王学萍向我们说明了女儿自杀的真相，她说女儿袁冰娴是被一个叫胡青峰的老师诱奸了！”

“诱奸？”

“我们听了也很震惊，劝她去报警，但她说不能报警。其一，她没证据，报警只会被胡青峰反咬。其二，就算她掌握了证据，最多也就是让胡青峰吃上十年牢饭，对方出狱后依旧可以游戏人间。可袁冰娴已死，这对她不公平，因此她找到了一种特殊的方式继续着自己的复仇。”

“特殊的方式？”

“没错，她介绍了一个叫作兔子的组织。”

兔……兔子？

那一刻，我和吴岩恍然被引入了一条深邃的通道。

“兔子？这名字很奇怪。”葛小宁问道，“这是一个什么组织啊？”

“当时我也很困惑，这名字听起来更像一个少儿表演团。”颜宗海解释道，“当时我也这么问王学萍，她说简单的文字介绍是无法准确描述的，她邀请我们去体验一下。”

“体验，那您去了吗？”

“本来我没心情去的，但王学萍盛情邀请，还说保证不虚此行，我也不好推辞，就和她一起去了。”颜宗海继续道，“那天下午，她派了一辆豪华轿车来接我们，车子穿过市区，就上了高速，她们在前面聊天，我则靠在一边睡着了。车子开了很久，等我醒来的时候，已经到达了目的地。”

“小宁，试着让他形容一下目的地，可以先用大城市作为诱导，让他进行排除。”吴岩再次发出指示。

“是北京和上海吗？”葛小宁试探性地问。

“我也不知道，应该不是大城市吧，我也没有多问。”颜宗海回道，“车子停在了一家养生会馆前面，王学萍带我们进去，她出示了一张会员卡，然后一个年轻女孩便带我们乘坐电梯去了楼上……

“好像是十二楼吧，她带我们穿过大厅，走进了一个房间。房间里的摆设简单而温馨，有三个像按摩床一样的床位，女孩子微笑着让我们躺上去，我们看看王学萍，她说按照指示做就好，我和妻子也不知道要做什么，就躺在了床上，然后女孩给我们戴上了一个像头盔的东西，她还让我们喝了一杯果汁。我躺在那里，听着舒缓的音乐，然后就慢慢睡着了。”

说到这里，颜宗海突然停下了，我和吴岩不禁对视了一眼。

“睡着之后呢？”良久，葛小宁才问道。

第六章 梦境猎杀和受害者家属集结

“我做了一个梦，准确地说是一个噩梦……”颜宗海淡淡地说，“我梦到了一个可怕的场景，我和妻子出现在了同一个房间里，我们看到了一个铁笼子，笼子里关着一个全身赤裸的男人，紧接着，王学萍和两个陌生黑衣人也走了进来，她命令黑衣人将笼子里的男人放出来，将他绑到了椅子上……”

“然后呢？”

“然后那个男人不断哀求，但王学萍不顾那些，直接将对方肢解了……”说到这里，颜宗海也有些不寒而栗，“你能想象那个画面吗？就是活体肢解，活活把一个人拆了，太残酷了，就好像这根本不是梦，而是真实发生的，真实发生的杀人场面……”

“那您后来醒了吗？”

“没有。”颜宗海摇摇头，“王学萍将那个男人杀害后，轻轻擦拭了溅在脸上的血，转头对站在角落里的我和妻子笑笑，还问我们感觉怎么样。”

“她和你们说话？”

“是啊，当时我也感觉很意外，她竟然在梦里和我们对话，我和妻子茫然地对视了一眼，接着她直接推开门，门外是一间宽阔的烹饪厅，每个工作台都非常大，光滑的大理石台面，琳琅满目的调味品，那里还有很多人，有男有女，他们都在烹饪，不过烹饪的对象都是人！”

“人？”葛小宁感觉不可思议，“这梦也太夸张了！”

“后面的一切更加夸张。”颜宗海感叹道，“王学萍带我们去了七号工作台，然后有人将一个赤身裸体的男人推了过来，不是别人，正是刚才王学萍在房间里虐杀的男人，此刻他又出现在了烹饪厅。我问他是谁，王学萍说他就是诱奸袁冰娴的胡青峰。”

“胡青峰，他也在梦里？”

“没错。”颜宗海点点头，“接着，王学萍将胡青峰放进了滚烫的热水中，不顾他的惨叫和挣扎，硬是将他煮熟了。王学萍又换好厨师服，将已经熟透的胡青峰打捞出来，分解做成了菜肴……”

“太恶心了……”说到这里，葛小宁不禁呕吐起来。

“在第二次杀死胡青峰后，王学萍又带我们参观了第三次和第四次，每一次都别出心裁，又惨绝人寰。那一刻，我才意识到她所说的以自己的方式复仇是什么意思。”颜宗海继续说，“随后，我感觉头痛欲裂，醒来之后，我竟然能够隐约记得梦境的内容，还有那种冷汗浃背的感觉。我问王学萍这是怎么回事，为什么我的梦境那么清晰真实，而且梦里的她可以反复杀死胡青峰。”

“她是怎么说的？”

“她没说话，只是带我们去了隔壁房间，在那个房间里，我看到了在梦里出现的胡青峰，他躺在一张床上，头上戴着一个头盔，头盔上连接着很多条线，密密匝匝的，全部接进了其他房间。我和妻子问王学萍这是怎么回事，她解释说这是一种可以无限满足受害者家属复仇的方式，就是在梦境中猎杀凶手，这也是兔子组织的成立宗旨！”

“梦境猎杀？”

“没错，她是这么说的，王学萍说只要加入兔子组织，组织中会有专人负责控制害死颜渤的两个室友，并用刚才的方式在梦境中真实地杀掉你想要杀掉的人。王学萍还说，并不是谁都可以加入兔子的，必须有介绍人，如果我们愿意，她可以做我们的介绍人。妻子听后激动坏了，当下就表示要加入，我仍旧有些犹豫。”

“后来呢？”

“体验后不久，王学萍就带我们去了北京的一所培训中心听课，在那里我们见到了兔子组织的一个负责人，大家都叫他龙哥。”

龙哥！

颜宗海所说的信息和特案科掌握的线索几乎一致。

“当时除了我们夫妇，还有其他人，也都是受害者家属，有的来自湖南、湖北，有的来自广西、广东。”颜宗海继续说，“我们先是听了一场讲座，讲课的人姓尹，和我们年龄相仿，看起来非常像精英人士。”

“他都讲了些什么呢？”

“他和大家分享了自己的故事，还有他是如何加入兔子组织的，分享之后，龙哥向我们详细介绍了梦境猎杀，他说加入兔子组织后，会有专人负责寻找并控制指定案件的嫌疑人或凶手，然后将其困在梦中，而我们只需要通过手术在脑内植入一种特殊的芯片，成功适应芯片后，辅以佩戴仪器进入梦境，就可以不限时间、不限次数、不限方式地对嫌疑人或凶手进行虐杀。同时，我们在梦中也会有专人保护，不会受到伤害，具体由他们操作，我们无须担忧。”颜宗海继续道，“而我们只需要利用自己的人际关系网，为寻找嫌疑人贡献一点力量即可。”

“后来呢，你们就加入了兔子？”

“虽然外人听起来很玄乎，但这种方式确实太诱人了，况且我们已经在梦里看到过了，虚幻又真实，遥远又逼真，那些在现实里不敢想的、不敢做的、不敢放开手脚干的，在梦境里通通可以实现！”颜宗海感慨地说，“我也知道这么做就是绑架，就是犯法，但我们抗拒不了报复的诱惑！”

“之后呢？”

“加入兔子组织之后，我和妻子先是被秘密送到了一处医院，接受了芯片植入手术，幸运的是我们都通过了手术，术后也成功地适应了芯片。接下来，我们在专人的安排下，参加了其他受害者家属的梦境体验，在他们的梦里，我们和他们一样发泄着愤怒恨意，也积累着自己的经验。没多久，那两个伤害颜渤的室友就被带了过来，我们终于可以在梦境中动手了……”

“动手，就是对于他们二人的梦境猎杀吧？”

“没错！”

“所以……”葛小宁稍有迟疑，“你们现在仍旧在兔子组织之中？”

“不，我已经退出了，但我妻子还在。”

“为什么要退出呢？”

“一开始，我还是挺激动的，我积压许久的愤怒和恨意终于可以在伤害颜渤的两个室友身上发泄了，他们当初伤害颜渤的，我要加倍奉还！”说到这里，颜宗海激动起来，“但在体验了十多次梦境猎杀后，我便萌生了退出的念头，我们为此无心工作，无心生活，满脑子就想着睡觉——做梦——杀人——睡觉——做梦——杀人，有时候我们一整天都沉浸在那些梦里，仿佛那里才是我们的现实……

“我意识到那种在梦境中疯狂残酷的杀人体验正在不知不觉地改变着我们，甚至在吞噬着我们。”颜宗海解释道，“我想到了退出，但我妻子并不这么想，她完全沉溺在那种梦境猎杀中了，我们为此不断争吵，她骂我为了儿子这么一点事都做不到，我根本不配做他的父亲。我也想要为他做点什么，但不是在梦境杀杀杀……再后来，我们就离婚了，我离开了那里，也离开了兔子组织，很久没有和她联系了。”

“原来背后还有这么多故事。”葛小宁感叹道，“您还记得体验梦境猎杀的地方在哪里吗？”

“你不要问了，我已经告诉你太多了。”颜宗海面色凝重地说，“我告诉你这些，你也一定要烂在肚子里，否则会引来麻烦的！”

“您放心，我会保守秘密的。”葛小宁保证道。

这时候，颜宗海的手机响了，他起身去接听，葛小宁顺势关掉了嵌在背包里的微型摄像机。

坐在特案科办公室的我和吴岩却松了一口气。

没想到这次对话的信息量如此巨大，颜宗海提供了太多线索，也从侧面印证了我们之前的推测：

第一，受害者家属的集结。根据已掌握的信息，按照案件发生时间的先后顺序，大致可以排列为冯金泷——尹文灏——王学萍——田广明、田瑶（父女）——颜宗海、于文娟（夫妇），他们的家人，或是子女，或是夫妻一方被杀害，凶手要么在逃，要么仍旧逍遥法外，他们想要为亲人报仇，因此选择集结。

第二，惩罚的方式。根据已掌握的信息，结合颜宗海的叙述，兔子组织结构极为严密和专业，一部分为梦境控制部分，颜宗海说加入兔子组织进行梦境猎杀，必须在脑内植入芯片，只有成功适应芯片才能进行接下来的体验。虽然颜宗海等人是普通人，他们的清醒力和梦境感受力极弱，特殊芯片的植入应该可以让他们在短时间内拥有这两项能力，但副作用未知。同时，颜宗海还看到了胡青峰佩戴金属头盔，浑身插满管线，因此兔子组织中必有两类人，专业的技术或者医疗人员，他们负责技术支持和医疗辅助；极为专业的潜梦师和造梦师，他们负责将嫌疑人或凶手带入梦境并困在梦中，并为那些受害者家属提供潜梦辅助，让他们可以全心全意地在梦境中报复，无后顾之忧；另一部分则为外界支持，即寻找嫌疑人或凶手以及资金、场地等其他问题的处理和解决。

第三，受害者家属状态的变化。尹文灏是特案科进入整个案件的入口，他在加入兔子组织之前，整个人颓废至极，对生活也失去了希望，兔子为他提供了报复凶手的机会，他的精神状态也因此出现极大变化，并由体验者成为组织者之一，网罗更多的受害者加入，王学萍等人亦然。

葛小宁在整个案件的侦破中起到了关键作用。

虽然颜宗海提供了很多重要信息，也和特案科目前掌握的线索比较吻合，但真正的问题并未解决：这个兔子组织的活动地点在哪里？

就在特案科为此焦头烂额的时候，发生了另外一件事：颜宗海和葛小宁失踪了！

报案的就是葛小宁的朋友。

他说葛小宁突然旷课，他联系了其家人，家人说不知情，他感觉事情不对劲，就立刻告知了警方。

这让整个特案科，尤其是吴岩极为震惊。

冷静下来之后，吴岩推测他们二人同时失踪极有可能与兔子组织有关。如果是兔子组织所为，他们为何选择在此时动手呢？

答案只有一个：二人的那次谈话内容外泄了！

问题随之而来，是谁泄露了那次谈话的内容呢？

掌握这次谈话内容的只有颜宗海、葛小宁和特案科成员。

颜宗海方面，信息是他透露给葛小宁的，他也特意嘱咐过葛小宁，不要外传，暂时可以排除他泄露的可能；葛小宁呢，一方面他答应了警方保密，另一方面他也知道这些信息的危险程度，暂时也可以排除他泄露的可能。

那么内容外泄只能来自特案科内部。

当吴岩向我提出这个推测的时候，我表示拒绝。

特案科成员都是吴岩遴选而出，且都是从成立一起工作至今的同事，这么怀疑他们很不公平，但吴岩却说：“不管怎么样，他们必须排除自身的嫌疑！”

关于颜宗海和葛小宁的谈话视频存储在特案科办公室芮童的电脑上，密码是 TAKRT，且密码只有特案科成员知道。

根据芮童恢复的电脑浏览记录和播放记录，在颜宗海和葛小宁对话结束当晚十点二十二分，确实有人浏览过他们对话的视频。

当时值班的人就是芮童。

他说那天晚上自己一直在办公室，只是中途离开十分钟去了趟卫生间，为了方便，就没锁门。

楼层监控也拍下了芮童离开办公室的画面，在他离开后三分钟，楼道灯便熄灭了，随后有人进入特案科办公室，停留了大约三分钟，他出门离开，楼道恢复照明，而视频浏览时间也在该时间段内。

可以确定此人就是嫌疑人！

最有嫌疑的仍旧是特案科的七名成员，除芮童和李曼荻，其余五人都有不在场证明，芮、李二人又不具备作案动机。

吴岩查阅了当天办公楼出入记录，在嫌疑人进入特案科办公室的时间段内，办公楼内共有三十二人（包括芮童）只有进入记录，无离开记录，在一一调查后，又排除了作案嫌疑。

就在吴岩为此焦头烂额的时候，芮童的话提醒了大家：“当时我在卫生间玩手机，遇到了正在打扫的李阿姨，我们还聊了几句，后来你问我遇到过谁，我想李阿姨也是局里的老清洁工了，应该不会有问题吧，也就没提。”

保洁人员确实是办公楼里的隐形人：

其一，存在感低。办公楼里每天人流量很大，很少有人会注意到他们，且出入不需要登记。

其二，自由度高。他们隶属于某保洁公司，不属于局里直接管理，他们能自行安排工作时间，又能自由出入各个科室和办公室。从理论上说，他们可以窥探到很多秘密。

其三，攻击性弱。保洁人员多数为中年女性，且工作时间较长，和各科室的工作人员也比较熟络，大家不会对她们产生怀疑。

第七章 兔子组织就在一开始就出现过的南尧市

这么说来，李阿姨很可能就是那个隐形嫌疑人。

不过，吴岩并未直接去找李阿姨，而是让芮童调查了她的背景资料。

不查不知道，调查之后才发现李阿姨也是一个有故事的人。

李阿姨本名李梅芝，六十七岁，本市人，她竟是十九年前，东周市4·13连环杀人案受害者之一何晓珺的母亲。

又是受害者家属!

这让我们立刻联想到了兔子组织和尹文灏、王学萍等人。

吴岩推测，或许在特案科调查尹文灏的时候，兔子组织也采取行动了。

他们利用在东周市公安局做保洁的李梅芝监视着特案科的一举一动，甚至在暗中窥探特案科的调查进度。因此，在吴岩安排葛小宁约见颜宗海后，她偷偷进入办公室确认一切，随后将信息反馈，颜宗海和葛小宁也“恰巧”失踪了!

随后，吴岩在行政科那里查到，李梅芝是五年前进入的顾家保洁公司，后来东周市公安局购买了该公司的服务，李梅芝就是那一批来到公安局的服务人员。

通过深入调查发现，李梅芝的女儿被害后的第五年，其丈夫也服药自尽了，李梅芝一人生活。她登记的住址仍是金都社区，就是当年他们一家三口居住的旧公寓。

据李梅芝的邻居称，自从家人相继去世后，她就变得很孤僻，经常独来独往，后来听说在公安局做保洁。

也有邻居称，李梅芝家里经常有陌生人出入，男男女女的，最近一次就在半个月前。

这引起了特案科的注意。

吴岩怀疑，那些出入李梅芝家的陌生人很可能是4・13连环杀人案的其他受害者家属。

在调取的社区监控中，警方确定进出李梅芝家中的陌生人中有三人系4・13连环杀人案的受害者家属，这更让我们认定李梅芝等人与兔子组织有关。

本来，特案科可以就此传唤李梅芝，但吴岩知道，这些人既然加入了兔子组织，早就做好了一旦被抓，什么话也不说的打算，最重要的是他们知道警方并未掌握关键性证据，因此不会拿他们怎样。

我和吴岩进入李梅芝在公安局后院的公共宿舍，翻找了她的个人物品后，并没有任何发现。

准备离开的时候，吴岩突然停住了脚步，盯着墙上的年历在看，然后他拍了一张照片，匆匆离开。

我不知道他葫芦里卖的什么药，只好紧紧跟着他。

随后，吴岩给顾家保洁公司的办公室打了电话。

“你这是在查什么？”我问他。

“还记得刚才我在李梅芝宿舍拍照吗？”他反问。

“记得。”我点点头，“有问题吗？”

“我发现那张年历上每个月都有四天用铅笔做了轻微勾勒，刚才我通过顾家保洁的负责人确认，勾勒日期就是李梅芝请假的日子。由于保洁员每月拥有四天假期，起初我也没在意，直至我发现每个月勾勒的日期都不一样，甚至连下个月的日期也勾好了，说明这很可能是已经确定好的行程，我就想到了兔子组织。”

“果然是老奸巨猾！”我感叹道。

在得知颜宗海和葛小宁失踪后的一天时间内，特案科已经基本锁定了李梅芝，本来还发愁下一步行动计划，线索就主动找上门来了。

看来，凡事有利必有弊。

兔子组织利用李梅芝监控特案科和案件进度，并可能控制了颜宗海和葛小宁，却因此暴露了她的身份。

吴岩一面不动声色地让李梅芝继续工作，一面迅速调查有关她请假日的行程。

通过比对李梅芝以及4·13连环杀人案其他三名受害者家属的行动轨迹，特案科确定在最近一个月内，李梅芝等四人分别在4日、15日、22日和28日乘坐公交车来到汽车站，然后转乘出租车离开。

后来，特案科辗转找到其中一位出租车司机。

据司机回忆称，确实对那四个老年人有印象，她们在385省际公路上下了车，后来他就返程了。

吴岩知道她们想要隐藏行动轨迹。

不过，既然锁定了李梅芝等人，想要找到兔子组织的大本营也绝非难事。

距离李梅芝勾勒的日期只剩下两天，吴岩断定她们会再次出动，而这就是直捣黄龙的好机会。

在细致安排布控后，我们只是耐心等待李梅芝等人行动。

果然，两天后的下午，李梅芝离开了家。

与此同时，其他三组负责监控的特案科同事说，另外三名受害者家属也已出门。

一个小时后，四人抵达汽车站，她们乘坐一辆号码为 627XQ 的出租车离开。

吴岩通过出租公司联系到了车牌号为 627XQ 的司机，秘密指示他在前面一处商店临时停靠。

十五分钟后，司机匆匆走进了吴岩指定的商店。

吴岩出示证件后，将一枚硬币交给了他："具体情况我不便多透露，你只要记住，在车上的四个人下车的时候，将这枚硬币当作找零交给她们即可。"

司机颤颤巍巍地问："她们不会是杀人犯吧？"

吴岩安慰道："放心吧，她们都是好人。"

随后，司机转身就要离开，吴岩叫住了他，将一瓶矿泉水递了过去："你的水，别紧张。"

司机应了声就出了门。

随后车子缓缓开走。

吴岩交给司机的那一枚硬币是一个微型防屏蔽定位器，即便她们更换车辆，也可以追踪到她们的具体位置。

负责交叉跟踪的车辆确定她们确实在中途下了车，根据定位器显示，她们在原地停留了半个小时左右，才开始移动。

我们的车子一直紧跟其后，直至车子开进了南尧市。

南尧市！

我蓦地意识到，这个城市曾被提到过，就在丁秉宽调查尹文灏的资料里说过，尹文灏曾经在南尧市待了一年，随后才去了北京市。

如今，这个名不见经传的城市再次出现！

吴岩立即联系了南尧市公安局刑警支队支队长孟强，向他简单说明了案情。

孟强随即派出警力协助吴岩，并开具搜查证，亲自陪同。

后来我才知道，这个孟强是吴岩的师弟，在警校的时候，没少受到吴岩的照顾。他毕业后回到南尧市，虽然他们很少见面，但逢年过节还是会打电话彼此问候。

根据定位器停留的位置，我们找到一家名为“华德铭尚”的高级投资咨询中心。

那神秘的巨型“兔子”很可能就藏匿其中！

随后，吴岩和孟强亲自布控。

民警在控制了咨询中心工作人员后，发现这里表面上是咨询中心，实际上就是一个空壳子，除了一层接待咨询者，二层以上全部是空置的楼层和房间。

在随后的细致搜查中，警方找到了位于顶层的特殊房间。

封闭的楼道，冰冷的灯光，清冽的空气。

有一种科幻电影中的末世感。

当时，负责看护的人显然没想到警方会突然出现，因此我们进入该层的时候，里面应该是最自然原始的状态。

我和吴岩随意推开其中一个房间的门。

房门上嵌着一张卡片，上面写着：4·13连环杀人案——袁鸣。

房间里很暗，吴岩随后打开灯，我竟然看到了四张按摩床，躺在床上的正是李梅芝四人！

她们戴着头盔，头盔上有密密匝匝的线，线汇总到一起，连接进入里面的房间。

吴岩打开里面房间的房门，看到一个男人躺在病床上，同样戴着一个头盔，李梅芝四人头盔上的线与他头盔上的线彼此连接。

这与颜宗海所描述的基本一致，当我看到这些的时候，基本确定这是一种类似于同步脑电波扫描仪的潜梦装置。

旁边小桌上放着一瓶白色药片，我推测这是助眠药物。

而李梅芝四人就是在潜梦！

吴岩表情凝重地盯着那个沉睡着的男人说："他就是 4·13 连环杀人案的嫌疑人袁鸣，我抓了那么多年没抓住，没想到却被困在了这种地方！"

他极度瘦削，像一具干瘪的标本，双臂上连接着输液管，管内是红红绿绿的液体，很可能就是我们之前推测的维护生命体征的营养液。

不仅如此，在他的双臂、胸部、腹部及双腿也出现了如盛海韬和胡青峰身上的黑色斑纹。

那种长期"潜梦"引起的独特症状。

随后，我吃了两片药，摘下一个受害者家属头上的头盔，准备戴到自己头上。

吴岩问我："你想做什么？"

我严肃地说："潜梦！"

吴岩也吃了助眠药，摘掉另一个受害者家属的头盔，戴到了头上。

短短几分钟内，我便感到强烈的困意。

这药物的效果极强，与之前潜梦不同的是，我没有任何触电感，且意识极度清醒！

我倏地睁开眼睛，眼前是血腥的屠宰场面：

李梅芝拿着一把电锯疯狂地锯开袁鸣的胸腔，她一边锯，一边笑盈盈地问旁边的人："怎么只剩下我们了，她们俩呢？"

此时，梦中的袁鸣已死，他歪着头，眼神死寂地看着我们。李梅芝和另一个受害者家属正兴致勃勃地分解着他的尸体。

这里应该就是颜宗海描述的梦中猎场吧！

虽然我和吴岩是潜梦者，也见识过很多梦境场景，但是当我们看到这逼真残酷的一幕时，仍旧感到后脊背发凉！

吞心蚀骨，惨绝人寰！

在整个梦境中，那些受害者家属可以任意时间、任意方式、任意场景地进行报复。

李梅芝没有察觉到我和吴岩的出现，继续和旁边人说："来吧，别管她们了，我们继续，继续。"

然后她们笑了。

就像两个摘菜的老太太，一边娴熟地忙碌着，一边悠闲地聊着天。

吴岩轻轻唤道："李梅芝……"

那一刻，李梅芝不经意地回过头，我看到她溅满血污的脸，还有手里握着的电锯和残肢。

她脸上的笑容瞬间凝固，结冰，最后掉到了地上："吴……吴科长……"

吴岩死寂地凝视着她，感叹道："李姐，没想到我们能在梦里见面，看来我的猜测没错，就是你泄露了颜宗海和葛小宁的对话吧！"

李梅芝没说话，用看袁鸣的眼神回看着我们。

冷漠，敌视，充满杀意。

我站在吴岩身后，一边听着猎场里的惨叫，一边等待着她的回应。

她突然就笑了，像洋溢的春天般欢乐："吴科长也喜欢这种梦境游戏吗？"

她竟然将梦境猎杀称为游戏，而且还说得那么淡定自若、怡然自得。

我和吴岩苏醒后，孟强和他的同事已经将其他房间内进行"潜梦"的人员全部控制住了，其中也包括王学萍。

虽然并未进入他们的梦境，但我知道他们也在用同样的方式在梦境中疯狂施暴!

当我看到了曾经伤害于文娟的儿子，也就是颜渤的两个室友身上爬满黑色斑纹的时候，我的心情极度沉重。

我推测他们已经在梦境之中死而复生成千上万次了，现实中的他们却再难苏醒了。

他们被困在梦中太久了，只要拔掉维持生命体征的营养液，就会立刻死去。

第八章　无穷无尽的兔子

此次突查行动，警方共计在华德铭尚投资咨询中心顶层找到包括李梅芝、王学萍等来自若干城市的三十七人，包括各类刑事案件犯罪嫌疑人七人和颜宗海、葛小宁二人，但尹文灏等人并不在内。

在将头上佩戴的头盔摘掉后，颜、葛二人顺利醒来，但出现了重度眩晕和呕吐的症状。

对于他们如何出现在这里，二人均称不记得了，幸好他们的身体指标还算正常，主治医生说只要静养休息，很快就可以恢复健康。

与此同时，那七个人被送到医院，经过医生的紧急抢救，有两人苏醒，其余五人仍旧处于深度昏迷状态。

苏醒的两个人精神状态极差，胡言乱语，行为失控，精神科医生怀疑他们患上了严重的躁郁症（不过，我更倾向于是梦境现实混淆症）。

对于警方的讯问，他们也无法提供准确且有价值的信息，只是不断地哭喊惨叫。

精神科医生建议进行长期系统的治疗，但治疗效果仍是未知。

至于李梅芝、王学萍等人，医生确定在他们的大脑中发现了某种特殊的芯片，虽然没有弄清芯片的植入方式和工作机制，但我推测，正是这些芯片的存在，才让这些普通人突然拥有了短暂的潜梦能力。

我突然想到了尹文灏在南尧市“失踪”的一年时间，或许就和这种特殊芯片的植入有关，还有颜宗海和于文娟夫妇，也可能是在那里被植入了芯片。

但很多突然拥有的特殊能力往往也代表需要付出特殊的代价。

他们凭借特殊芯片和强效药物换取的一切，最终将会以他们的健康甚至是生命作为交换。

随后，警方找到华德铭尚投资咨询中心的负责人许滕林，一个五十七岁的中年男人，本市人，单身，拥有多家企业，身家丰厚。

对于吴岩提到的潜梦控制和梦境猎杀，他矢口否认。

当问及为何会有那么多人在这里聚集的时候，他解释说正与一家医药公司进行一项大脑全新功能开发的体验研究，确实与大脑梦境有关，但绝对不是警方口中的梦境猎杀。

那些出现在顶层房间的人都是志愿者，至于警方口中的在逃嫌疑人，许滕林称他也不知道他们的这层身份。

至于其他人的审讯也是毫无进展，包括李梅芝、王学萍在内的其他人，均称他们是许滕林招募的志愿者，其他的一概不知。

志愿者?

多么可笑的借口，此刻却成了特案科审讯上的最大障碍!

吴岩说得没错，他们在加入兔子组织后，早已模拟出了一旦被警方抓住，如何应对的场景。

他们知道梦境猎杀是一种虚拟的、无法通过现实表现的模式，就算被警方发现，他们也可以用“大脑开发”“梦境体验”和“志愿者”等说辞将一切推脱干净，其他的他们则不用负责。

虽然许滕林百般辩解，甚至拿出那些人签订的“志愿协议”，但对于七名犯罪嫌疑人部分的解释并不合理，因此，警方仍以非法拘禁罪逮捕了许滕林。

在特案科审讯许滕林的时候，我站在华德铭尚投资咨询中心的顶层，望着那些冰冷空荡的房间，若有所思。

在我看来，这次抓捕行动是失败的，或者说是某种意义上的失败，但这又是警方必须采取的抓捕。

虽然特案科找到了“潜梦猎杀”的场所，也救出了颜宗海和葛小宁，但我认为兔子组织仍有其他活动场所，特案科查到的可能只是其中一处，包括尹文灏在北京的培训中心亦是如此。

就像那张密密匝匝的网，我们掌握的只是零散的点和线，整张大网仍旧隐匿在黑暗之中。

至于那个许滕林，可能是兔子组织的骨干成员之一，但绝对不是创建人，在他的背后一定还隐藏着更为庞大的力量。

这场关于“兔子”的杀局仍旧在很多城市和角落隐秘地进行着，关于对他们的追查和抓捕，警方仍会继续！

这让我想到了曾经参与的黑色热带鱼案件。

由于涉及案件归属地问题，此案由东周市警方和南尧市警方共同办理，所以整个审讯过程，我并未参与，只是从吴岩那里获得了部分信息。

鉴于案件性质特殊，毕竟没有哪个刑事案件是以“梦境猎杀”立案调查的，更何况关于“梦境猎杀”部分，除了仪器、药物和集体出现的犯罪嫌疑人，特案科没有更多实质性证据，包括李梅芝和王学萍等人在内，他们的“猎杀”并不是真实发生的，至于犯罪嫌疑人身上的黑斑，我也无法拿出证据证明和潜梦存在着必然关系。

这就是梦境犯罪的特殊性，无法用现实的法律进行制裁。

许滕林被提请逮捕的那天，是吴岩和孟强向他宣读的逮捕令。

他很平静，向吴岩要了一根烟，然后若无其事地说："你知道吗？我已经戒烟十三年了。"

吴岩也点了一根："为什么呢？"

许滕林淡淡地吸了一口，停顿了片刻，才吐了一个烟圈："十三年前，我就是为了抽一口烟，把妻子和孩子弄丢了，也把我自己，弄丢了……"

我和吴岩抬眼看看他，听他继续说："我还记得那天是妻子的生日，之前工作忙，答应带她和女儿出去玩一直没有兑现，因此就在吃过午饭后，我开车带她们外出。路上，我犯了烟瘾，就停车去街对面的小超市买烟，下车时，妻子和女儿都睡着了，我心想着快去快回，就摇下车窗，也没有锁车，但当我走出超市的时候，却发现车子和妻女都不见了……"

他轻轻掸了掸烟灰，我却察觉到他的手指在微微抽动。"刚才还在你眼前，下一秒就不见了，你们能够想象那种感觉吗，恐惧、慌张，还有极度自责……"

在警方的调查中，许滕林的妻女于十三年前失踪，后尸体被发现，确定被害。

良久，他才再次开口道："虽然我报了案，也拼命地寻找了，但还是无法阻止她们被害的结局。三天后，有人报警称发现了一对母女的尸体，没错，就是我的妻子和女儿。后来法医说她们在失踪的当天就被害了，我无法接受这个事实，如果不是我一时疏忽，就不会害死她们，也就是从那天开始，我戒烟了。"

"所以，你加入了兔子？"

"你能体会那种感觉吗，被愧疚、愤怒和杀意纠缠的感觉，就像无数只小虫无时无刻不在啃食着你的身体。”许滕林没有回答吴岩的问题，他完全陷在了自己的故事里，“我发誓要穷尽一生时间找到杀害妻女的凶手，但世界那么大，警察都找不到的人，我去哪里找呢……”

他突然意识到吴岩刚才的问题：“我在寻凶的过程中遇到了和我经历相似的人，我们都有一个目的，就是找到凶手，让他们受到惩罚，一遍、两遍都不够，我们要无止境地惩罚。随后，我们幸运地遇到了兔子，兔子可以满足我们的愿望，兔子可以帮我们发泄心中的愤恨，兔子可以实现我们的价值，他们以为我们是弱不禁风的兔子，如果兔子疯了，一样是可以吃人的！”

“你们应该相信法律会给那些凶手一个公正裁决，而不是这么私下报复。”吴岩道。

“我当然相信法律，相信法律会给他们一个公正裁决，然后呢，我们的家庭、我们的生活已经被毁了，我们心中的愤怒永远无法消除，就像一团不会熄灭的火，一直烧，一直烧，一直烧，直至将我们自己烧成一堆灰。”许滕林反驳道，“我相信你也深有体会吧，吴科长？”

“你什么意思？”吴岩一惊。

“因为你和我们一样啊，一辈子都要被这团愧疚和愤怒的火焚烧，直至成灰！”许滕林突然笑了，肆意且开怀，“如果兔子组织能帮你找到杀害女儿的凶手，你会不会和我们一样在梦里杀掉他呢，一遍一遍地，将他给你女儿的伤害，数以万倍奉还！”

吴岩没有说话，只是死寂地凝视着许滕林。

我瞥了吴岩一眼。

许滕林用力吸了一口烟，对我说：“你和吴警官是朋友，竟然不知道他也是一个受害者家属吗？”

受害者家属？

许滕林继续道："他和我们一样，都是受害者家属，二十年前，吴警官的女儿也被杀了！"

女儿被杀？

我惊愕地看着吴岩。

没想到他竟有如此经历。

自我认识他以来，从未听他提起过这些，我也很少问及他的家庭，如今却被许滕林轻松点破。

吴岩面无表情地反问道："所以，你才愿意说出真相？"

许滕林耸耸肩，说："就算我说出了真相，又能怎么样呢，你们无法以此作为证据，谁会相信梦境猎杀这种说辞呢？"

吴岩轻蔑地笑了笑："不过，你还是被我们抓住了！"

许滕林也笑了："吴警官，我只是万千兔子中最普通的一只，你不会天真到以为只有我这一只兔子吧！"

吴岩回击道："那我就一只一只地找出来！"

话音刚落，许滕林起身走出房间，负责看守的民警将他带走了。

他出门的一刻，突然回头对吴岩说："吴警官，如果你想通了，欢迎你随时加入，愿你磨好牙齿，做一只锋利的兔子！"

离开了看守所，我和吴岩坐在车里抽烟。

"没想到吧，我也是一个受害者家属。"良久，他才淡淡地说。

"如果你不想说，也可以不用说的。"我突然感觉自己有些残忍。

"没什么不能说的，只能怪我们没有父女缘分吧！"吴岩回忆道，"二十年前，我每天都在忙案件，女儿一直由妻子照顾。有一天，妻子生病了，我主动说去接女儿放学。结果我因为突发案件把接孩子这事忘了，当我接到妻子的传呼时，大呼糟糕，才匆匆赶往学校。一路上，我一直念叨着不要出事，等我到了学校，老师说女儿被接走了。我几乎倾尽了所有力量去寻找，仍旧没有消息。直至一周后，有人发现了我女儿的尸体。那一刻，我崩溃了，妻子抱着女儿的尸体，质问我，就只是接一次女儿，真的那么难做到吗，案件真的比女儿还要重要吗……”

说到这里，吴岩沉默了。

“女儿死后，我和妻子的矛盾也越来越多，没过两年就离婚了。离婚后，她去了北京，听说嫁给了一个有钱人，还生了儿子，而我也重新组建了家庭，有了一个可爱的女儿，我们都试着忘记那段痛苦的经历，假装什么都没发生过，但不管过多久，假装得多么真实，掩盖得多么天衣无缝，终究是骗自己的把戏罢了。”吴岩感慨地说，“就像许滕林说的，表面上平静如水、若无其事，心里却一辈子都要被那团愧疚和愤怒的火焚烧，直至成灰！”

直至成灰……

多么残忍的四个字啊，在那些伤害形成的瞬间，就已经为吴岩，为尹文灏，为王学萍，还有那些成千上万的受害者家属写好了结局。

“我多么想要梦见她一次，哪怕只是一瞬间也好啊！”他悲伤地说，“但是这么多年了，我从没有梦见过她……”

离开南尧市的那天晚上，我送吴岩回到了单位，他说还有很多工作没有做，只是我知道，他想用工作分散自己翻腾的思绪。

也同样是那天晚上，在芮童和Naomi的协助下，我潜入了吴岩的梦境。

梦中，他和前妻、女儿一起在书店里读书。

他拿着一本《倚天屠龙记》认真品读，前妻捧着一本《清欢》随意翻阅，然后趴在书桌上睡着了。

女儿则一边看着文集，一边摘抄着经典句子。

阳光透过玻璃窗，落在女儿的身上，少女的气息在光线的照射下，竟然有一种恣意的跳动感。

这时候，女儿缓缓抬起头，对着吴岩笑了笑，然后将一张字条塞进了他手里，起身准备离开。

吴岩叫住了她："你要去哪儿？"

女儿笑着对他说："爸爸，我要走了。"

吴岩起身道："你不能走！"

女儿仍旧笑着："爸爸，我必须走了，我走以后，您要好好的，不必伤心，也无须挂念，我陪您走完了这一段路，我的使命已经完成，再见了。"

接着，女儿转身离开了。

吴岩想要追赶，却发现自己根本无法动弹，他想要呼喊，声音却锁在了喉咙里。

没人在意女儿的离开，大家都低着头看着书。

只有我，静静地站在那里，看着一切。

这时候，他意识到女儿交给自己的字条，他轻轻打开，上面写着一句话，正是女儿摘抄文集中的句子：

每个人都有属于自己的一片森林，也许我们从来不曾去过，但它一直在那里，总会在那里……

那一刻，我离开了吴岩的梦境。

梦外的吴岩趴在办公桌上，头上戴着脑电波同步扫描仪，嘴里喃喃着："妙妙……"

那正是他女儿的名字。

没错，这个梦境是我在吴岩的梦中营造的。

我想要达成他的夙愿，和女儿在梦中见上一面，哪怕只是短短的一瞬间，我也想要打开他的心结，让他和蓄积多年的愧疚压抑达成和解。

其实，吴岩也知道，女儿已经离开了，早在二十年前她失踪的那一刻就已经离开了，但她始终没有走出他的内心，如今她在梦里和他告别。

他放过了她，也放过了自己。

那一刻，他的嘴角浮起了浅浅的笑，眼角却流下了一滴泪……

【全文完】